LA FIN DES EMPIRES

帝国の最期の日々 上

パトリス・ゲニフェイ／
Patrice Gueniffey
ティエリー・ランツ 編
Thierry Lentz
鳥取絹子 訳
Kinuko Tottori

原書房

帝国の最期の日々◆上

帝国の最期の日々◆下・目次

まえがき

永遠のくりかえし

「すべての帝国はいずれ滅びる」と書いたのは、フランスの歴史家ジャン＝バティスト・デュロセル（一九一七―一九九四）だった。それを証明するのが、以下に続く二〇の帝国である。歴史が進行中の帝国――アメリカ合衆国のことだが、これは帝国といえるのだろうか？――と、ふたたび返り咲いた帝国――中国と、おそらくロシア――は別にして、二三〇〇年前のアレクサンドロス大王の征服から、一九世紀に創設された植民地帝国にいたるまで、どれ一つとして生き残っている帝国はない。本書は、それら帝国の崩壊をまとめてとりあげた初の歴史書である。読者には、二五世紀近くにわたる歴史の世界での散歩を楽しんでいただきたい。

これらの帝国はいずれも、類似点よりは違いのほうが大きく、一つの理論でそれぞれの運命を説明するなどとてもできないだろう。ただし、人間と同じように、なによりその最期が似ている。共通するのは衰退にいたる道だけで、それ以外、たとえば同じ家系からなぜこんなにも多くの子孫が生まれているのかについては、正確に説明できる十分な根拠がないのも事実である。

帝国の定義については、複数の実体――政治形体にかならずしも関係なく、複数の国や地方、部族、民族、文化――が、政治的であるもう一つの実体に支配されている形ということで言いつくされるだろう。領土からなる帝国もあれば、ほかのものからなる帝国もあり――草原の帝国についてはルネ・グルセが『草原の帝国』（一九八九年刊）でみごとに再現している――、後者についてはその広がりは不確かで、国境は流動的だ。さらには海上帝国、産業帝国、金融帝国、最新技術に結びついた帝国もあり、そしてフランシス・フォード・コッポラの映画「ゴッドファーザー」では、主役の一人がマフィアをローマ帝国にたとえていた。実際、「イスラム国」のような殺人帝国もあり、これがおそらく、現在いちばん力があるのではないだろうか。したがって、帝国の概念には柔軟性があり、それが確実になるのは、そこに支配に固有の様式がもたらされたときのみとなる。多様な実体が権威ある中央に結集し、そこからの命令は帝国の規模に合わせて間接的、地方分権的に引き継がれていく。あるいは、政治形体として歴史によく出てくる古代の都市国家、のちの国民国家と比べるとわかりやすいだろうか。より一般的にいうと、「帝国」の語源であるラテン語「imperium インペリウム」の意味は「命令権」ということだ。中世において「完ぺきな主権」といわれたもので、その権利を有する者はだれからの法であっても受け入れない。皇帝は王のなかの王なのである。フランスで王冠にまだそれほどの権力がなかった一二世紀から一三世紀、当時のもう一つの権力である教皇からの自立を願ったフランス王は、「王は、みずからの支配域内における皇帝である」と表現していた。最高の権力を授与されたと表明することで、王が考慮すべき者はだれもおらず、唯一、その上にいる権力、神以外にいないと主張したのである。

本書でとりあげた帝国は、時代も地域も異なれば、形も違っている。社会制度も、ローマ帝国やナポレオン帝国のように――後者はほんの一時だったが――統一をめざしたものもあれば、アステカ帝国のような連邦制、オーストリア＝ハンガリー帝国のような放任体制、さらにはオスマン帝国のような複雑な体制もある。帝国の正当性として基本にしたものもさまざまで、宗教から、敵対する帝国の破壊（アレクサンドロス大王はダレイオス三世に対抗）、「文明化」を目的としたものから（ローマ、ビザンティン、のちのスペインやフランスの植民地帝国は金儲けだけが動機ではなかった）、宗教法（イスラム）にのっとった政治秩序の導入、あるいは、マルクスの予言「資本主義のあとは社会主義がくる」によってできたマルクス・レーニン主義のソヴィエト連邦もある。

帝国の寿命も、比較しようにもしようがない。アレクサンドロスとナポレオン帝国はわずか数年、インカとアステカ帝国は――その創設をメキシコ都市国家とテスココ、トラコパンのアステカ同盟にした場合（一四二八―一五二一）――かろうじて一世紀、カール大帝の西ローマ帝国は一世紀、スペイン帝国は三世紀、ムハンマドの後継者により創設され一五世紀のレコンキスタ［キリスト教国による再征服］まで続いたイスラム帝国は四世紀、ローマ帝国は五世紀、神聖ローマは八世紀、ビザンティン帝国は一〇〇〇年近い。さらに、二二〇〇年も続いた中華帝国にいたっては何をかいわんやである！　本書ではダニエル・エリセフが九人の皇帝の最期を語っているが、実際の数たるやそれ以上、中華帝国がいつ滅びたのか、まして創設者はだれなのかもわからない。ちなみにアドルフ・ヒトラーの帝国は千年続くと想定されていたのだが、七年で崩壊している。

その上で、帝国の最期の状況を比較するとしたら、最大限の注意をはらってするしかない。ビザンティン帝国の場合は長い「断末魔」、一九世紀初めの神聖ローマ帝国と、二〇世紀初頭のオスマン帝国は「じわじわと進んだ無気力病」、カール大帝の西ローマ帝国は相続の危機をのりこえられずに崩壊、一九一八年のオーストリア＝ハンガリー帝国と、一九一七年のロシア帝国は戦争での敗北、そして一九九一年のソ連崩壊のように、内部から崩壊したのがモンゴル帝国だった。ちなみに、帝国は戦争で滅びることが多いのだが、平穏時に解体することもあり、まったく未練のない最期もあれば――一八〇六年の神聖ローマ帝国――、もっとも多いのが悲惨な最期で、ヒトラーの第三帝国の場合はまさに世紀末の様相をおびていた。

いっぽう、崩壊の原因にかんしてはあまりに多様で、それぞれのケースをいくら分析しても、過去の失敗をくりかえさないための定義はおろか、法則となるともっと見つけることができない。

また、帝国が組織だった国家だとしたら、その体制自体が帝国を弱体化させることもよくある。神聖ローマ帝国が音もなく消滅したのも――このケースはほかにもあり――、社会制度が徐々に一貫性を欠いていき、最後はなんの役にも立たなくなったからである。ただし、ローマ帝国から引き継いだとされる郵便事業だけは別だった。アレクサンドロス皇帝の夢が長続きしなかったのも、大王の死が早すぎたこともあるが、征服者として征服した土地を組織だてることに気を配らなかったからだろう。また、オスマン帝国とモンゴル帝国の「終焉のはじまり」も、政治と行政に理論が欠けていたことにあると見るべきである。さらに、カール大帝帝国の失敗の原因も、相続争いを越えたところ、フランクとローマの異なる文化を合体させられなかった点にあるのではないだろうか？

帝国はまた、巨大化したゆえの病気に苦しみ、知らずに弱体化することもある。人口問題が内部の均衡を混乱させ、安定を失わせるのである。スペインと日本、イギリス、フランスの問題は、本国の活力がなくなった結果、肥大化した支配地に力を維持できなかったところにある。支配された植民地の国民が、植民者の支援で独立に憧れるようになり、本国が傾いていくのを見るにつれ、それが夢ではなくなってくるのである。

広大な帝国であればあるほど政治や歴史、民族、宗教、文化の多様性は無限、ましてや植民地帝国となるとそれはいうまでもない。これらの違いを統一し、あるいは減らすことに専念する帝国がそうなかったとしたら、当然ながら、安定は一時のもの、つねに分断に脅かされることになる。よくあるケースで、多様な利害があっても平和な共存がみられたのは、皇帝が権力と暴力に訴えたうえでのことでしかなく、これが現在、理想化される傾向にあるのである。

皇帝の個人的性格もまた重要である。先代の息子、あるいは神のおぼしめしとして授与された、または派遣されただけでは十分ではない。神の保証はあっても、政治的な才能や武力、行政の知識をあたえられているわけではないからだ。帝国を創設したほどの類いまれな人物であったとしても、多くは彼らの創造物がいつまで続くかは考えていなかった。アレクサンドロス大王が天才的な戦力をもっていたとはいえ、その彼に帝国の制度を永続化させる力があったといえるだろうか？　ナポレオンの後継者は、彼が維持していた政権と征服地が冬のロシアの雪にはばまれて、一瞬にして消えてしまうと想像しただろうか？

くわえて、帝国が持続するには相続体制が万全でなければならない。相続に固有のリスクはもちろん、権力の弱体化や領土の分解につながる種が一つでもあってはいけないのである。また、たとえこれらの問題を克服できたとしても、その権力が国民に受け入れてもらえるかどうかの問題が残る。失脚したり、暗殺された皇帝の長いリストがそれを物語るだろう。

さらに、政権全体にのしかかる物理的な条件も無視できない。たとえば伝達手段や、道路や川の運送網、行政上の共通言語の選択などである。西ローマ帝国のカール大帝は、命令を一つ伝えるだけでも何週間もかかる帝国の辺境地、イベリア半島のエブロ川やバルト海まで、どうやって権力を発揮できたのだろう？　チンギス・ハンの「遊牧民」帝国の組織体制はほんとうのところどうなっていたのだろう？　また、アステカの君主だったモクテスマ二世は、領土は中華帝国の三三〇〇万平方キロメートルにはおよばないにしても、近代的な交通手段も、馬も道もない広大な領地をどうやって管理することができたのだろう？　それに続くスペイン帝国は、三大陸以上に広がる帝国をどのように一貫して維持できたのだろう？

これら内部の問題にくわえて、帝国を隣国の強国に認めさせるというむずかしい問題がある。帝国の存在自体、安全を脅かす脅威と隣りあわせである。広すぎる領土と、ありあまる資源、逆に、国民を満足させるには貧弱すぎることもある…。そのためには隣国を吸収し、勢力圏に入れなければならない。あるいは、その富を狙うか、権力をおそれる者たちの連合にのみこまれ、消えてしまうのだろうか？　ナポレオン・ボナパルトが言ったように、存続するには征服しなければならないのである。

彼は個人秘書のブーリエンスにこう打ち明けていた。

「わが権力はわが栄光にもとづいており、わが栄光はわれがもたらした勝利にもとづいている。わが権力は、この土台にさらなる栄光と勝利をあたえなければ地に落ちるだろう。征服が今のわれとなり、征服のみがわれを維持するのだ」

ナポレオンにとっては、平和は戦争によってもたらされ、戦争によって永遠に証明するものとなる。しかし、弱体国家や敵対する帝国を征服してもなんの解決にもならないともいえる。征服には代償がつきものなのだが、しかし、征服者はおうおうにしてそれを考える明晰さをもちあわせていないのだ。アレクサンドロス大王もナポレオンも、支えてくれた者たちをぞんざいにふみにじった。結果、二人は見すてられただけでなく、かつて恩義を受けた者が最後は敵の連合に合流するのをまのあたりにした。なぜなら、一つの大強国が主権をにぎろうとすると、対抗してより大きく強力な連合が生まれ、後者はかならず勝利を得て終わるからである。こういう例は無数にあり、まず頭に浮かぶものをあげるだけでもスペイン、ハプスブルク、ナポレオン、第三帝国、もちろん、東条英機の狂気（第二次世界大戦中に日本の首相だった東条英機［一八八四―一九四八］は、「極東国際軍事裁判」いわゆる「東京裁判」で死刑判決を受け、一九四八年に処刑されている）に導かれた日本もそうである。

最後に、これも忘れてならないのは、帝国が財政面での犠牲になって終わるケースが多いことである。とりわけ戦争にかかる費用は莫大で、その重みが財政的な限度を越えてしまうのである。実際、帝国の力は軍事力によって決まるところが大きく、その軍事力は動員力や生産力、没収したものの豊かさによって決まる。開発や覇権維持のため、支出が増えて収入が欠乏することから、帝国は資源を使いこむ一方になる。こうして「軍資金」がやせ細って崩壊するケースも多い。アレクサンドロス大王が南部レバノンのティールとガザで勝利したあと（三三三年）エジプトへ向かったのは、穀類を調達するためにナイル川の肥沃なデルタ地帯を奪うためだった。東ローマ帝国は、貿易でじわじわ首をしめられて自滅してしまった。また、モクテスマ二世のアステカ帝国は、干ばつと穀物分配法の危機にみまわれ、人口増加の圧力に耐えきれずに崩壊している。このケースでも似た例は数えきれないほどあげることができるだろう。

それにもかかわらず、帝国を概論だけでも理論立てようとする誘惑は強いようだ。モンテスキュー（一六八九―一七五五）をはじめ、エドワード・ギボン（一七三七―一七九四）、アーノルド・トインビー（一八八九―一九七五）などが帝国論を試みている。

西欧の歴史をその範囲内でいうならば、さまざまな政治形態のつながりとして言いあらわせるのではないだろうか？　古代に都市国家があり、この失敗から生まれたのが帝国で、そのローマ帝国が復活を賭けた試みに大失敗し、その廃墟から生まれたのが、王国の形をした国民国家となってつながっている。

いっぽう最近はこのテーマがまた注目を浴びている。歴史では過去のものとされていた帝国論が現在、国家論にとって代わろうとしている。出版物も増えている。そうして、帝国が国家よりかなり前に存在していたことや、国家の歴史は帝国より新しく、より短いということに気づかされている。メソポタミアやアッシリアでは農業や都会文明、書き文字が生まれたはずだから、初期の帝国は紀元前三〇〇〇年以上前にあらわれていたのではないだろうか？　そして中国の唐時代は、人類の歴史上もっともよく組織された国家だったのではないだろうか？　また、もう一つ気づかされるのは、国家の概念はヨーロッパが考案したのに対し、帝国の現象は文明の境界を越え、普遍的な広がりをもっていたことである。細かな違いが無数にあるのはさておいて、それは国家モデルがとうてい取得できなかったものであり、ヨーロッパが強力だった時代に世界じゅうに輸出しても得られなかったものだ。

こうして、帝国論が時流にのったいま、それぞれ違う皇帝にも共通点が十分にあり、そこから共通した理論を打ち立てることができると考えられるようになった。かつては、ローマ帝国のみが最高のモデルとされ、そこに理論を求めて研究されていたのだが、現在はヨーロッパ以外の帝国で――ヨーロッパ中心主義という批判にこたえ――、共通の解釈の土台を見つける努力がなされている。

ここで言っておかなければならないのは、歴史家は現在、比較しすぎて苦しんでいるということだ。ふつうなら、各帝国の歴史はそれぞれ独特であるはずなのに、逆の道をたどっている。普遍性の存在を前提としているのだ。それも異色の歴史家で政治家、徹底した反合理主義者で反革命派のジョゼフ・ド・メーストル（一七五三―一八二一）が述べたように、「無意識下」で普遍性があると思いこんでいるのである。民衆や国家、帝国の歴史のなかに普遍的な傾向があると見て、そこから即座に比較しようとしているところがある。

それはそれとして、ここで冒頭に述べたジャン＝バティスト・デュロセルの有名なフレーズ「すべての帝国はいずれ滅びる」に戻るとしよう。彼がこれを書いたのは一九八一年、ロシア専門の歴史家、エレーヌ・カレール・ダンコースがすでにソヴィエト連邦帝国の崩壊を予想していたあとのことである。おそらくは二人とも、ソ連の未来はあやういと思っていたのだろう。ただし、二人はまちがっていたところもある。ソ連帝国が滅びるのは経済成長の弱さにあると見ていたのだが、実際は、共産主義体制そのものが危機に襲われ——中央が崩壊——、それに続いて帝国の「命令権」も崩壊していったのである。それでもやはり一九八〇年代は、ポーランドでの労働者組合「連帯」の創設にはじまり、ベルリンの壁の崩壊で終わったことを思うと、一つの時代の終焉をはっきりと告げたのは事実だろう。二〇世紀とともに帝国の崩壊がはじまり、一九一四年から一八年の動乱のなかでドイツ帝国、オーストリア＝ハンガリー帝国、オスマン帝国が崩壊し、中国最後の清王朝が辛亥(しんがい)革命で倒壊したのは一九一一年だった。いっぽうで第二次世界大戦は一九世紀に創設された植民地帝国の終焉を告げることになった。それから半世紀後のソヴィエト連邦帝国の崩壊は、断罪の確定ともとらえることができ、領土の帝国は完全に過去のものとなった。政治形態の歴史でもっとも重要な章の一つが終了したのである。世界の歴史の中心にあった三つのおもな政治形態——都市国家、帝国、国民国家——で二番目の帝国は、過去の政治体制として数多く葬られている墓地に合流してしまったのだ。勝者としてふたたび戻ったのが国民国家で、以降、唯一可能な政治体制となっている。二つの世界大戦のあいだに、ヨーロッパでは帝国の崩壊で出現した国が増えて地図がにぎやかになったように、第二次世界大戦後は、独立国がアフリカからアジアまで雨後のタケノコのごとく増加し、一九九一年のソ連邦の内部分裂もあって、新しい国家の数はさらに増えることになった……。

ベルリンの壁が崩壊してから四半世紀後の現在、その印象はまったく違ったものになっている。かなりの数の新国家が破綻し、旧ユーゴスラヴィアなどは消滅してしまった。たしかに、世界的な政治体制で見ると、国家と国民はつねに大きな役割を占めてはいるのだが、しかし、安定性も力も失い、尊厳となるともっとなくなってしまっている。国民国家はもうほんとうに人気がなくなったのである。それでも、一六世紀と一七世紀のなかば、近代のはじまりに誕生した国民国家は、プロテスタントとカトリックの激しい宗教対立でヨーロッパが崩壊寸前になった時代の対応策だった。国家が公認された国境内の領土と、そこで生活する市民に主権を行使することが、市民の平和と安全の条件のように思われていたのである。国家権力によって保証された権利と自由、特権を安心して謳歌でき、集団への参加も自由なら――萌芽的なものが多いが――、市民問題では、公共の福祉に対する政治的な提案も可能だった。

歴史の悲劇はそこから発生した。国民国家は否定的なイメージを背負い、かならずしも正当化することができなかった。定められた国境内に閉じこもり、外の世界に対する敵意を育んで、人とものの交流も後退し、保護主義的で自己中心的になった。国家自身の利益のために自由を抑え、人類全体の利益を下に置くようになった。市民権をたたえながら、しかしそれは不平等と空想論を増長させることになった。二つの世界大戦に対する罪悪感から、地球を大国の意志に合わせて勝手に分断、異なる風習や宗教を根絶するためになりふりかまわずつき進んだ。しかし結局これが、大量虐殺やジェノサイドで二〇世紀を悲しみで満たした原因だったのである。

第二次世界大戦後に構築された欧州連合は、国民国家に対抗するものだった。なぜなら国民国家にこそ悲劇の原因があり、連邦制にすれば国家の主権を抑え、ヨーロッパにも平和が訪れると思われたからだった。一八世紀初頭に聖職者サン・ピエール師（一六五八―一七四三）によって立案された「ヨーロッパ恒久平和」計画よりはずっとあとのことである。しかしフランス大革命に続くナポレオン戦争終了後、一八一四―一八一五年のウィーン会議の時代に日の目を見た、国家間のささやかな協議よりは成功すると思われた。ちなみにその後、第一回ジュネーヴ条約の採用時――一八六四年の戦争傷病兵の待遇改善にかんする取り決め――と、一九一九年の国際連盟創設時にも、国家間の協議は提案されている。

連邦制をうたい、オープンで国境のない欧州連合の構想は、ヨーロッパ人の心をかならずしもとらえなかったが、しかしそれはそれとして、国家は正当性と威信の多くを失った。旧ユーゴスラヴィアでは戦争が猛威をふるい（一九九一―一九九九）、その後、二〇〇一年の九・一一同時テロを機に、中近東の国々が次々と分解し、二〇〇三年のアメリカ軍によるイラク侵攻で、すでに輝きを失っていた国境の歴史にさらなる重い事項がくわわった。それを機に、帝国と「都市国家」構想が――広い意味での――、思いがけずも復活した。人々が「人類の歴史を襲う巨大な割れ目に必死でしがみつき、流れがひっくり返りそうな状況」において、「歴史の巨大な深み」に対処するのに必要かつ効果があると思われたのだ。

おそらく、かつてこれほど帝国が研究のテーマになったことはなかっただろう。興味の対象としてのこの復活には、それなりの正当な理由がある。中国は強権を使って勢力範囲の強化に励み、ソ連崩壊後のロシアはふたたび伝統的な外交戦略をはじめ、中東の肥沃な三日月地帯ではカリフ制による緊張が高まっている。これらの現象はすべて、歴史の過去に埋もれたと信じこまれていたのではなかっただろうか？　時の流れにデジャヴの香りがただよっている。したがっていま、帝国の歴史と持続期間、寿命にふたたびスポットをあてるのは、理にかなっているといえるだろう。

そこから再発見できるのは、とくに「文明化」のすぐれた点で、これは好意的に見ることができる。ただし、かつての旧宗主国、古い西欧諸国がもうその恩恵にあずかっていないのはまちがいないのだが…。帝国と同時に、大挙して戻ってくるのが「都市国家」で、こちらは広大な帝国「連邦」のかたわらにいるミニ共同体である。このきわめて小さな政体ときわめて大きな政体がいっしょに表舞台を占領している時代に、姿を消すか影が薄くなるのが「中間」の実体である国民国家である。国民の社会的な差異による影響を抑えるには力のある政体と思われていたものだ。しかしそれは、公的な物事を討議のテーマにし、集団を管理するには広すぎるともいえる。いっぽう、帝国に民主主義はなく、都市国家にも本当の意味での民主主義はない。後者は住民同士が近すぎ、社会生活全般においての関係が密なので、市民権の主張に欠かせない抽象的なプロセスが不可能になるからだ。いっぽう帝国に必要なのは臣下のみで、市民は不要だ。また都市国家は血縁関係に近い同盟国しか知らず、そうでなければ敵、金持ちと貧乏人のみである。

したがっておおげさではなく、今世紀初頭のヨーロッパの衰退は中世に戻ったともいえるだろう。

ローマ帝国の後継者を自認したドイツ国民の神聖ローマ帝国時代への逆戻りである。当時の神聖ローマ帝国は、多様な都市国家、公国、大公領を配下に置き、全体での共存を保証したのだが、なんのことはない、現在の欧州連合と比べて一貫性がわずかに足りないだけである。欧州連合においては、国家は居場所を見つけにくく、国民からも信用されていないのだが、しかし、下部の政治形態である共同体や文明、地方、地域、そして風習や信仰でくくられた「民族」は、それなりに居心地よく生活している。バルカン諸国からスペインまで、スコットランド、ベルギーからイタリアまで、ゆっくりとしたプロセスで、苦しみながらも国家を離れて欧州連合に結集した国々は、自立に憧れつつも、それはかぎられた枠内でしか発散できず、見方によっては、帝国の形に戻ったようでもある。ヨーロッパの将来はこの先どうなるのだろう？　おそらく、公国からなる古いヨーロッパ、国家としてはルネサンス時代のあり方が正しいとなるのだろうが、しかし国家の形は判然とせず、本質も確実性もないのだろう。別の言い方をすれば、ハプスブルク帝国の国際性をたたえつつ、しかしいっぽうで、ひそかに戦争や暴力を行使するのだろう。戦争で優位に立つのは帝国の歴史に欠かせない部分でもあったのだから…。国家の深い部分でのこの変化は、アメリカの政治学者サミュエル・ハンティントンが話題の本『文明の衝突』で描いたように「新帝国主義」と形容することができるだろう。いずれにしろ、ヨーロッパはそれをもう独占することはないのだが。

　それにしてもなぜ現在、人類の歴史のなかでの「帝国」がこれほど人を惹きつけるのだろう？「草原の帝国」や「オスマン帝国」は――すくなくとも、現代トルコ建国の父ケマルの世俗主義と、彼が行なった大規模な大量虐殺以前――、わたしたち現代人の目にはよいもののように見える。ただし、時代をへることで、現在の言葉や考え方で歴史をぬりかえることが多いのは、言っておかなければならないだろう。

また現在、帝国の特徴として注目されているのは、領土拡張主義や国境を広げようとする意志、「世界に冠たるオーストリア」［ハプスブルク君主時代の標語］に代表される普遍的な命令権への憧れだけではない。自国領土の防備に専念し、強力な中央主権で団結力を守った「中華帝国」つまり中国と、一六三九年に鎖国政策で外界との接触を断った日本を別にすれば、帝国の歴史のほとんどは戦争にいろどられている。拡張をめざして行なった戦争が、次いで、その先でぶつかった別の大国から自国を守るための戦争になり、後者も同じように大国願望と安全を守る思いにかられてしまうからだ。

もちろん、現代人の想像力をかきたてるのは、帝国の多くがもっている征服欲と好戦的な面ではない。たたえたいのは、それよりはむしろ、拡張した領土がインペリウム（命令権）の支配下になったことで皇帝が行使した行政の様式である。帝国では遠方の領土が多くなり、そこでは当然、宗教も風習も利害も異なることから、すべてを同一視することは禁じ手となった。それぞれの違いを減らす、さらには根絶することは問題外となり、帝国内での共存を保証するだけとなったのだ。言ってみればソフトパワーで、これは国家モデルとは対極のものである。後者は違いを粉砕し、独自性を平均化してしまうのだが、これは政治の一体化と社会の均一化のための要素でもある。それに対して、帝国は習慣や宗教の違いと闘おうとせずに折りあいをつける。古代ローマ人はそれらを共通した市民文明に統合した。いっぽう、中国人は遠方の人民に行政上の監督役を押しつけ、モンゴル人は所有地への政治的な干渉はすべてひかえ、地方の仲介役にゆだねていた。そしてこれこそが現在、テーマとして帝国が人気を得ている理由である。まさに現在主流となっている価値観——多数性、多様性、寛容——のように見えるのである。

帝国が復活したもう一つの要因は、平和である。帝国の多くは宗教が基本にあり、それで正当化されていた。そして古代ローマ帝国時代の平和をさす言葉「パクス・ローマ」以降、帝国の考えにつねに平和が結びついていたのも確かである。しかしそこには矛盾がある。帝国はほとんどの場合、武器を手に創設され、戦争によって崩壊したからだ。しかし帝国はまた、持続しているかぎり、事実上唯一の支配者の権力のもとに結集した世界である。その権力は市民が重圧を感じるには十分に遠く、逆に、広大な所有地の辺境まで命令が維持され、平和が保たれるには十分に近いといえる。こうして、紀元前一世紀に古代ローマ帝国を創設したアウグストゥスは、混乱していた共和国の市民を激しい内戦から抜けださせ、それぞれの共和国の安定を保証した。世界制覇をめざす君主制とひきかえに安全と栄華を得たのだが、しかしそれは市民の自由を犠牲にしてのものだった。

平和な古代ローマが消滅した今三世紀の危機以降、「黄金時代」の思い出はヨーロッパ人の意識に深い痕跡を残した。異なる民族を統一した広大な帝国の思い出が鮮明に残っていたのにくわえ、いっぽうで、もう一つの理想とされる世界、教皇のもとでの永遠の救済に憧れるキリスト教の力が大きくなったからなおさらだった。ローマ帝国の正当な後継者を主張する神聖ローマ帝国皇帝の前に、そう時をへず、同じく世界制覇をめざす強敵があらわれた。教皇だ。ローマ教皇グレゴリウスが教会改革に取り組んだ一〇〇〇年頃にかけての時代、教皇は精神世界と同時に世俗の権力を駆使し、皇帝や王、大公などの古い権力をすべて支配下に置くことに憧れた。皇帝教皇主義・対・帝国主義の勃発だ。この争いは何世紀も続き、戦争と妥協、教皇による皇帝の破門、皇帝による教皇の罷免にいろどられた。ローマ帝国と全世界的な君主制の後継者として名のりをあげる皇帝と教皇は、ともに武力にまかせて戦った。この激しい戦いから彼らは疲弊しきって抜けだした。こうして神聖ローマ皇帝は世界制覇の夢を打ち破られ、教皇は精神的な特権に世俗の権力をくわえることができた。そのとき、彼らの対立を尻目に漁夫の利を得る者がいた。フランス王である。彼はそれまでのように神聖ローマ皇帝に支配されるのを拒否すると同時に、世俗の事案にまで口出しする教皇の監視も拒絶して、「王はみずからの支配地域内における皇帝である」と宣言した。肩書きに古代ローマのインペリウム「至高の命令権」をとりいれて、近代国家として歴史をぬりかえる先鞭となる印を送ったのである。研究をとおしてわかったのは、フランスのカペー王朝を支えるために――この場合はとくにフィリップ四世（一二六八―一三一四）――、法律家や聖職者までもがいかに努力したかということだった。王の特権に沿っていた教会法典から、皇帝の肩書きを付す論拠を引きだして示し、この一三世紀初頭までヨーロッパを支配していた二つの偉大な世界体制――帝国と教会――に認めさせたのである。

この長い戦いから抜けだしたヨーロッパは形を変えていた。フランス王が自国で「皇帝」を自称し、ドイツでは皇帝はもはや王でもなかった。風向きは変わったのだが、それでも、ハプスブルク家が神聖ローマの後継者になったときは、皇帝のもつ華やかな日々の時代をふたたび知らされることになる。しかし、スペインからイギリス、フランスからドイツまでの海陸を征服した神聖ローマ三代目皇帝カール五世は、全世界を支配するという古い考えには憧れず、象徴としての皇帝にとどまっていた（カール五世自身は教皇側と手を結び、世界を再統一したいという意志はあったとしても）。彼はヨーロッパの国々を競争させ、覇権をめざしてあい争わせることにいそしんだのである。そうしてほどなく、植民地帝国が陸の帝国の後を継ぐことになる。以降、皇帝の称号と領土にくわえて影響力が増大するのだが、権力が問題になることはもうなかった。

ここで言っておかなければならないのは、帝国の思想には本質的に世界を支配するという傾向があり、それは当時の世界観と合致しなかったということだ。その時代は世界が拡大しつづけていただけでなく、当初の統一を失い、大きな文明がそれぞれ孤立するようになっていた。

「一二〇〇年、人類は（いまだ）多数の文明の小島に分断され、外界から遮断して生きていた。より正確には、隣接する文明とだけ関係を維持し、一部は完全に関係を切っていた」（ジャン＝ミシェル・サルマン『世界の大孤立脱出論（一二〇〇―一六〇〇）』、二〇一一年）

こうしてヨーロッパは、地中海を支配していたローマ帝国が徐々に崩壊していくなかから生まれた。言ってみれば二重の閉じこもりからの誕生である。まず、八世紀から一一世紀にかけて（七三〇―一〇〇〇）、かつてインペリウムのもとで統一されていた空間が三つに分割された。本来の意味でヨーロッパだったところに、蛮族の王国がローマ帝国からの相続をとりこみ、ほかの二つの部分はビザンティン帝国と、新しい宗教イスラムに支配された。キリスト教による世界統一をめざした十字軍は、長期にわたって世界制覇の夢を維持していたのだが、数世紀後、普遍的な世界を理想とする君主制にとどめの一撃をくわえられた。最初は一五世紀なかば、復活したイスラム教徒の拡張戦略によって、次は同じく一五世紀後半の大航海時代の到来によって、そして最後は、ヨーロッパを分断した宗教改革によってである。最初期のアラブ人によるイスラム帝国の勢いは止まっていたのだが、一四五三年、コンスタンティノープルがオスマン帝国によって占領されたのをきっかけに、バルカン諸国からハンガリーまで侵入され、一四九二年にアンダルシアを奪回したものの、ヨーロッパをさらに閉じこめることになった。政治的にすでに細分化していたヨーロッパは、それが障害となって、イタリアの詩人トルクァート・タッソいわく「汚らわしいトルコ人」を追放することができなかった。そして数年後、フランソワ一世（一四九四―一五四七）はトルコ人のオスマン帝国と同盟を結び、信念より貿易と戦略的な利益を優先したのである。いっぽう、トルコの脅威はヨーロッパにきわだった影響をもたらし、独特でまれに見る文明が結局は理解されるようになるのである。

スペイン王がカリフに支配されていたコルドバの再征服に成功した同じ年、アメリカが発見され、次いで喜望峰からインドまでのルートが発見された（一四九八年）。結果、より広大な世界が眼前にあらわれ、ある意味でヨーロッパが小さく見えるようになった。そうなると、普遍的な世界という考えを育むのはむずかしくなり、それに拍車をかけたのがわずか数年後の宗教改革だった（一五一七年）。マルティン・ルターがヴィッテンベルクのシュロス教会の門に有名な九五か条の論題を貼りつけ、教会分離の警鐘を発したのだ。その結果、宗教に合わせて政治も統一するという考えは決定的にくずれさり、教会よりは国家の保護が強化されて、主権を形成する力が加速されていくのである。

それを機に、帝国は詩人たちによって壮大な思い出をたたえられるものになった。豊かな言葉はローマ帝国の栄華や、普遍的な平和を否応なしに思い起こさせた。一八〇四年、ナポレオンが皇帝という名称を冠したのも、同時代の君主のなかでも特別な輝きを放つためだけでなく、もっとも偉大な名称で身を飾りたかったからである。いっぽう、ナポレオンにローマ皇帝の名称を奪われそうになったハプスブルク家の当主［フランツ二世］は、まだ大公領主であったにもかかわらず、みずからの身に箔をつけるため、自身もふくめて子孫代々にオーストリア皇帝の名称をつける条件で退位に同意した。しかし彼はそれでも損をしなかったといえる。というのも、もうずいぶんと以前から――強国としてプロイセンが登場して以来――、神聖ローマ帝国は形骸化していたからだった。ナポレオンが皇帝を名のったときから、ヨーロッパの国境が明確になるのは知られたところだが、もう一つそこにこめられていたのは、帝国と密に結びつく平和の探究だった。のちに「帝国とは平和である」と宣言するナポレオン三世が暗示したのは、現実の地政学よりは、集団の想像の世界に深く根づく伝説で、それはかならずしも嘘ではないのだった。

一九四一年、みずからが愛してやまなかったヨーロッパが崩壊寸前になる状況をまのあたりにしたオーストリア人作家、シュテファン・ツヴァイク（一八八一――一九四二）は、幸せだった時代に思いをはせるしかなかった。オーストリア＝ハンガリーの君主制は――帝政もふくめ――、あれほどにも違いのある民衆や共同体が調和を保ち、歴史の喧噪から離れて生きるのを守ってくれていた。彼はこう書いた。

「第一次世界大戦以前の時代を要約するにふさわしい言葉を探すとしたら、こう言うのがもっとも表現豊かであることを願う。『それは安全の黄金時代だった』と。わたしが生きていた一〇〇〇年に近いオーストリア王国では、すべてが持続の長さにもとづいているように見え、国家自体がこの永続性の最高の証拠のように見えた。（…）この広大な帝国では、すべてが安定して、ゆるぎなく居場所にとどまり、――そしてもっとも高いところに皇帝がいた。年老いてはいたが、もし亡くなっても別の者が後を継ぎ、この計算されつくした秩序になんの変わりもないことがわたしたちにはわかっていた（あるいは考えていた）。戦争や革命、大混乱が起こるとはだれも思わなかった。理性に満ちた時代に、過激な出来事や、暴力はほとんど不可能に見えた」（シュテファン・ツヴァイク『昨日の世界、あるヨーロッパ人の思い出』、一九九三年）

ツヴァイクが描写したのは、平和と休息、そしてなにより、歴史とそれにつきまとう悲劇からのがれられると信じる「幸せ」――幻想に近いのだが――だった。この想像の産物こそが、現在、帝国の再発見に心を駆りたて、そこに好意的な目をそそぐことの説明になるのだろう。帝国が思い起こさせるのは秩序ある世界で、そこでは各自が後見的な権威に守られて生きている。後見的とは、臣下に犠牲をあまり求めず、従わせることに専念する権威である。その意味で帝国は――たとえ実体や権威、とくに権威がなくても――、国や共和国よりは現代的である。後者は犠牲と交換で尊厳と自由を保証し、ときには命までも交換させられるのだから…。その点、ゆるやかな帝国は理にかなった幸せを約束し、自由につきものの苦しみを免除してくれる。その意味で、帝国は現代人の感受性に合っているといえるのではないだろうか。

そうはいっても、事実として歴史は引き継がれ、現在の当事者は帝国ではなく、国家と国民になっている。ただし例外がある。それは統一性を欠くヨーロッパで、「歴史」からのがれたと思いこんでいたのに、すでに「歴史」に追いつかれている。こうしていずれは、アメリカ、ロシア、中国、イラン、イスラエル、その他の国々が世界の将来を決定し、ヨーロッパが創案したモデルの永続性と、「歴史」が育んだ悲劇への永遠のくりかえしを証明するのだろう。大洋の海流のように、地政学の奥深くにひそむ力にはつねに注意しなければならない。ドイツはいま、わたしたちがこの本を書いている瞬間にも、ヨーロッパをこの一世紀で三度目に破壊しようとしているのではないだろうか？

帝国の夢にかんしては、持続期間がいかに長かったとしても、現在は消え失せてしまっている。ほかのどの政体よりも強く体現した、普遍的な平和の夢想とともに…。さあ、夢想が消滅した瞬間の歴史へ、みなさんをお誘いしよう。

パトリス・ゲニフェイ
ティエリー・ランツ

1　アレクサンドロスの帝国の終焉
——紀元前三二三——三〇三年

クロード・モセ

わずか一〇年あまりで、インドにいたるまで広い範囲の征服を果たしたアレクサンドロスの帝国は、征服者の死までの数年しか持続しなかった。同時に、アルゲアス朝マケドニア王国の最後の代理人二人も死んでいる。以降帝国は、アレクサンドロスの征服に同行した者たちの餌食となり、それぞれが帝国の一部の支配者となって、さらにはみずからの利益に沿って再構築しようと必死になった。紀元前三〇六年から三〇四年にかけて、なかでももっとも力のある者たちが王位を取得、三つの偉大なヘレニズム王国が成立することになる。マケドニアのアンティゴノス朝、アシアのセレウコス朝、そしてエジプトのプトレマイオス朝である。

アレクサンドロス大王の帝国

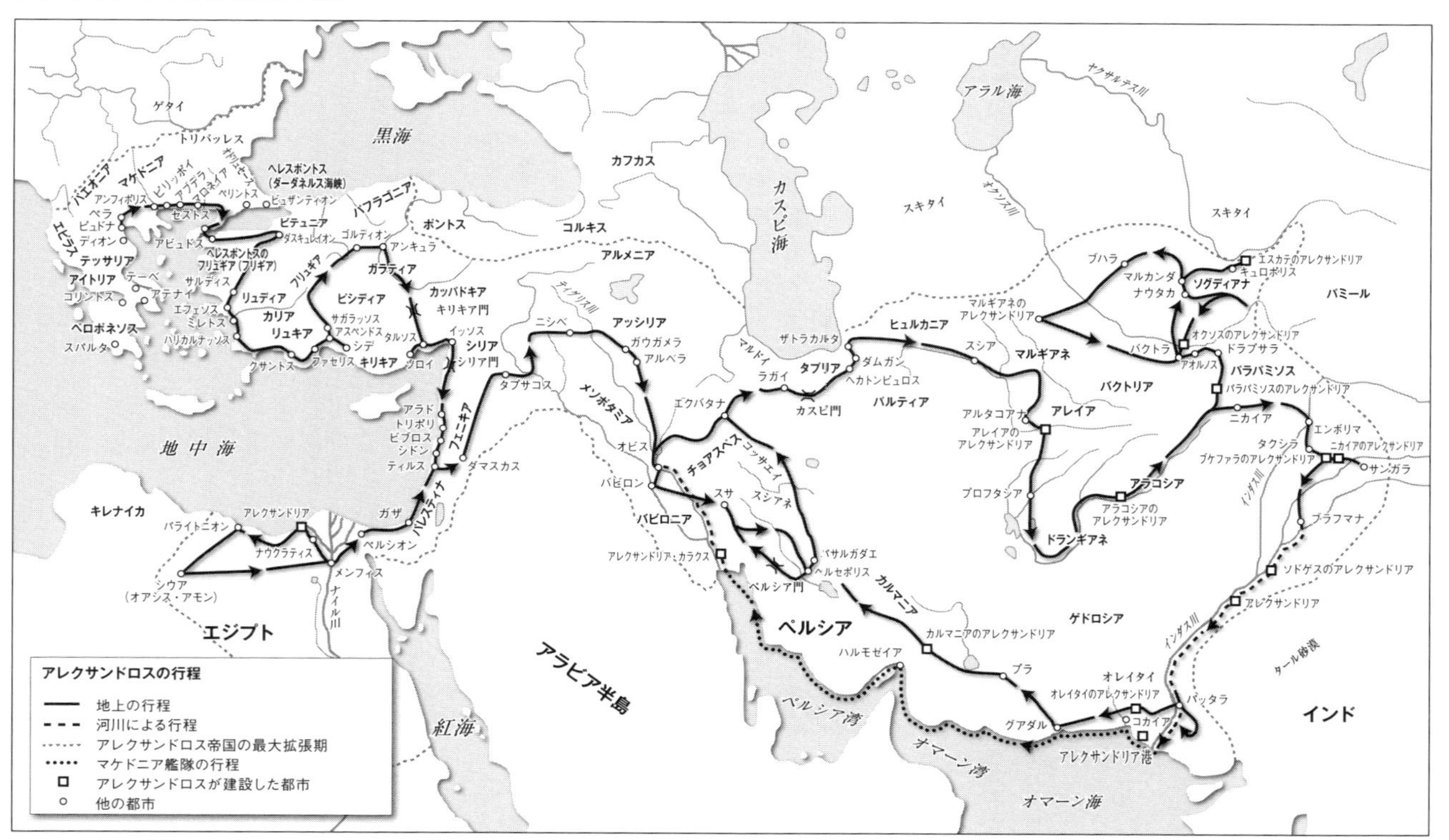

ピリッポス二世の遺産

アレクサンドロスの帝国の最期を理解するために、まずはアレクサンドロス三世（大王）とはどういう人物で、この帝国はどのように築かれたかを思い起こすことが必要だろう。

アレクサンドロスはマケドニア王ピリッポス二世の息子で、紀元前三三六年、父王が暗殺された後を継いで王になった。ちなみに、ピリッポス二世が暗殺された状況はいまだに不明である。マケドニアは古代ギリシア世界の周辺に位置する「国家」の一つで、古代ギリシアの歴史家、ヘロトドスやトゥキディデスが書き残したものから判断するかぎり、ギリシアとの関係は——つまり、いくつかの重要な都市国家と——おおむね良好だったようだ。マケドニアの王はヘラクレスの子孫とされ、「家臣」は「蛮人」だったが、自分たち自身はギリシア人だと思っていた。それでも紀元前四世紀には、マケドニアの支配地はエーゲ世界まで広がり、その結果、紛争にまきこまれることになった。うち最初の数年間に対立したのが、ギリシアでもっとも強力な三つの都市国家、アテナイとスパルタ、テーバイだった。いっぽう、これらの紛争にはバシレウス［古代ギリシア語で君主の意味］が介入することになり、とくにすぐれていたペルシア王のおかげで、この時代には「王の平和」が次々と訪れている。それに続く数年間、権力の座にピリッポス二世がついたことで、マケドニア王国は内部から変貌をとげていく。最初は若き王アミュンタスの摂政をつとめ、その死後に王になったピリッポス二世は、貿易の発展に力を入れ、征服地トラキアの銀山を有効に活用して、マケドニアに新たな一面をくわえた。そしてその権力は豊富な資金のおかげで特別な装備と訓練も万全な軍隊にもとづいていた。本来なら王は、その正当性の承認に軍の合意を得る手はずを整えなければいけないのだが、しかしピリッポス王は勝手に政策を進める傾向があり、すぐにアテナイと対立するようになった。アテナイは、紀元前五世紀のペルシア戦争と、その最盛期を指導した政治家ペリクレスの時代以降、同盟下に置いたギリシアの都市国家の代表として君臨していた都市国家である。

ここでピリッポスとアテナイの対立や、この時代のアテナイを体現する重要人物、政治家デモステネスとの対立については、あえてふれないでおく。この対立については、一九世紀以降、多くの議論がなされ、歴史家のあいだでも対立している。なぜなら、デモステネスの演説は資料として多く残っており、そこで彼はピリッポスの野望に立ち向かい、民主主義で表現されるギリシアの自由と政権を弁護しているのだが、その対立に歴史家もまきこまれているからである。ここではまた、そこでのさまざまな解釈についてもあえてふれないでおこう。重要なのはむしろ、ピリッポス二世が紀元前三三八年、カイロネイアの戦いでアテナイ＝テーバイ連合軍に勝利したあと、ギリシア共同体の代表——都市国家と連邦国家——をコリントスに召集して、いわゆるコリントス同盟を結成したことである。この同盟においてのピリッポスの立場はヘーゲーモーン（覇者）、つまり「盟主」で、同盟国の議員による評議会を設置する配慮も示した。ここからいえるのは、ピリッポスは紀元前五、六世紀にアテナイが結成していた同盟のモデルから着想を得ていたということだ。最初のデロス同盟は、紀元前五世紀の終わり、スパルタとの戦いに破れた翌日に破棄されていた。二つめは紀元前三七八—三七七年に結成され、それはまだ続いていた。

しかし本当の問題は、ピリッポスがコリントス同盟の目的をペルシア帝国との戦争に置き、ペルシアの保護下にあったアシア（小アジア）のギリシア領土を解放するためとしたところにある。こうしてピリッポスは、統一ギリシアの長になり、管理するようになったのである。彼はそれを同盟内で巧みに認めさせた。つまり、主要なギリシア国家の代表からなる組織がデルポイのアポロン神殿を管理運営することにして、マケドニア王のままギリシアでもそのようにふるまったのである。作戦がはじまったのは紀元前三七七年の終わり、アナトリア半島への上陸からだった。しかしピリッポスの死で、アシア遠征の進行に遅れが出はじめた。ここではピリッポス暗殺の原因にはふれず、また、若きアレクサンドロスが正当性を認めてもらうためにぶつかった問題についてもふれないでおく。いずれにしろ、マケドニア軍に正式に王と認められた彼は、まずは王国の秩序を立てなおし、それからテーバイとの問題をかたづけなければならなかった。じつはそれ以前のテーバイはピリッポスの政策には好意的だったのだが、カイロネイアの戦いにはアテナイ側に立って参戦しており、マケドニアから見ればまさに裏切り行為だった。アレクサンドロスはそんなテーバイに厳しい罰をあたえなければならなかったのだ。こうして、彼がアシアでの作戦再開を考えたのは、この問題がすべて解決したあとのことになる。

征服

しかし、限定的だったはずの作戦はすぐに別の様相をおびていった。アレクサンドロスがアシアに上陸したのは紀元前三三四年の春だった。本来なら伝統にしたがってトロイアに立ち寄り、彼の母オリュンピアスの祖とされるアキレウスに敬意を表する予定だった。ところがアレクサンドロスがまず望んだのは、ペルシア王ダレイオス三世を手痛く敗北させ、アジアのギリシア都市国家をペルシア帝国から切り離すことだった。これが有名なグラニコス川の戦いで（前三三四年六月）、彼はダレイオス軍を全滅させたのだった。そうして数週間ほど、古代アナトリアのフリギアと、古代リュディア王国の首都、サルディスを支配している。アジアのギリシア国家は勝者の手に戻り、自立を宣言した。ペルシア側の巻き返しは沿岸の都市ハリカルナッソスからはじまり、アレクサンドロスは奪回に失敗した。それは彼にとって深刻な脅威だった。ロドスのメムノン［ダレイオス三世に仕えていた］によって指揮された抵抗軍は、ヒオス島とレスボス島まで奪取し、アレクサンドロスの増援部隊が到着していた海峡に迫ろうとした。そこでアレクサンドロスはまずダレイオスを襲撃することにしたのだが、それが二度目の大戦、イッソスの戦いである（前三三三年一一月）。ダレイオスは軍の一部と家族をすてて逃亡、アレクサンドロスはついにフェニキアのティルスとガザの奪取に成功した。それを機に、ペルシア帝国の沿岸地帯をすべて征服し、それから、内陸部のことなど考えずにエジプトに向かうことにした。

軍がエジプトに侵攻するとなれば、もはやコリントス同盟の目的とはかけ離れていた。たしかにエジプトは、以前から穀物の供給地としてギリシアは目をつけていたのだが――エジプトのナウクラティスには紀元前六世紀から商館があった――、ダレイオスがアナトリアを支配しているときのエジプト遠征となると、アレクサンドロスにはなにか別の思惑があるはずだった。アレクサンドロスの目的として考えられるのはただ一つ。ペルシア帝国を支配するために、まずは後方のナイル川のデルタ地帯を征服し、シリアやメソポタミアに進攻するという魂胆だ。こうして、彼の名のつく最初の都市国家アレクサンドリアが創設され、同名の都市はその後の行程で次々と誕生するのだが、エジプトのアレクサンドリアが彼の征服地の中心の一つになっていく。アレクサンドロスは即、エジプトの支配をナウクラティスのクレオメネスにまかせたのだが、ここで言及しなければならないのはエジプト滞在中の第二の「出来事」、アメン神殿におうかがいをたてに行ったことだ。このときの出来事に後世の作家が重きを置いているのはよく知られている。アレクサンドロスが神託を求めたのは、領土からなる帝国を所有できるかということだった。それに対する神託は、神は彼が望むものはすべてあたえるというものだった。そこで次に、父を暗殺した者たちを神が罰したかどうかを聞くと、答えはアレクサンドロスの父はギリシア神話のゼウスということだった。この逸話がのちのアレクサンドロス崇拝のもととされている。こうしてアレクサンドロスの冒険にかんしてさまざまな物語が生まれるのだが、それらにはあえてふれず、新たな展開を見せる遠征の続きに戻ることにしよう。実際、アレクサンドロスはエジプトには数か月滞在しただけで、ふたたびアシアへ進攻し、ダレイオスを決定的に撃破している。これが三度目の勝利で、ティグリス川上流の谷、ガウガメラの戦いである。戦車と槍兵で構成された軍隊とはじめて対戦したアレクサンドロスは、自軍の兵士を二手に分けてあいだに敵の戦車を引きよせ、急をついて方向転換する奇襲作戦を使った。これが功を奏し、ダレイオスはまた逃亡、アレクサンドロスは首都バビロンと、次いでスーサ、ついにはペルセポリスを手中におさめ、兵士たちが掠奪と焼失行為を行なうままにした。ここにダレイオスとはいちおうの決着がついたのだが、アレクサンドロスはバクトリアのペルシア地方総督ベッソスに先を越され、紀元前三三〇年七月、ダレイオスは暗殺されてしまった。したがってアレクサンドロスが発見したのは遺体で、彼は伝統にしたがって、王にふさわしくていねいに葬ったとされている。

ダレイオスの後継者となったアレクサンドロスは、遠征に新たな局面をくわえ、より自分本位に展開していくことになる。同盟の兵士たちを解雇し、戦利品の分け前から豪華な贈り物をあたえて国に帰らせた。残る問題は、軍を指揮したマケドニアの武将たちだった。アレクサンドロスは東方への遠征を再開する前に、遠征の当初から行動をともにした者たちを排斥、とくにアナトリアへ最初に上陸し、彼の片腕でもあったパルメニオンを、息子のフィロタスがアレクサンドロス暗殺の策略に加担したとして殺害した。こうして最後となる遠征がはじまり、アラコシア［現在のアフガニスタン南東部］を征服したあと、カフカスから帝国の東の国境へと進攻していった。そのあいだ、アレクサンドロスはギリシア人やトラキア人外人傭兵からなるヨーロッパの増援部隊を受け入れるのだが、最後の頃は地方の首長たちから抵抗され、戦いはより厳しいものとなっていた。紀元前三二八年秋の終わり、アレクサンドロスはソグディアナとバクトリアを征服して体制を立てなおしたのだが、彼がペルシア・アケメネス朝のあいさつの儀式をとりいれ、部下たちにひざまずいてから言葉をかけるよう求めたところ、一部の仲間からの反抗にぶつかっている。反対の声がさらに高まったのは、彼がペルシア人オクシュアルテスの娘、ロクサネとの結婚を伝達したときだった。マケドニア人の武将とギリシア人の仲間、とくにアリストテレスの甥カリステネスらのあいだで反乱、陰謀が増えていった。同時期、アレクサンドロスは一部の地方の統治をペルシア人にまかせ、政権運営にもペルシア人を採用した。彼は東方の遠征をおしすすめ、インドにまで行くつもりだった。インド遠征はパウラヴァ族の王ポロスとの戦いではじまり、ここでは勝利をおさめた。しかし、続いてガンジス川まで進軍しようとしたとき、疲労を理由に自軍の反対にあい、やむなくバビロンに帰還せざるをえなくなる。そこでインダス川の谷に沿って河口まで戻り、それからゲドロシア砂漠を横断中、多くの兵士が亡くなった――紀元前三二五年の終わりから三二四年の初めにかけてのことである。スーサに戻ったアレクサンドロスは、ペルシア人の王女と王の部下（プトレマイオス、カルディアのエウメネス、ネアルコス、ペルディッカス）を結びつける「合同結婚式」をとり行なった。それを快く思わないマケドニア人のあいだで反乱が起こり、厳しく抑えこまれたのだが、一部は豪華な贈り物と金貨をもらい、クラテロス将軍に率いられてマケドニアへ帰還させられていた。紀元前三二四年と三二三年にかけての冬、アレクサンドロスは山岳地方の民族と戦って征服し、三二三年春の初めにバビロンに戻った。そこで彼は次なる遠征先として、ペルシア湾からエジプトまでのアラビア半島大陸周航の準備をするつもりだったのだが、三二三年五月に急逝している（病気？　毒殺？）。

これまで見てきたように、彼は広大な帝国の支配者だった。しかし、本当の意味で組織だてに取り組もうとはしていなかったことがわかる。それよりは、その場かぎりの便法で、最初はマケドニア人だけに地方の統治をまかせ、それからペルシア人も登用し、マケドニアの連隊にもペルシア人を採用するまでになっていた。さらにはペルシア人だけの密集軍団を創設し、反乱分子の対応にあたらせたかと思うと、次はまたマケドニア人一〇人ほどに権力をにぎらせていた。こう見ると、アレクサンドロスの帝国は種々雑多な地方のよせ集めでしかなく、帝国がギリシア化を考えてのことだとはとうてい思えない。この帝国の崩壊の仕方がなによりの証拠である。

一時的な相続

マケドニア帝国が統一した組織をなしていなかったのと同様に、帝国内でのアレクサンドロスの権限も複雑だった。彼はつねにマケドニアの王ではあったが、マケドニア本国は、ピリッポス二世時代からの腹心アンティパトロス将軍にまかせており、兵士や騎兵、歩兵からなる軍隊に代表されていた。いっぽう、アレクサンドロスはダレイオスの後継者であり、それにともなってペルシア人が支配していた地域も、王国の軍が支配していた土地も管理していた。彼はつまり古代オリンピックで不敗の神として名をはせた「テトス・アニケトス」だったのである。そのような人物の相続となると、問題に事欠かないであろうことは容易に想像できる。ところで、この相続会議がバビロンで行なわれたのは奇妙に思えるが、マケドニア王アレクサンドルの相続問題はすぐに、彼の仲間をまきこんで激しい議論のテーマになった。

三三歳で死んだアレクサンドロスには、正当な後継者がいなかった。妻のロクサネは妊娠中だったが子どもはまだ生まれておらず、家族で唯一後継者を主張できる異母兄ピリッポス・アリダイオスは虚弱体質だった。そこで、アレクサンドロスの仲間で実権をにぎっていた将軍たちのあいだで、二人の後継者のどちらを王にするかで口論となった。すでに見てきたように、アレクサンドロスには帝国を組織だてる時間がまったくなかったので、死後の相続問題は彼の継承者になろうとする将軍たちのあいだで紛争の種になっていったのだ。以降、彼らはディアドコイ(後継者争いをする将軍)とよばれるようになる。そのなかでもっとも影響力のあったのが、騎兵隊を指揮し、アレクサンドロスの勝利に決定的な役割を果たしていたペルディッカスだった。ペルディッカスは、資料を信じるならば、ロクサネが身ごもる子どもが王位につくべきという立場だった。それに対し、マケドニア人の大半は、病弱で庶子であってもピリッポス二世の子どもにちがいないピリッポス・アリダイオスの側に立った。ここで忘れてならないのは、アレクサンドロスが急逝する少し前、ヨーロッパに帰還する兵士を託して、クラテロスをマケドニアに派遣していたことだ。

これらすべてから一つの妥協にたどり着いた。ピリッポス・アリダイオスと未来のアレクサンドロス四世が共同で君臨し、いっぽうで各ディアドコイは帝国のそれぞれの地域を分けあって管理するというものだ。ペルシア帝国のトップとして王に次ぐ実力者だったペルディッカスは、一時的な分割ではあるもののアシアの支配者としてとどまり、エジプトを奪いとったプトレマイオスはそのままエジプトを支配、トラキアはリュシマコスのものに、大プリュギアとリュディア、パンリュリアは、それまで目立たないところにいながら力をつけていくアンティゴノスのものになった。また、カッパドキアは征服に成功する条件でギリシア人エウメネスのものに、マケドニア本国は、王の養育係になったアンティパトロスが支配することになった。

しかし、この再配分は遠からずこっぱみじんに砕けちることになる。たしかに、各自が帝国の一部を支配するようになれば、マケドニアの権力をにぎろうとするのは明らかなのだが、しかしそれは、王の家族が二人で共同君臨しているかぎり不可能で、本国からはさまざまな介入もあった。この危機を前にディアドコイ同士が同盟を組み、増長する養育係ペルディッカスは紀元前三二一年、近くから追っていたクラテロスに殺された。この混乱から新しい合意が生まれ、シリアのトリパラディソス会議で表明されたのが、アンティパトロスに二人の王の養育係と、マケドニアの支配権をあたえることだった（前三二一年）。しかし紀元前三一九年、この新しい安定もアンティパトロスの死でほどなく崩壊、後を継いだのは、周囲から期待されていた息子のカッサンドロスではなく、二番手のポリュペルコンだった。そこからポリュペルコンに対抗してカッサンドロス派のリュシコス、アンティゴノスが同盟を組み、一派はセレウコスを犠牲にしてアシアの領土を拡張していった。このとき二つの事件が新たな火種を生みだした。紀元前三一六年、ピリッポス・アリダイオスがカッサンドロスによって殺され、後者は翌年、バビロンと周辺の支配地をのっとってセレウコスを追放したのである。高まる脅威を前にアンティゴノスの仲間が結集、それぞれが戦いをくりかえしたあとの紀元前三一一年、ついに新たな平和合意にたどり着いた。プトレマイオスはエジプトを保持し、リュシマコスはトラキア、そしてカッサンドロスはアレクサンドロス四世の財務責任者になり、ただひとりセレウコスはこの合意からはずされた。ここで重要なのは、三一一年の合意がかならずしもギリシア都市国家の自由と自立を保証していないことだった。その少しあとの紀元前三一〇年、今度はアレクサンドロス四世が暗殺された。マケドニアのアルゲアス朝が終わりを告げたのだ――マケドニア王家の祖先はギリシア人で、ヘラクレスの子孫といわれている――。以降、帝国内の各地域をどう管理するかだけではなく、マケドニアのアレクサンドロスの後継位を奪うことがなにをおいてもの重要問題になった。帝国が崩壊していくうえでの第二期、きわめて複雑な後継者戦争が幕を開けた（前三一〇―三〇一）。

アレクサンドロス四世が殺害された紀元前三一〇年を機に、マケドニア王国の問題は解消した。しかし、アレクサンドロスのまわりで生き残った者たちの利害はそれぞれ非常に異なっていた。エジプトを手にしていたプトレマイオスは、その上さらにアレクサンドロスが残したものを手に入れ、それなりに正当性をあたえられていた。いっぽうリュシマコスの野望は、彼が受け継いだカッパドキアの支配をめぐって問題にぶつかっていた。さらにそこには、アシアの支配地の一部を統治していたセレウコスもいた。そんな彼らの前に、異なる政治を行なっている二人の人物がいた。ひとりはカッサンドロス。彼はマケドニアの君主としてギリシアの都市国家に寡頭政治を導入し、分裂していたギリシア問題にいい意味での決着をつけていた。その典型例が紀元前三一七年、アテナイの哲学者、パレレオス・デメトリオスの管理のもとに成立した政治だった。カッサンドロスはマケドニアとエーゲ地方の一部の君主としてとどまることを欲していた。しかし、彼の前に立ちはだかったのがアンティゴノスだった。アレクサンドロスの死まで影の薄かった彼は、帝国を再構築する野望を明らかにするようになり、セレウコスの支配下にあるアシアの一部の奪回を狙っていた。そのためにあてにしたのが、軍事的才能のある息子のデメトリオスで、紀元前三〇五年のロドス包囲戦の勝利で才を発揮した息子は以降、ポリオルケテス＝「攻城者」という異名を授かっていた。

　この間の激しい戦争についてはあまり知られておらず、紀元前三〇一年、アンティゴノスの死で終わったことだけがわかっている。しかし三一一年から三〇一年のあいだ、新たな事実が戦争に別の要因をあたえていた。じつは紀元前三〇六年、アンティゴノスは息子のデメトリオスと共同で王を宣言していた。ところがこの宣言には、どの人民とどの領地の王なのかはいっさいふれられていなかった。アンティゴノスはアンティゴノス王、息子はデメトリオス王とだけなっていたのだ。したがってこれはきわめて個人的な王国といえ、アレクサンドロスが最後の頃、オリュンピアで神の名誉にかけて宣言した王国のようでもあった。その結果、アンティゴノスとデメトリオスはアテナイで信仰の対象になり、紀元前三〇七年、攻城者デメトリオスはアテナイのパレレオス・デメトリオスを追放してしまった。後者はまずテーバイに避難し、それからプトレマイオスのいるアレクサンドリアに避難、それがきっかけとなってプトレマイオスは有名な博物館と、やはり有名ながら歴史から忽然と消えた図書館を創設するのである。

アンティゴノスとデメトリオスが王位を取得したことに、当然ながらほかのディアドコイも関心を示し、紀元前三〇六年から三〇四年にかけて、彼らも順番に王を宣言していった。これらの王のなかで、アンティゴノスにとっていちばん危険だったのは、マケドニアの君主カッサンドロスだった。そこで彼は、息子のデメトリオスを介してギリシア人、とくにアテナイ人を結集させてカッサンドロスに対抗した。すでに述べたように、デメトリオスはアテナイからパレレオス・デメトリオスを追放、旧憲法を復旧させていた。つまり民主主義である。この時代のアテナイにいかに政治介入が絶えなかったについては、のちにローマ帝国時代のギリシア人著述家プルタルコス（四六から四八頃―一二七）が著書『対比列伝』でデメトリオスに一章をさき、同時代の情報もふくめて書いていることからもわかるだろう。

崩壊

こういう政治が、ほかのディアドコイを不安におとしいれたであろうことは容易に理解できる。したがって彼らは対アンティゴノスで団結し、紀元前三〇一年、イプソスの戦いで勝利して、アンティゴノスは戦死した。新たな分配が必要になった。カッサンドロスはマケドニアを保持、プトレマイオスはエジプトを、リュシマコスはトラキアとアシアの一部をタウロスまで、セレウコスはアシアの残りとシリア、デメトリオスはアシアのキプロスとコリントスなどいくつかの都市国家である。しかしこの合意は前の合意よりも持続しなかった。こうして帝国崩壊の最終段階、より複雑でより不明な時代が幕を開けた。

それは紀元前二九八―二九七年のカッサンドロスの死ではじまった。マケドニアは当然、奪回されることになってデメトリオスのものになり、そのかわりに彼はプトレマイオスにキプロスを、セレウコスとリュシマコスにはアシアで保持していた基地をゆずった（前二九四年）。しかしデメトリオスはそう長く勝利の恩恵に浴さなかった。リュシマコスがトラキアの部族ゲタイ（前四世紀にドナウ川下流で樹立）の捕虜になったのを受け、デメトリオスはトラキアに侵入したのだが、ギリシアでエピラス王ピュロスの動乱があり窮地におちいっていた。そのあいだ、解放されたリュシマコスはピュロスに合流、デメトリオスをマケドニアから追放したのである（前二八八年）。こうしてデメトリオスの追跡がはじまったのだが、それについては前述のプルタルコスが『対比列伝』デメトリオスの章で詳しく述べており、彼は紀元前二八三年に死んでいる。それによると彼はセレウコスの捕虜になっていたのだが、セレウコスのほうはふたたびアシアに足をふみいれ、プトレマイオスとリュシマコスの脅威になっていた。セレウコスとリュシマコスの複雑な関係についてはふれないが、最後はリュシマコスが敗北し、彼は紀元前二八一年、リュディアのスピル山のマグネシア近くのコルペディオンの戦いで死んでいる。それから少しあと、今度はセレウコスがプトレマイオスの息子、プトレマイオス・ケラウノスに暗殺された。セレウコスは息子のアンティオコスと権力を共有していたことが幸いして、アシアの地方王国は維持されることになった。

このあいだをとおし、マケドニアはケルト人の侵入に脅かされており、ケラウノスの必死の防戦も功を奏していなかった。こんな状況のとき、デメトリオス・ポリオルケテスの息子、アンティゴノス・ゴナタスがマケドニアの奪回に成功し、紀元前二七六年に王として認められている。以降、以前のアレクサンドロス帝国は三つの大君主制国家に分けられた。アンティゴノスのマケドニアと、プトレマイオスのエジプト、そしてセレウコスのアシアである。これらは領土を併合した王国とはいえ、すでに見てきたように個人的な国家だった。そのなかでアンティゴノスのマケドニアは政治の中心としての地位を保ち、多少なりとも理論的な体系があったのだが、ほかの二つの王国の政治体制は違っていた。プトレマイオスのエジプトは、ファラオと同時にアレクサンドロスの神性も受け継ぎ、ゆるやかに王国信仰が築かれていった。その黄金時代を迎えたのが、プトレマイオス二世ピラデルポスの妻アルシノエ二世が亡くなったあとだった。ちなみに二人は姉弟であり夫婦であり共同統治者、とくに前者はプトレマイオス朝のエジプトでもっとも有名な王である。他方、セレウコス朝のアシアは、多様な共同体の集まりで、都市や国家は多少なりとも自立し、領地は王権に直接支配されていた。

アレクサンドロス帝国が分解して生まれたこれら三つの王国の歴史について、長々とはふれないでおこう。最初に消滅したのはマケドニアで、力をつけてきた強国ローマがいちばんの脅威になっていた。ピリッポス五世と次いで息子のペルセウスはローマに抵抗を試みたのだが、後者は紀元前一六八年、共和制ローマの軍人、ルキウス・アエミリウス・パウルスとの戦いに破れて王国を放棄、国は四つの自立した地方に分断されたあと、紀元前一四六年にローマの属州になった。

セレウコス朝は紀元前三世紀の終わりから崩壊したのだが、一部の王はまだ権威を保っていた。こうしてアンティオコス三世は王国の再統一を試み、ほぼ達成しかけたところでスピル山のマグネシアの戦いに破れ、紀元前一八九年のアパメイアの和約にも失敗して、ローマがアシアに侵入するのを認めることになった。もう一人セレウコス朝の王で歴史に名を残したのは、エルサレムを奪回してマカバイ戦争を誘発したアンティオコス四世で、とくにユダヤ教のシオニズムに影響をあたえた人物として知られている。王国の崩壊が進んだのは、アッタロス朝の最後の王の死後で、ペルガモン王国は紀元前一三三年、ローマのアシア属州になった。また、ビテュニアとキリキアも、ポントス王国の王、ミトリダテス六世がローマとの戦争に破れ、ローマのシリア地方属州になったことから、同じ運命をたどった。

残るはエジプトのプトレマイオス朝だけとなったのだが、王朝内のたえまない骨肉争いは最後の王、若きプトレマイオス一三世と、姉で妻でもあるクレオパトラの共同統治の時代まで続いた——クレオパトラの運命はよく知られているとおり、まずカエサルの愛人になったあと、アントニウスの妻になり、紀元前三一年、彼がアクティウムの海戦で敗北したあと運命をともにしている。

こうして、アレクサンドロスの英雄的行為から生まれた王国は終わりを告げたのだが、歴史家としてはこの冒険の終結にあたって問題を提起せざるをえない。もしかして彼の帝国は、一般に知られていることとは別のあり方で存在したのではないだろうか？　これまで見てきたように、アレクサンドロスはマケドニアの王として、そしてコリントス同盟の盟主として、ペルシア帝国との戦争の目的を、当初のアシアのギリシア都市国家の解放からペルシア帝国の征服と、アケメネス朝を支配することに変えた。そこには、マケドニア人として地球全体を支配するという断固たる意志があったのだろうか？　それとも、全体の状況のなりゆきから、多様な領土をこれまた多様な権力で征服した結果にすぎないのだろうか？　だから、わずか一〇年で征服したものが消滅するのに逆らえなかったのだろうか？　このテーマは歴史家のあいだでいまだにさまざまな論争をひき起こしている。ここでそれを展開することはできないだろう。はっきりしているのは、アレクサンドロスがいだいていた明確な目的と――東方の世界のギリシア化――、この征服が帝国にまでなったのは状況のたまものだということだ。アレクサンドロスのイメージが復元されるにつけ、断定的な答えは遠のいていく。いずれにせよ、地中海東部の都市と文化は彼の影響を受けて深くギリシア化しているのだが、しかし、社会のあり方、とくに地方はギリシアとは関係なく存続した。考慮に値するのはこれらの矛盾で、それについては考古学あるいは碑銘学が、答えとまでいかなくても、新たな光をもたらしてくれるはずである。

2 西ローマ帝国の長い断末魔

ジャン＝ルイ・ヴォワザン

「ローマ人が所有する広大な帝国は、彼らにそなわる価値によって取得したもので、運命の女神の贈り物などでは決してない」と『ユダヤ戦記』で言明したのは、帝政ローマ期の歴史家で、ユダヤ人のフラウィウス・ヨセフス（三七―一〇〇）である。彼は著書を次のようにしめくくっている。「彼らの帝国の境界が、東はユーフラテス川、西は大洋、南はもっとも肥沃な地方アフリカ、北はドナウ川とライン川であったとして、何を驚くことがあるだろう？　これらの征服地は征服者よりも見おとりがすると言ったほうが正しいだろう」。それでも、フラウィウス・ヨセフスがこれを書いたのは西暦七〇年の終わり、ローマ帝国の領土がまだ最大限に達していないときだった。彼はローマ軍のことをじつによく知っていた。ローマ帝国に対するユダヤ人の反乱で、後者が投降する前の六六年、ユダヤ人として戦っていたからだ。ローマ軍の規律と組織力、絶えざる訓練、すぐれた兵士と将軍が、この広大な帝国の基礎になっていることを彼は理解していた。古代ローマの詩人ウェルギリウスが、叙

ローマ帝国の分割。395年

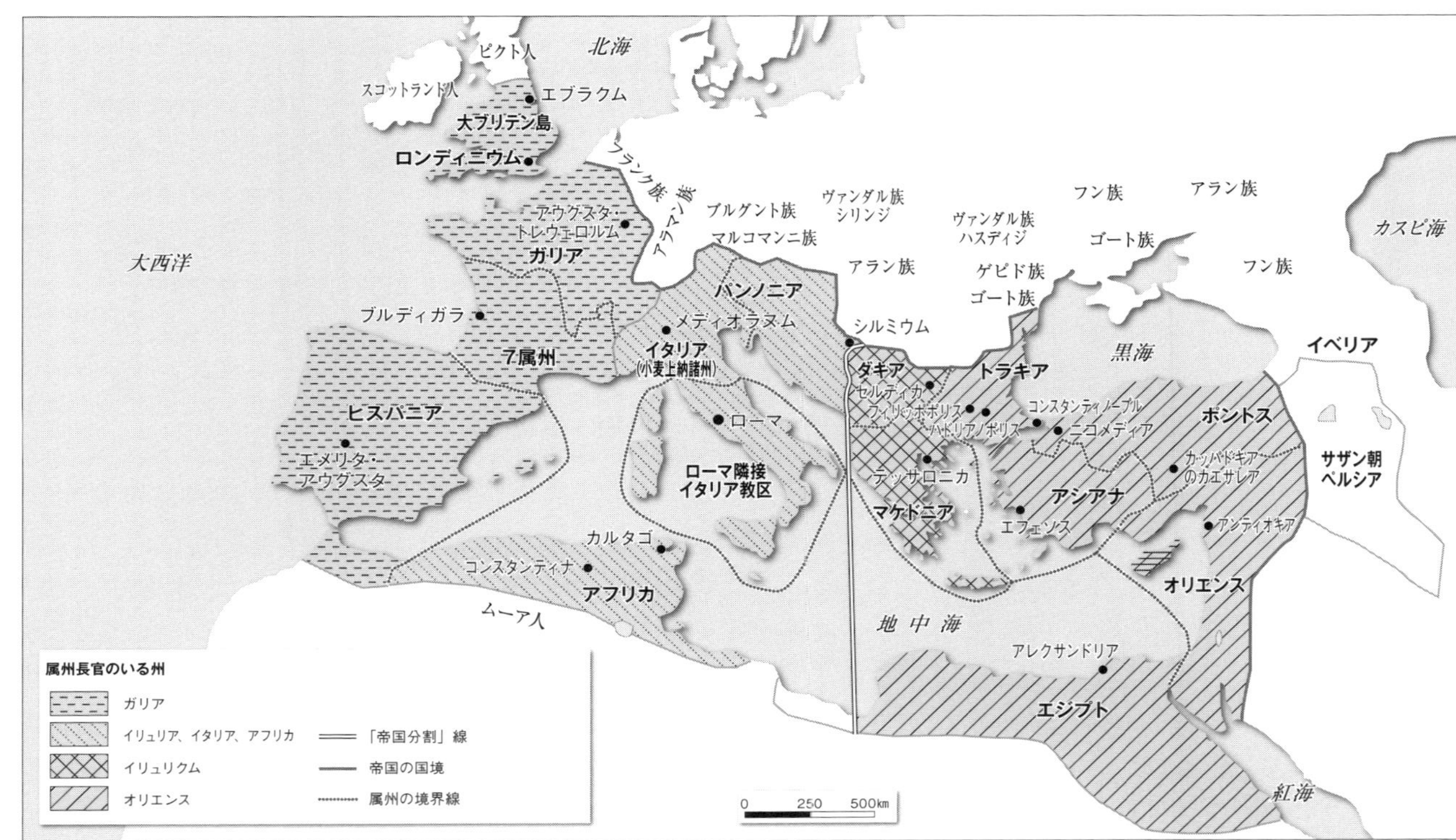

事詩『アエネーイス』で書いたように、「人間と神の父」ユピテルが「空間にも、持続期間にも境界を設けなかった、まさに際限のない帝国」だった。伝承によると紀元前七五三年、ローマが古代ラティウム〔ローマを中心とする地方〕を支配してから五世紀以上をかけて、ゆっくりと、忍耐強く、軍隊と法体制によって、さまざまな民族を「インペリウム」（古代ローマの命令権）のまわりに集めて構築された帝国は、永遠に見えた。その首都のように。

議論と論争

約四世紀後の四四〇年頃、レランス島の修道士で、ライン川沿岸地方出身のサルビアヌス（四〇〇―四九〇）は『神の統治』という小論を書いている。目的は？　不幸な時代を前に、途方にくれたキリスト教徒が彼らの属州を守り、正当化するためである。「神はなぜに、われわれがほかの民族より弱く、不幸になるのを許されたのか？　なぜに、われわれを蛮族に圧倒されるままにし、敵の権力のほうにまわられたのか？」。サルビアヌスは自分なりの答えを出している。「われわれと、われわれの不正な行為に禍あれ！　われわれと、われわれの放埒な生活に禍あれ！　（…）われわれは敗北してしかるべきだったのだ」。極端に禁欲的に現状に心を配る彼は、蛮族の勝利を正当化し、ローマ人の悪徳を神が罰したとしている。しかし彼は、古代ローマ人の失われた美徳に愛着をいだき、理想化して、異教徒の蛮族にも美徳の一部はあると見ている。「かつてのローマの豊かさと栄光はどこにあるのだろう？　あの時代、ローマ人は力がみなぎっていたが、現在は力を失っている。古代ローマ人はおそれられていたのだが、いまはわれわれがおそれている（…）」。サルビアヌスにとって、ローマは死にかけている。終わりなのだろうか？　しかしいつ？　そして終わるのはどのローマ帝国なのか？西側の帝国である。

なぜなら、サルビアヌスにとってのローマ帝国はもうフラウィウス・ヨセフスの帝国ではなかった。東側の帝国は徐々にギリシア人とキリスト教徒のものになり、その歴史は一四五三年まで続くのだろう。一七世紀以降、研究者のあいだで首都コンスタンティノープルの旧名をとって「ビザンティン帝国」とよばれるようになった帝国は、「ローマ皇帝という神の恩寵」ともいえる。西ローマ帝国にかんしては、正確にどの出来事で終焉を迎えたのだろう？　皇帝の制度と、領土の仕組み、そして古代世界と文明の終わりが混ざりあって終わったとすべきなのだろうか？　この想定は不自然ではない。その問題は同時代人の心をすでにかき乱していた。後世の歴史家や倫理学者にも議論の種を提供し、その時代を反映するおもに二つの主題を生みだしていた。一つは、一六世紀になってウプサラの大司教、ヨハンネス・マグヌスによって発表され、次いでカルヴァン主義者のフランソワ・オトマンによって踏襲されたものである。それは蛮族のゲルマン人がローマの暴政から人々を解放したとする説で、歴史家のピエール・リシェがゲルマン派とローマ派の大論争と名づけているものだ。もう一つは年代にかんする区分で、古代と中世は急激に分断したとする一派と、いや、その時代は双方入り組んで一体となっており、あえて枠をつけるとしたらあいまいに「古代末期」とする一派の論争を深めたものである。それに代わる表現が「後期ローマ帝国」で、一七五二年、こちらはフランス人の歴史家、シャルル・ル・ボーによって考案された。現代になってイギリスの歴史家ピーター・ブラウン（一九五三年―）によってフランスに普及したこの概念は、古代からの長き残存物を優先して、退廃思想や後退を故意に過小評価している。そしてそのなかで、徐々に時代の色あいが変わり、急激に新しい秩序、中世が構築されたというものだ。

どちらの一派に属するかによって、年代の目印は違い、ある日付が優先されるかと思えば、他方では矮小化されている。ちなみにフランスでは――ほかの国でもそうだが――、学校のカリキュラムの年代は常套的で、恣意的な枠で決められており、一般的にある都市の創設や占領、敗戦、ある象徴的な人物の死去などにもとづいている。学校教育の場合、ゲルマン民族のライン川越えは四〇五年の終わりか、または四〇六年の初めか四〇七年で、移動してきたのは約一五万人のヴァンダル人、アラン人、スエビ人、おそらくはフン族の西進に押されて南下したとされている。執筆者によって、それはゲルマン民族がガリア地方にまで入りこんでフランク王国やブルゴーニュ王国が建設される先がけであり、そこで大規模な破壊があったことから「文明破壊」のはじまりとなる。しかし西ローマ帝国にとってそれはガリア地方の不安定化と、ブリタンニア地方の喪失（現在の大ブリテン島）、ヒスパニア（スペイン）の占領につながり、国家が内戦状態になって、新たな策略の時代になったことを意味する。簒奪（さんだつ）皇帝コンスタンティヌス三世が四〇八年から四一一年までアルルに定住する時代である。

ところで、歴史の研究で事実が明確になるにつれ、西ローマ帝国の最後の日にちに幅が生じ、それが数十年、さらには何世紀と続く一つのプロセスに統合されてくる。それでいて、いくつかの研究は、さしたる理由もなく、意識のなかにきざみこまれている。ローマが権力の中心だった帝国が、徐々に消滅していく歴史の迷路のなかで、道しるべの糸のような役をしているのである。

ローマ帝国を驚くべき帝国、「歴史的に特異な構造」と書くのは、現代の歴史家パトリック・ル・ルー（一九四三―）である。彼によると、都市国家や地方の共同体が属州に再編されて割拠している状態である。そのトップにいる君主は、ローマの元老院の最初の議員である。共和政ローマが征服した領土の後継者であるローマ帝国は――帝政期――、紀元前四四年三月一五日のユリウス・カエサルの暗殺に続く内戦から生まれた。勝者はカエサルの甥で養子になったオクタウィアヌスで、紀元前二七年一月に皇帝カエサル・アウグストゥスになった人物だ。皇帝の権力の基礎を決定したのは彼である。皇帝のもつプロコンスル（属州総督）のインペリウム（命令権）、つまり、軍の司令官で護民官でもあった皇帝の命令権は、執務官の決定に対して拒否権をもち、属地法やおもな年間行事をも無視することができた。護民官の権力には際限がなく、元老院を召集し、平民の権利を守るため、神聖不可侵とされるほど高い権威をもっていた。ラテン語で権威を意味する「アウクトリタス」は、皇帝名アウグストゥスにも反映され、彼の決断はほかのあらゆる決断よりも上にあった。大祭司長も宗教の儀式の場でのアウグストゥスの優位を認め、皇帝信仰によって宗教の意義も高まった。それにくわえてアウグストゥスは、行政管理でも三つの要素で構成したおおまかな基本を描いている。それはローマとイタリア、属州の三つで――一部は皇帝が直接管理し、ほかの属州などは元老院が管理するなど――、中央集権の原形を作り、軍を再編成して帝国の境界に常時駐屯させるなど、新しい社会秩序の大枠を作っている。これら新たな政体は直々の後継者たち（一四年から六八年までのユリウス・クラウディウス朝）に試され、内戦の試練も受けたが（六八―六九年）、もちこたえている。

その後はフラウィウス朝（六九―九六）、ネルファ＝アントニヌス朝（九六―一九二）、セウェルス朝（一九三―二三五）がその政体を明確にし、変質させることなく改良していく。そのいっぽうで、帝国は拡張し、マウレタニア（モロッコ）、ブリタンニア（大ブリテン島）、ライン川右岸（ドイツ南西部とバーデン＝ヴュルテンベルク）、ダキア（現在のルーマニアとモルドヴァ）、アラビア（ヨルダンとシナイ）、さらにはユーフラテス川とティグリス川に沿ったメソポタミアとアッシリア地方へと広がっていく。二世紀になると、全体の面積は地中海地方もふくめて数千万平方キロメートル、人口は六〇〇〇万人から一億人になっていた。二一二年には、カラカラ皇帝が帝国の自由人すべてにローマ市民権をあたえ、住民が望めば彼ら自身の権利や土着の習慣を維持することも可能にした。

二三五年から二八四年にかけての帝国はゆれうごき、そのあいだ、三六人もの簒奪皇帝が入れ替わっている。同時に、ライン川やドナウ川を越えて蛮族が急襲し、南部ではサハラ砂漠の民族の襲撃、東部では新たな強国ペルシアのササン王朝が軍事作戦を展開、黒海や「われらが海」地中海でさえ安全ではなくなっていた！　二五一年には、皇帝ではじめてデキウスが戦場で殺されている。もう一人、ウァレリアヌスもペルシアの捕虜になり、二六〇年に処刑された。毎回、シナリオはほとんど同じで、敗戦による君主の排斥、兵士に歓呼で迎えられる新皇帝、内戦、新たな蛮族の襲撃――がくりかえされる。戦争と政治の危機が、地方経済さらには全体の危機をよび、ほかからの襲撃にとっては好機となり（掠奪や、海川の海賊行為）、帝国は崖っぷちに追いこまれる。恐怖と不安の時代が住民の士気をさらにおとろえさせる。伝統的な宗教に救いを求め、神との平和を破ったとしてキリスト教徒を迫害し、魔術や秘教が広がり、帝国の東部では星や天体の宗教が発達する。

しかし帝国はもちこたえている。武器とする行政制度、住民の忠誠心、蛮族と折りあうことなく現地で戦う属州のおかげである。さらには、したたかな皇帝、イリュリア出身者が多い軍人皇帝のおかげでもある。その一人が専政君主でならしたディオクレティアヌスだ。彼の時代に、その意に反して、新しい世界が姿をあらわすのである。

崩壊を示す七つの年代

それは二八六年だろうか？　二八四年に権力を手にしたディオクレティアヌスは、帝国の弱体化した政治と軍の問題を実務的に解決するため、彼と同じく熟練した兵士、マクシミアヌスを副帝に抜擢して補佐にする。目的は？　西側の状況の立て直しである。作戦の結果を見て、補佐の権威を高めたいと思ったディオクレティアヌスは、二八六年四月一日、マクシミアヌスを共同皇帝に格上げした。仲間にして、ときにライバル、いずれにしろ彼よりは格下だった。この上下関係からは、神を先祖として創設された帝国のイデオロギーが透けて見える。ディオクレティアヌスはユピテルといわれ、マクシミアヌスはヘラクレスだ。マクシミアヌスはミラノに居をかまえ、ディオクレティアヌスはアシア（小アジア）のニコメディアを拠点にした。二九三年、戦略的な束縛により対処するため、ディオクレティアヌスはこの両頭政治を四分割統治に変えた。二人の皇帝は、相続可能な二人の副帝に補佐されて、仕事と戦いの地域を分けあったのである。三〇〇年頃になると、帝国の統一は回復し、ダキアとドイツ南西部は喪失していたが、おおむね三世紀の領土の範囲内で力を行使するようになる。続いて行政と税制、軍部の改革が次々と行なわれ、無難な政策が続くのだが、しかし、その影響で帝国の顔が根底から変わっていく。ローマ元老院は一種の地方都市の評議会になり、敬意ははらわれていたのだが、イタリアの外では存在感がすっかりなくなっていく。また、帝国の東部のほうが豊かで活動的とみなされ、きわめて重要な重みをもつようになる。作戦の舞台により近づくため、皇帝たちが常時滞在する拠点はローマではなくなり、ニコメディア、メディオラヌム（ミラノ）、アウグスタ・トレウェロルム（トリーア）、テッサロニキになる。一〇〇〇年以上も前にロムルス［ローマの建設者、伝説の初代王］によって創設されたすばらしい都市は一変し、記憶と過去の威光、象徴の場所になったのである。

皇帝とその家族はローマに居をかまえていたが、君主が来ることはめったになく、皇帝の訪問は二〇年間に三回のみ。うち一回は例外的で、三〇三年一一月二〇日、二人皇帝の二〇周年記念の折だった。「矛盾に満ちているのは、ローマをふたたび首都にするためには、三〇六年から三一二年まで、簒奪皇帝のマクセンティウスが必要だったということだ」と、現代のフランス人歴史家ジャン＝ミシェル・カリエとアリヌ・ルーセルは書いている。親衛隊と、皇帝の不在に不満をもつローマ人の支持を受けたマクセンティウスは、ローマを美化し、過去の栄光を利用した貨幣鋳造で、帝国の復活にローマの復活は欠かせないことを伝えたのである。以降、ローマに滞在する皇帝は、三二六年のコンスタンティヌス一世と、三五七年のコンスタンス二世だが、いずれも短い期間である。そのかわり、皇帝一家の女性たちは居住地として選んでいる。したがって、ローマはもう政治の中心ではなくなっている。感情的には真の都会であっても、ある意味で社会的地位を失い、地方都市に転落したのである。

三三〇年はどうだろう？　この年の五月一一日、帝国を再統一して改革し、一人皇帝になったコンスタンティヌスは、コンスタンティノープルをローマに代わる首都に定め、先祖代々の儀式にのっとって、「新ローマ」（三二四年からあらわれた表現）、「コンスタンティヌスの都市」と献辞を記した。彼がそれを決意したのは三二四年、一つは戦略を考慮して、もう一つは彼との共同皇帝で最後のライバルだったリキニウスとの戦いで、マルマラ海の海戦に勝利したのを記念してのことだった。その日を機に首都の工事がはじまった。彼はこの都市を、いまだ特権を失わない旧首都に似せたいと思っていた。同等の都市になるだろう。コンスタンティノープルにはローマと同じように七つの丘と、一四の行政区、一つの公共広場があり、住民に麦を配給し、元老院もあるはずだった。そしてローマ以来、都市の安全を守るとされたミネルヴァ女神の像も保存するはずだ。この像は伝説によると、半神の英雄、アイネイアスがトロイアの燃えさかる炎から奪い、イタリアにもち帰ったあと、ウェスタの巫女に託したとされている。彼はこの都市を旧ローマにとって代わるものにしたかったのだろうか？　それともより強固にしたかったのか？　答えはないままである。七世紀の年代記『ビザンティン年代記』によると、彼は神の信託で「ローマ帝国はいずれ消滅する」と告げられ、それで決心したようだ。さらに、その世界は古くなり、永遠の都ローマもゆれているという考えが、キリスト教徒も異教徒もふくめた歴史家のあいだで、とくに三一〇年代後半に広がっていた。この新ローマの創設にあたっては星占いもしてもらっている。それによると、新しい都市は六九六年生きのびるということだった。そうして、コンスタンティノープルがローマに代わることになった。ついに、貨幣にきざまれた一連の古代の神話やダフネ宮殿が、別の新ローマの創設を後押しする。未来の首都にする決断、帝国の中心地を地中海地方の東部に移動する決断がなされたのである。この決断は、のちの歴史家たちによって矛盾してとらえられている。六世紀初頭の異教徒で歴史家のゾシモスは、コンスタンティノープルはアンチ・ローマであるとし、「ローマ人の伝統をすて、帝国を裏切った皇帝の改革である」と書く。対して同じく六世紀の歴史家で、やはり異教徒のヘシキオス・デ・ミレトスは、「世界が終わったのではなく、旧モデルに忠実なコンスタンティノープルとともに、一つの文明がよみがえったのである」と書いている。

三九五年はどうか？　この年の一月一七日、ミラノで皇帝テオドシウス一世が亡くなった。彼は帝国を二人の息子、アルカディウス（在位三九五―四〇八）とホノリウス（在位三九五―四二三）に残した。テオドシウスは帝国の最終的な分割を準備していなかったのだが、しかし、集団指導体制がよいように思われていた。共同皇帝はローマ帝国ではくりかえし行なわれ、彼自身、グラティアヌスと三七九年から、後者が簒奪皇帝マグヌス・マクシムスの命で暗殺された三八三年まで実行していた。二人の息子のうちの長男で一七歳のアルカディウスには東側と首都コンスタンティノープルが、下の息子で一一歳のホノリウスには、メディオラヌムを首都とする西側があたえられ、後見人としてスティリコがついた。彼はヴァンダル族出身で、才能あふれた将軍、軍全体の長として指揮をとる真の権力者だった。唯一の皇帝の保持に執着していた彼は、当然のこととして、帝国全体の摂政を行なった。テオドシウスの姪と結婚した彼は、二人の娘をホノリウスに嫁がせていた。ところが、ゴート族の反乱に対する政策と、東側軍隊の指揮権のことで、すぐにアルカディウスと対立する。しかし、原則として帝国はまだ統一されていた。皇帝の権力は唯一だからこそ名声があったのだ。実際は、詩人のクラウディウス（三七〇頃―四〇四頃）が書いたように「短縮された世界」では、イギリスの学者ファーガス・ミラー（一九三五―）いわく「二つの双子の帝国」が共存し、西側と東側の境目に属州イリュリクムが引き裂かれて存在して、その行政的立場はあいまいだった。二年後、帝国の二つの部分が対立することになる。なぜなら、テオドシウスは帝国最後の一人皇帝で、彼の死に続く数年間は細分化が進み、東と西の違いは加速するいっぽうだったからである。そして多くの歴史家はこの年代に、二つのまったく異なる歴史と文化が生まれたと考えている。いずれにしろふくみのある分断だ。理由は二つ。帝国の統一の概念は相対的だった。あきらかに統一はされており、ローマ法が適用され、軍や行政の組織、ローマの市民権、皇帝信仰などは強化されていた。しかしまた、帝国は複雑な都市国家のより集まりで、文化も民族も根底から違い、敵対することも多かった。くわえて、帝国の一時的な分断は新しいことではなかった。最後の分断は三六四年の春にさかのぼる。軍の要請で皇帝になったウァレンティニアヌス一世が、即位後すぐに弟のウァレンスを共同皇帝にした。それから二人は軍隊と将軍、高官を互いに分けあい、その後、それぞれの首都に戻った。ウァレンティニアヌスはミラノ、ウァレンスはコンスタンティノープルである。当時も三九五年のように、帝国の統一は再検討されず、二人の兄弟はそれぞれの政治にあたっていた。

では四一〇年は？　その年、西ゴート族の王アラリック一世は、四〇八年の秋から三回目にローマを包囲、オスティアとプルトゥスの港側から封鎖した。アウレリアヌス（在位二七〇―二七五）が建設した巨大な城壁は、マクセンティウスの統治下や、次いで四〇一―四〇二年にはスティリコによって強化され、交渉の成果もあって美術館のようなローマ（住民は約八〇万人）は屈辱からまぬがれていた。アラリックの目的は、難攻不落で有名なレヴェンナに逃避していた西ローマの皇帝ホノリウスを従属させ、お金と土地と尊厳をあたえてもらうことだった。というのも、アラリックはテオドシウスに仕えていた蛮族集団の元首長で、東西の帝国の機能や弱点を知りつくし、お互いを戦わせていたからだ。四〇八年の夏、彼はスティリコが暗殺されたのを知ってイタリアに進軍したのだが、その前は、アルカディウスの名代で東部イリュリクムを仕切っていた。東側の皇帝は四〇八年五月に亡くなり、そのあとを幼い息子のテオドシウス二世（在位四〇八―四五〇）が継いでいたのだった。四一〇年八月二四日、アラリックは北の港のサラリア門が裏切りか交渉かで開いていたところからローマに侵入、町を奪取する。彼は掠奪行為を三日に制限し、殺しや火事、避難所になる教会の破壊を禁止した。しかし彼の命令は教会以外は守られず、兵士は火をつけ、殺し、強姦した。三日後、アラリックは戦利品と人質とともにローマを去るのだが、人質のなかには皇帝ホノリウスの異母妹、ガッラ・プラキディアがいた。アラリックは南部のカラブリアも支配し、そこで年末を迎える前に亡くなった。ローマは紀元前三九〇年、ガリア人に占領されて以来、はじめて陥落したのである！　住民の一部は逃走し、ほかは殺されたのだが、全体の数字などはわからないままである。この知らせは帝国じゅうに広まり、聖ヒエロニムスのいるベツレヘムから、聖アウグスティヌスが司教をつとめるヒッポ（現在のアルジェリア北東部アンナバ）まで、人々の心に衝撃をあたえた。東側の帝国は無関心を押しとおし、いっさい動かなかった。

四五五年はどうだろう？　四三九年、属州総督治下のローマ属州（現在のチュニジア北部）と同時にカルタゴを掠奪したゲルマンのヴァンダル族は、彼らの王ガイセリック指揮のもと、ローマ帝国の旧アフリカ地域に匹敵する王国を築きあげ、この年四五五年、ローマの町を急襲して勝利をおさめていた。一五日間にわたって掠奪のかぎりをつくし、破壊して、四一〇年のゴード族とは比べものにならないほどのものを盗んだ。彼らは膨大な戦利品と人間をアフリカにもち帰っている。戦利品には宮殿の金の王座、パレードの戦車、金の食器類、ユピテル神殿の銅の装飾の屋根などのほか、七〇年に皇帝ティトラスがエルサレムの神殿からもち帰った宗教用の儀式道具もあった。人間の戦利品のなかには、皇帝ウァレンティニアヌスの未亡人と二人の娘もいた。ガイセリックは西側でもっとも力の強い蛮族の王だった。

四七六年もある。一二歳とまだ子どもだったので「小アウグストゥス」ともよばれていた皇帝ロムルス・アウグストゥルスは、この年の九月四日、傭兵から将軍になったゲルマン人、オドアケルによってラウェンナで退位させられた。オドアケルはかつて、ロムルスの父で官職貴族のオルテスに仕えていた。オルテスは古代の属州パンノニア出身のローマ人で、ローマを担当するイタリア軍の軍司令官になっていた。彼は軍での立場と、西側の正統な皇帝、ユリウス・ネポスの弱さを利用して後者を追放、かわりに四七三年一〇月、まだ幼い息子ロムルス・アウグストゥルスを皇帝にした。心ならずも簒奪皇帝になったロムルスは、自分では皇帝と思っていなかった。ましてや彼には資力がなく、自軍の傭兵に給料を払うのにさえ一苦労、いっぽうの傭兵側は帝国内のほかの民族と同じ権利、とくに土地の所有権を要求していた。また彼らは傭兵隊長のオドアケルを「民族の王」とも公言していた。つまり、軍を構成する多様な蛮族集団の王である。こうしてオドアケルは、オルテスを捕らえて断首し、若きロムルス・アウグストゥルスは退位させて恩赦をあたえ、カンパニアに住まわせたあと、イタリアを征服してローマに戻った。

東側の帝国には皇帝ゼノンがいるのだから、西側の帝国の皇帝は不要と考えたオドアケルは、ローマ元老院の合意を得て、皇帝の地位を示す勲章一式――緋色の衣と王冠――をコンスタンティノープルのゼノンに送った。こうして、ゼノンにはローマ帝国の正統な後継者としての権力があり、自分の利に沿って帝国を再建できると明快に表明したのである。それを受けてゼノンはオドアケルに官職貴族の称号をあたえ、しかし西側の帝国の皇帝はネポスにしてほしいと強引に認めさせる。ローマの貴族からの共感を勝ちとり、積極的ではないにしても支持されたオドアケルは、皇帝ネポス――無力で、ダルマチアに閉じこもる――を受け入れた。それから蛮族とコンスタンティノープルを行き来して交渉し、ネポスよりも自分のほうが強く、機敏に立ちまわれることに気づくのだ。まわりで彼と対等なのは東ゴート王テオドリックだけだった。ところが四九三年、そのテオドリックに彼は殺され、その後、テオドリックはイタリアに初の蛮族の王国を創設している。東ゴート族を核として、多様な蛮族が集結した王国の王は、ローマ人にとっては皇帝の代理のように思われた。

四八〇年はどうだろう？　この年の五月九日、西側の帝国の正式な皇帝、フラウィウス・ユリウス・ネポスが死んだ。東側の皇帝から副帝として西側の帝国を管理するよう指名されたネポスは、四七四年の春にラウェンナに上陸したあと六月にローマに入り、そこで東の皇帝ゼノンによって皇帝と認められた。イタリアでは彼がギリシア人だったことから、軍からもローマ元老院からも支持されず、そこで前述したように失脚させられ、王だったダルマチアへ避難していた。彼はそこで、おそらくは暗殺されたのだろう。仕返ししたのはオドアケルで、ダルマチアを奪回している。ネポスの死を機に「西にはもう帝国もなく、皇帝もいない」と結論づけるのは歴史家のマルセル・ル・グレイ（一九二〇―一九九二）である。しかしそれでもローマ元老院はつねに存在して都市の行政にあたっている。そしてローマの執政官、ほとんど名誉職になっていた行政官は、三九六年からは一人になってしまったが（もう一人いるが、東側の帝国担当）、すくなくとも五二七年までは、大金持ちの家族が懸命にその職を狙っていた！

終わりのない物語

はたしてこれらの年代から、どのように選べばいいのだろう？　――もつれた糸のように、ときに非常に複雑な出来事が次々と起こる歴史をみごとに解きほぐしてくれたのは、現代のジャーナリスト、ミシェル・ド・ジェゲルである。すでに古代においても、同時代人や歴史家は迷っていた。一九世紀以降、これらそれぞれの年代は学者たちによって検討され、西ローマ帝国の最後と、東ローマ帝国が分離した年代を決める論拠が示された。専門家たちが選んだ視点の基準は――ビザンティウム（のちのコンスタンティノープル）、西ローマの中世前期、ローマ、権利など――、最盛期の時代もあれば、道なかばの時代もあり、つねに不明瞭で、識別がむずかしい。あたかもローマ帝国はつねに死につづけているようだ。その例が二つ。四一〇年のローマの奪取と、四七六年のロムルス・アウグストゥルスの廃位で明らかだろう。

すでに述べたように、四一〇年、ローマはキリスト教徒の蛮族の手に落ちた。永遠のローマ神話は崩壊したのである。この襲撃による軍事的、政治的な影響は小さいとしても、心理的、精神的な影響ははかりしれない。聖ヒエロニムスは手紙でくりかえし告白している。「悲嘆のどん底、衝撃的、驚愕」。なぜならローマが奪取されたことで「すべてが奪われ」、「世界のすべて、文明のすべてが滅びた」からで、「帝国が斬罪を処せられた」のである。ローマは「母なるローマの人々の墓場」になったのだ。だれが悪いのだろうか？「われらの罪に、われらの悪徳に」と、彼はつけくわえる。「キリスト教徒に対して、神が怒りを発せられた」と、ローマの伝統的な宗教の信奉者は断言する。いっぽう聖アウグスティヌスは、ローマの掠奪を知るや、この事実を五回にわたる一連の説教でとりあげている。「おそろしい知らせである。廃墟と火事と掠奪、殺人、拷問の堆積である」。一年に一定の期間続いたこの説教は、慰めと同時に励ましの意味がこめられ、キリスト教徒を安心させるためのものだった。彼の司教区にいるキリスト教徒や、ローマをすててアフリカに避難したキリスト教徒もふくめて、神への希望を失ってはいけないと説得した。聖アウグスティヌスは世界が年老いたこと、ローマは永遠ではなく、地上のすべてのものと同じように滅びることを認めつつ、現在の不幸はキリスト教徒が醜聞の対象になっているのではなく、キリスト教徒は「テンポラ・クリスティアナ＝現在のキリスト教の状況」から独立していると説いた。なぜならその先には、人間の偶発事より上にある神の法があり、永遠の救済が約束されているからだ。この現実と神の法との区別を、彼は四一二年からふたたびとりあげ、二二巻にもなる著書『神の国』でふくらませている。その六、七年後、『異教徒に対する歴史』を書いたヒスパニア（スペイン）の若き司祭オロシウスは、ローマを訪れた者は、火事で焼けた廃墟がなければ、何事もなかったと思うだろうと指摘している。そしてキリスト教の建築物や、新しい建物、古い建物の再整備のペースは、都市の掠奪によって遅れることはなかった。

オロシウスと近い感情をいだいたのは、四一四年にローマ市長官になったガリア出身のローマ人ルティリウス・ナマティアヌスで、四一七年、蛮族［ゲルマン人］に荒らされたトロサ（トゥールーズ）近くの故郷へ帰っている。古代最後の異教徒の詩人でもあった彼は、このときの海路での帰郷の旅を詩句にしている。そのときのイタリアはエトルリアとリグリアの境界にある、オスティアからルナまでの海岸部しか残っていなかった。ローマ掠奪の証人でもあった彼が見たのは「世界の母の暗殺」で、彼は「町も死ぬことがある」のを認めつつしかし、「愛する町」の活力を信奉し、その魅力と美しさをうたいあげている。町は荒廃の跡を消したのではないだろうか？　と。そして「町が生きるために残された世紀はいかなる制限にも屈しない、土地が存続し、空に星が輝くかぎりと」と断言している。ローマは人口が減ったにもかかわらず、一〇年で立ちなおった。そしてナマティアヌスは、永遠の都のローマ人として、この「冒涜的な民族」はローマに豪華な貢ぎ物の代金を払わなければならないと、ゴート人への懲罰を要求している。

二つめの年代の四七六年は、若き皇帝ロムルス・アウグストゥルスの退位と、皇帝の勲章一式がコンスタンティノープルに送られた年である。この年代は全体的に無関心に扱われていたのだろうか？　くりかえすが、それは大いにありえる。これらの出来事は、まだ子どもの簒奪皇帝の力が脆弱だったこと、また、西側には理論上、東の皇帝ゼノンに認められた正当性のある皇帝、ユリウス・ネポスが統治していたことを考えると、ささいなことではある。しかしそれでも、イタリアの歴史学者、アルナルド・モミリアーノの言を借りると、「ある帝国のひそかな崩壊」は歴史の舞台裏から排除されるべきではなかったと反抗する。彼に言わせると、この出来事の影響は無視できるものではなく、同時代の西側の一部の貴族もそれを感じていたと思われる。たとえば、イリュリア人のマルセラン公は、五一九年頃に書いた年代記にこう記している。「初代皇帝オクタウィアヌス・アウグストゥスが、古代ローマ市の創設から七〇九年目に所有しはじめた西のローマ帝国は、皇帝の治下になってから五二二年目に、アウグストゥルスとともに滅び、その後ローマはゴート王のものになった」。数年後、ゴート出身の歴史家、ヨルダネスは著書『ゴート族の歴史』で、ほとんど同じ表現を再録している。どちらかがどちらかの影響を受けたのだろうか。それとも、二人とも同じ情報源にのっとり、四八五年に執務官だった歴史家、アウレリウス・メンミウス・シムマクスが発した意見に従ったのだろうか？　この仮定は妥当と思われ、多くの専門家によって提唱された。聖職者たちでさえローマの優位性や永遠性についての考え方をとりあげるのだが、しかしそれは教会の権威のためである。いずれにしろ、四八〇年より正当性には欠けるが、この年代は西ローマ帝国の最後を示す年代として、現代の歴史家にもっとも考慮されるようになった。幼帝ロムルス・アウグストゥルスの象徴的な名前を利用した、便宜的な年代である。古代ローマ市の伝説上の創設者ロムルスと、帝国の創設者の名前が結びついているのだ。

ただし、この年代がローマ市の没落を理解するのに役に立ったとしても、西ローマ帝国を構成する領土全体にあてはめるのは不可能である。法的な視点で見ると、帝国はその領土すべてに有効な法によって統一された全体で存続する。現実はこれとは異なり、相矛盾していた。ローマ帝国が軍人皇帝の乱立で危機におちいった三世紀以降、属州は実際、以前に比べて驚くほど独自の発展をみせた――行政面でその地位は変わらないものの。これらの変化を示す要因は種々さまざまだ。帝国の境界との近さ、外部に住む蛮族との近さ、彼らが帝国内に定住したときの影響力、境界に駐屯する帝国軍の力、ローマとの関係、軍司令官のやる気、内部の社会的動き等々、多くの要素が指摘できる。こうして西側のローマ皇帝から見ると、ブリタンニアを四〇七年に失い、イベリア半島は四〇九年から蛮族によって徐々に占領され、アクイタニアは四一八年に西ゴートの手にわたっている。さらに四二九年に侵入された北アフリカは四三九年にヴァンダル王国に、ローヌ渓谷と未来のサヴォワは四四三年頃にゲルマン人に支配されるいっぽう、フランク族はソンム川北部の領土を支配していた。蛮族の君主たちが漠然とした権威を認めていた西のローマ皇帝には、何が残っていただろう？　一種の法的擬制に二つの部分がすがりついていたのだろうか？　イタリアと、近隣の地域である。

帝国の二つの地図、三七六年と一世紀後の四七六年を比べると、一つの事実が確認できる。西側で帝国が消え、東側にしか残っていないのである。これは古代の世界が完全に消滅したという意味ではない。崩壊の先に、断片的に存続するものがある。実力者のものだった一部の生活術や、ラテン語の使用、司教の権威で生き残る過去の都市国家などである。しかし、政治体制はもう残っていない。西側のローマ帝国の末期でも同じように、平凡な文化の一部や、建築術、税制、日常生活の小さな部分が消えている。それを同時代に指摘したのが、詩人で司教のシドニウス・アポリナス（四三〇頃―四八七頃）であり、のちになってポワティエの司教、ヴェナンティウス・フォルトゥナトゥス（五三〇頃―六〇九頃）が、信徒の蛮族についてふれたことである。「彼らには耳ざわりな騒音と、耳に心地いい声の違いを区別する能力がない」

破滅的事態の解剖

原因は？　山のようにある。まず、中央権力の権限が弱く、不安定なことである。東の首都はコンスタンティノープル、西はメディオラヌムまたはラウェンナだ。ちなみに三世紀は、あらゆる種類の危機に襲われ、崩壊寸前までいったにもかかわらず、皇帝はもちこたえていた。行政の体制がしっかりしていたことと、軍がなんとか抵抗して順応したこと、また、悪名高き軍人皇帝のなかにもすぐれた皇帝が何人かいたおかげだが（ガリエヌス、アウレリアヌス、ディオクレティアヌス）、五世紀になるとまったく違ってきた。政治は混乱し、同盟は取り消され、派閥闘争、個人の野望…。これらはべつに新しいことではないが、それでも国に仕えたいという気持ちや「ロマニスタ」［古代ローマの特性で、市民も兵士も農夫もローマ人という共通の価値観］と共存していた。その状態は四世紀まで続くのだが、五世紀の少し前で消滅している。さらに三九五年の東西分割も、すでに述べたように以前からもくりかえしあることで、一時的でしかないはずだが、さまざまな理由から永続的なものであることが明らかになった。

くわえて、蛮族との遭遇も、原住民の場合もあれば（ガリア人、ヌミディア人など）、帝国の内部に定住した場合もあって、はじめてではなかった。しかし、征服されてもされなくても彼らは同化し、二一二年には自由人はローマ市民になり、自分の責任でローマが提供した理想の価値観を取得した。市民生活と国家の意味、法を尊重するなど、「フーマニスタス」［人間の本質文明］といわれるものだ。その証拠が二三八年、暴君で知られた皇帝、マクシミヌス・トラクスへの反乱のさいに殺されたアフリカ人の質素な墓に「ローマへの愛のために死す」と書かれたことだろう。いっぽう、外部の蛮族による帝国への襲撃は、三世紀には多少なりともつきとめて、抑えられていた。ライン川やドナウ川の境界線に常時軍隊が駐留していたことと――ローマ帝国辺境の要塞線――、古いやり方ではあるが、ローマが相手と相互扶助関係を結んだからである。これらさまざまな民族はローマ帝国を知っていた。彼らはローマに憧れて羨望し、ときに戦士を提供していた。この傾向は四世紀の前半に加速し、ゲルマン出身の将軍が多くあらわれている。それが五世紀になると状況はすっかり変わってくるのである。

わたしたちが「ゲルマン民族の大移動」と名づける移動がはじまるのは三六〇年頃である。そのときもし西のローマ帝国が、激化する蛮族の攻撃への対処の仕方をまちがえず、三七六年、ゴート族からの川を渡って帝国内に定住したいという要求にきちんと応じていたら、ドナウ川の西側、皇帝ウァレンスの領地は違うふうになっていたはずだ。ゴート族の懇願はさしせまっていた。よくわからないさまざまな理由で――生活様式を変えるためから、気候温暖化まで――、フン族は中央アジアの草原地帯をすてて西へ移動、中央ヨーロッパに向かった。彼らはほかの民族と強力な軍隊を構築し、ドン川を越え、ゴート族を押し出した。その一部、二〇万人ほどがフン族に支配されるのを拒否、帝国に受け入れてもらうことと、トラキアの土地を要求した。皇帝ウァレンスにとって、彼らは戦士として思わぬ授けものだった。そこで入国を許可したのだが、しかしそこは慣習にしたがって、彼らを敗者として支配することを望んだ。ドナウ川の横断は最悪の条件下で行なわれ、ゴート族と、それに続く他民族の受け入れは無秩序そのものだった。つかみあいが戦争に発展し、三七八年八月のアドリアノープル（現在のトルコのエディルネ）の戦いになった。ローマは大敗し、三万人の兵士のうち生き残りはわずか六〇〇〇人、戦死者のなかには皇帝ウァレンスがいた。ドナウ川の境界線は解放され、バルカンは蛮族の手にわたった。テオドシウス一世が受け継いだ状況は最悪だった。蛮族に対抗できる軍隊もなく、司令官を帰還させるしかなかった。三八二年、ゴート族と同盟契約を結んだ皇帝はそれ以上の損害を抑えたのだろうか？　彼は「実をとって妥協」したのだろうか？　はじめて、敗者ではない蛮族が帝国内部のトラキアに定住し、彼らの独自性と部族としての社会を守り、土地の所有者になった。ローマ軍を打ちのめし、皇帝を戦死させたのにである！　かわりに、彼らは連盟兵として徴集兵を提供し、彼ら自身の首長の指揮で戦っている。

　この先例は五世紀になると一般化し、悪化していく。なぜならその後、続々と移動してきた民族が定住し、自立した体制を作り、帝国の一部が細分化したからである。彼らを同化も破壊もできないローマ政権は、できるかぎり兵士として使い、ほかの蛮族との戦いにあたらせた。蛮族のほうは、彼らの制度や生き方、戦い方、権利を維持し、多くはアリウス派のキリスト教に帰依して、ローマで実施されている経済システムや流通制度を利用した。いっぽう権力者たちは、自分の権力を強化するためにローマ人の称号を収集、いわゆる「蛮族の王国」を創設し、帝国の貴族の女性たちとの結婚をめざした。そして皇帝のとりまきに近い人物を囲いこみ、そうして文化的な地位を授かった。権力は空位を嫌うことから、権力者たちはごく自然にローマ人の官公吏にとって代わるようになる。矛盾するようだが、現地のローマ貴族はさまざまな理由で外国人に愛想をふりまき、彼らの生活様式をとりいれ、社会のゲルマン化を受け入れていたのである。それはローマがこれ以上破壊されるのを防ぐためと、自国の権力を守るためである。四五一年、トロワ近くのカタラウヌムの戦いで、フン族とアッティラのゲルマン族からなる軍隊の進攻を止めて勝利したのは蛮族とローマ人の連盟軍だった。先頭に立ったのは、ローマの官職貴族で将軍のアエティウスである。こうして蛮族の将軍、蛮族の王、蛮族化したローマ人が政界で重要な立役者になり、おもな仕事は、戦争の準備またはそれを避けるための計画、外交交渉などだった。文化生活のほうは、ほぼ完全に司教や聖職者に集中し、彼らもまた地方行政にかかわっていく。新しい世界が生まれようとしていた。

それでも、帝国の再統一という帝国の夢は存続している。それをやろうとしたのが、東の皇帝ユスティニアヌス一世で、彼は軍隊と法律でローマ帝国を復元すべくヒスパニアからアシアまで統一を試みた最後の皇帝である。彼が八三歳で亡くなった五六五年一一月一四日、彼をおおうパリウム［けさ掛け」に描かれていたのは、ふみにじられるヴァンダル王と敗者の寓話画で、それをとり囲むローマと北アフリカを擬人化した図だった。その図柄からはローマ帝国はつねに生きていたようだが実際は、ローマの行政官は一人、二人と消え、六〇〇年には属州長官もいなくなっている。それでも六〇八年にはローマの公共広場に最後の記念碑が建てられている。東ローマ皇帝、フォカス（六〇二―六一〇）の名誉をたたえる円柱で、すでにあった建造物から円柱をとって建てられたものである。この皇帝が教皇ボニファティウス四世にパンテオン神殿を贈ったことへの感謝の印だった。紀元前二七年から二五年にかけて、アグリッパ［古代ローマの軍人］が整備した最古の聖域に第一四代ローマ皇帝ハドリアヌスが建てた神殿は、翌年、教会に改造された。ここに帝国と象徴のローマが見てとれる。ローマはふたたび帝国の首都になったのだが、しかしそれはキリスト教の精神の帝国で、君主は祭司長の称号をもつ教皇だった。

それでも、ローマ帝国のモデルは生き残っている。八〇〇年の一二月二五日、ローマで皇帝の位についたカール大帝は、「カール・アウグストゥス（…）、偉大で平和を好むローマ皇帝」と歓喜で迎えられ、八一二年に、同じく「ローマの皇帝」である東ローマ帝国のミカエル一世に正式に認められた。また、のちに「ドイツ国民の神聖ローマ帝国」を創設して、ローマ帝国を復活させて再建したのはオットー一世（九一二―九七三）で、九六二年二月二日にローマで皇帝の位についている。そのとき彼が例外的に「ローマとフランクの皇帝」の称号をつけたのは、ビザンティン帝国の君主を傷つけないためだった。後者はローマ皇帝の称号の権利をもつ唯一の人物を自認し、公式印も「アウグストゥス皇帝」としていた。ナポレオンもまたローマから皇帝の勲章一式を借りているのだが、それ以前にも、ロシアのモスクワが第三のローマになっていた。カイゼル、ツァーリ、皇帝と、ローマ皇帝と同じような意味を示す言葉は多い。しかし形はさまざまでも、理想は同じ、帝国の思想である。

475 年の西ローマ帝国

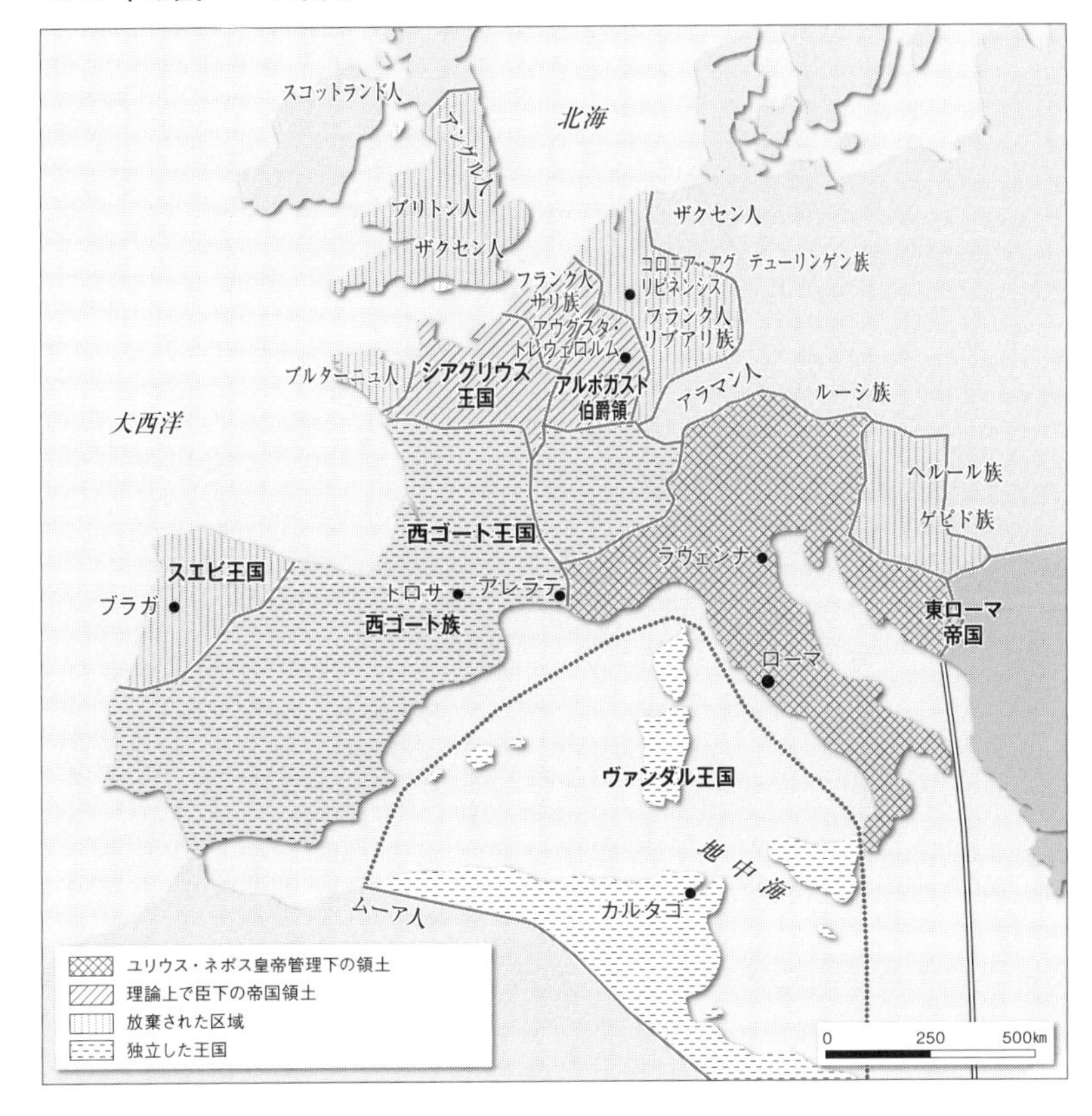

3　ペルシアのササン王朝、急転直下の失墜
——七世紀初頭

アルノー・ブラン

「失墜も荒廃もなく、支配者も暴君もあらわれない完全な権力とは何なのか？　ある状態からもう一つの状態への移行は長くはかからない。王座からもう一つの王座にひざまずくのに一時間もあれば十分だ」（セネカ［古代ローマの政治家、哲学者］『心の平静について』）

栄華をきわめたアケメネス朝（紀元前五五〇—三三〇）のおそるべき後継者かつ、ローマ人の歴史的ライバルとしていく度も勝ち誇ったペルシア帝国は、屈強な軍隊と広大さ、古さが結びついていた。

すさまじくも深刻な分裂と、増大する外部からの脅威の結果として——征服をはじめたイスラムとの対立にくわえ、ビザンティン帝国との長期にわたる対立——、その失墜の特徴は、壮観であると同時に急激だった最盛期と重なる。そこからかきたてられる想像の世界は神話に近く、記憶にまとわり

6世紀のササン朝帝国

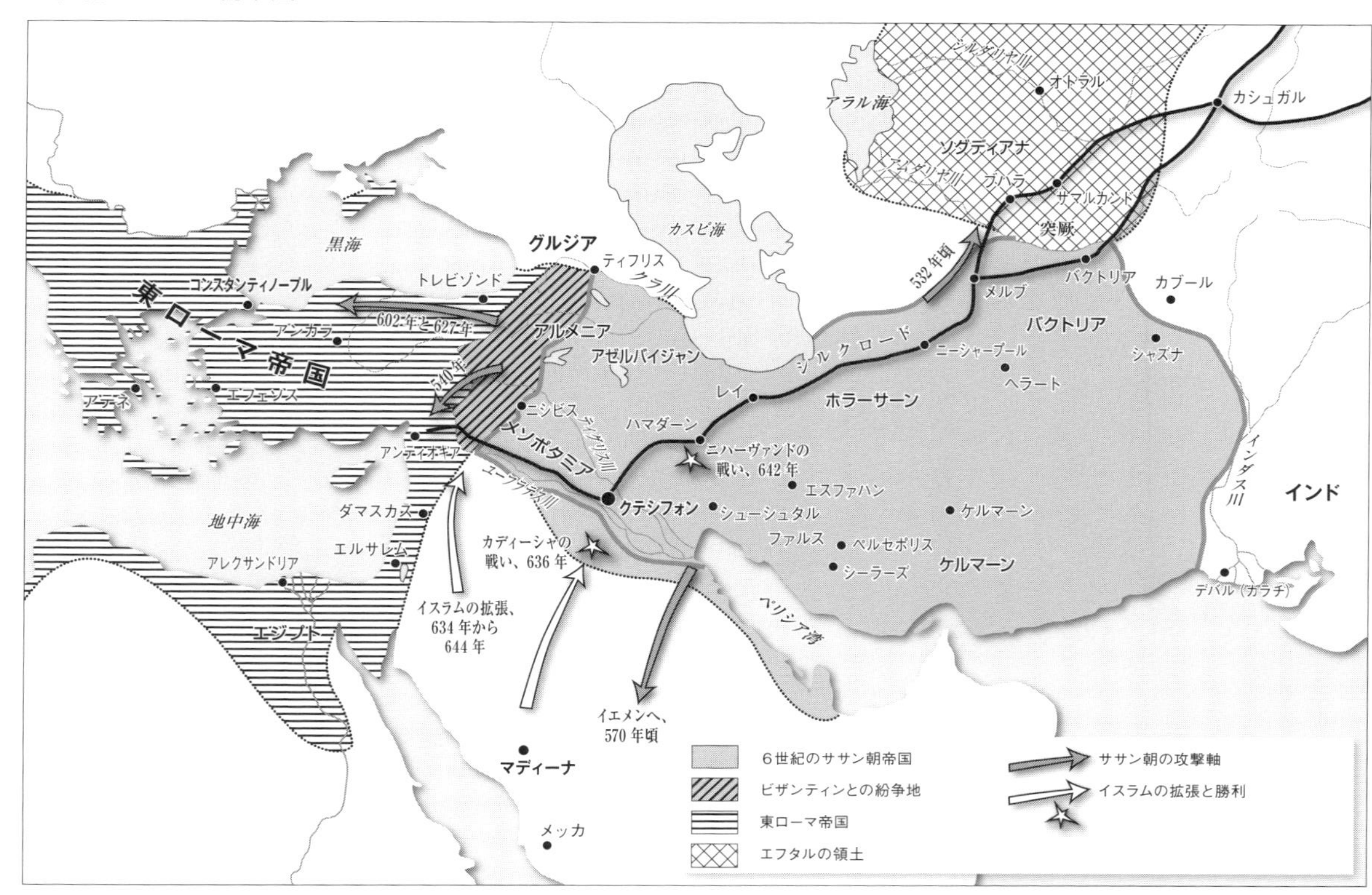
東ローマ帝国
黒海
コンスタンティノープル
トレビゾンド
アンカラ
602年と627年
アテネ
エフェソス
540年
アンティオキア
地中海
ダマスカス
エルサレム
アレクサンドリア
エジプト
イスラムの拡張、
634年から
644年
カディーシャの
戦い、636年
マディーナ
メッカ
イエメンへ、
570年頃
グルジア
ティフリス
クラ川
アルメニア
アゼルバイジャン
ニシビス
ティグリス川
ユーフラテス川
メソポタミア
ハマダーン
クテシフォン
ニハーヴァンドの
戦い、642年
エスファハン
シューシュタル
ファルス
ペルセポリス
シーラーズ
ケルマーン
ペルシア湾
カスピ海
レイ
シルクロード
ホラーサーン
ニーシャープール
ヘラート
バクトリア
メルブ
532年頃
アラル海
ソグディアナ
アムダリヤ川
シルダリヤ川
オトラル
ブハラ
サマルカンド
突厥
カシュガル
カブール
シャズナ
インダス川
インド
デバル（カラチ）
6世紀のササン朝帝国
ビザンティンとの紛争地
東ローマ帝国
エフタルの領土
ササン朝の攻撃軸
イスラムの拡張と勝利

ついて離れなくなる。

六二二年、一人の人物が自分の利に沿って、ユーラシア大陸の地政学の秩序をくつがえす準備をしていた。ホスロー二世（在位五九一―六二八）である。ササン朝ペルシア最盛期の王はまさに世界の歴史をぬりかえ、国民の感情に新たな黄金時代をきざみこもうとしているかのようだった。ペルシア軍の前には、おびえたようすのビザンティン帝国がおり、二大超強国の決定的な衝突がついに東ローマ帝国［ビザンティン帝国］崩壊に導くかのように見えた。しかし、予測不能な歴史の風は突然に向きを変え、ササン朝ペルシアは敗れてしまった。大方の予想に反し、その後の展開は意外なものだった。誇り高き征服者を自認するペルシア人は、ほどなく東ローマ皇帝ヘラクレイオスにたたきのめされ、しかし、東ローマを救ったはずのヘラクレイオスはその後、イスラム軍に屈辱を味わうことになる。

なぜなら、ホスロー二世が古代アケメネス朝の華やかな夢を実現し、世界の局面を変えようと準備していたちょうどそのとき、一人のラクダ隊商人がひそかに動いていたからだ。まわりのだれの口にものぼらず、ましてや「諸王の王」ペルシア皇帝にとっては目にも入らない存在だった彼は、一見、とるにたらない出来事で、人類史上まれに見る強烈な印象を残すことになる。この男ムハンマドは、それ以前の一二年間に体験した驚くべき精神体験を周囲に伝える活動をしていたのだが、迫害にあい、ひとにぎりの信者と故郷メッカを離れなければならなかった。これがなにかの前兆になるとはだれも思っていない。しかし、彼はまもなく世界をゆるがす革命の主唱者となり、最初の犠牲者の一つがペルシア帝国になるのである。

おそるべきホスロー二世は、当然のように、アケメネス朝の初代王キュロス二世と、第三代の王ダレイオス一世とならんで、壮麗なペルシア帝国を体現するはずだった。ところが逆に、彼が全能で永遠と信じていたその統治は、この帝国の最後の傑作として歴史に名を残すことになる。事実、四半世紀後にはササン王朝はもうない。六二二年には存在さえしていなかったイスラム軍に一掃され、栄光のペルシア帝国は歴史上ありえないほど突然、消滅するのである。いずれにしろ、深い痕跡を残したこの帝国の文明は――現在は西欧ではあまり知られていないが――、数世紀をかけてこの地域に拡散し、ササン朝の社会制度や、経済、政治の仕組み、高度な文化は侵略者たちに伝わって、彼らが帝国の廃墟に定着したあとも、地中海世界に持続して光輝いていくのである。

ササン朝の失墜はどこから見ても明らかで、原因はイスラム勢力の上昇と同時に、ペルシア政権の怠慢にあった。天変地異にも似たこの出来事については、いくら誇張してもしすぎることはないだろう。なぜなら、ホスロー二世とヘラクレイオスの対決から、ササン朝最後の王、ヤズデギルド三世が逃亡するまでの二四年間は、ペルシア人にとっては敗戦と政治の悪癖の連続で、大惨事にまきこまれていくからだ。歴史上、これほど劇的な不運を味わう帝国はまれである。ササン朝の致命的な運命は、似たような状況のアメリカインディアンのアステカやインカ帝国にならぶともいえ、双方とも、狂信的な信仰心で力が何十倍にもなった兵士たちの乱入で消滅していくのである。

ペルシア帝国

中国文明に次いで、ペルシア文明は歴史上もっとも衝撃に耐えてきた。とくに、地政学的にきわめてもろい状況に位置することを考えれば、その耐性は中国以上といっていいだろう。遊牧民と定住民が行きかう交差点に位置し、常時激しい戦いがくりかえされていたところにあった帝国は、領土の統一だけでなく、文化と信仰のために戦わなければならなかった。中国にならって、ペルシアは一種の抗体を構成するにいたり、武力での抵抗が不可能なときは、侵略者を一定期間吸収し、毎回、それ以前の記憶をとりいれた新しい形となってよみがえっていた。しかし、さすがのペルシアもイスラム教の津波には抵抗できず、そのイスラムはペルシア国教のゾロアスター教をほぼ根絶させたあと、ペルシアの内部に深く浸みこんで変形させた。それでも、ペルシアは結局その独特な特徴を維持し、現在にいたってもなお、ペルシア文化は周囲の国々のなかで異彩を放っているのである。

古代から、ペルシアはユーラシア大陸の中心で戦略的に決定的な位置を占めていた。ユーラシアを基点とした世界の力学を地政学的に分析したイギリスの著名な地政学者、ハルフォード・マッキンダー（一八六一—一九四七）は、世界の中心軸は中央アジアの草原と見ていたのだが、イラン高原はそれ以上に中心的な役を持続的に演じていた。東の中国とインド、西の地中海盆地とともに、ユーラシア大陸は三つの地域の上に立ち、文明のおもな拠点、経済の一大中心地として成熟していた。いっぽう、北の広大な草原地帯と、南のアラビア半島の果てしない砂漠は、いずれも不安定な要素がひそむ場所となっていた。その中心にあるペルシアはまさに「中央の帝国」、ユーラシアにあって力の均衡を調整する重要な役を演じ、現代のヨーロッパにおけるイギリスのようでもあった。

紀元前五五〇年、大キュロスが創設したアケメネス朝で形になったペルシアは、当時、ユーラシア大陸でははじめての超大国で、それまででもっとも広人な帝国だった。アケメネス朝では効率的な行政制度と地方分権型政治、おそるべき軍隊が同時に発展し、ある意味でのちのローマ帝国を予示しているようだった。二〇の州、または太守の統治領に分割されたアケメネス朝帝国は、当時のやり方とは逆に、支配した人民に対しては寛容で、後者は国の政治運営にも参加、文化的にも自立を守っていた。このアプローチが領土の拡張につながったのは明らかだ。

ダレイオス一世からカンビュセス二世、クセルクセス一世が次々ともたらした貢献のおかげで、帝国の領土の最盛期はインダス川からトラキア（現在のブルガリア）まで拡張し、その広大さから見ればギリシア世界は小国だった。それでも、超大国とギリシア軍の不均衡な戦いはペルシアの思いどおりにはいかず、型にはまったようにしてやられる。しかし、マラトンの戦い（紀元前四九〇年）やサラミスの海戦（紀元前四八〇年）、プラタイアの戦い（紀元前四七九年）でくりかえしギリシアに負けたとしても、精神的な影響は別として、広大な地域を支配するペルシアの覇権が窮地におちいることはなかった。それより厳しかったのは、ダレイオス三世がアレクサンドロス大王と戦ったガウガメラの戦い（またはアルビエールの戦い、紀元前三三一年）で敗れたことで、その後、一時有利なことはあったとしても、アケメネス朝が崩壊するきっかけとなった。いずれにしろ、アレクサンドロスはすでに存在していた組織に自分の権力をつけくわえただけで、帝国が分解するのはダレイオス三世の死後である。その少しあと、覇権をにぎったローマが旧アケメネス朝の一部で支配を確立し、今度はペルシアが二番目の役に甘んじるようになる。それでも、おそるべき兵士として鳴らしたペルシア人魂は健在で、彼らは中央権力の不在でさらに抑えがきかなくなった。アレクサンドロス帝国の崩壊から、ササン朝が登場するまでの長きにわたる四世紀、ペルシアは短期間ギリシアの支配下になり、それから、同じペルシア系であるパルティア人のアルサケス一世が創設したアルサケス朝に支配されていた。

パルティア人は草原地帯を地盤にする遊牧民の戦士で、サルマタイ族やアラン族（二つの民族ともイラン語圏）、とくにフン族やモンゴル族、テュルク族とともに、一六世紀にロシア初代のツァーリ、イヴァン四世（雷帝）が登場するまで、ユーラシア大陸の地政学的な力関係で需要な役を演じていた。ちなみに、紀元前五三年のカルラエの戦いで、パルティア王国のイラン人騎兵部隊が、クラッスス［共和制ローマ時代の政治家、軍人］率いるローマの憲兵隊を消滅させたことは、ペルシア軍の力は相当であるという証拠だろう。クラッスス敗戦――彼はこの戦いで戦死――の影響は大きく、ペルシアはつねに脅威となっている超大国ローマと向きあうに十分な領土を得ることになった。その後、ローマはアルメニアとメソポタミアを征服し、一時盛り返したのだが、しかし、紀元前一一七年の皇帝トラヤヌスの死と、ハドリアヌスの登場で、これらの地域は見すてられることになる。後者は帝国を強化するために一部の領土を放棄したのである。ペルシアとローマの境界線はユーフラテス川の流れに沿って決められた。ユーラシア大陸中央部を支配することになったパルティア人は、中国やインドと交渉し、東洋と西洋を結ぶ貿易ルートの発展と保護につくした。貿易と文化の仲介役として彼らが果たした実績は、歴史的に見ても意味がある。

パルティア王国の最盛期は、ミトラダテス二世（在位紀元前一二三―八八）の統治下で、よくイタリアの歴史家にとりあげられている。彼はみずからアケメネス朝から相続した称号「諸王の王」を表明、この称号はササン朝でも受け継がれることになる。西暦になって一二年から三八年まで統治した高慢王アルタバノス二世は、国を長期にわたって孤立主義に置き、それは一世紀半も続くことになる。この期間の政治は民族主義と外国人嫌いで特徴づけられ、国にも痕跡を残すことになる。二世紀の前半は、ローマと結んだ四〇年間の平和条約で、東の強国でギリシア・仏教系のクシャーナ朝を押し返すことはできたのだが、しかし一六二年にローマとの敵対関係が再発、これがパルティア王国が長期にわたって衰退していくきっかけとなる。いずれにしろ、アケメネス朝の黄金期とササン朝までの長い中間期にはさしたる歴史的出来事はなく、パルティアはその期間を利用してペルシアの文化と領土の統一性を維持、時を同じくして帝政ローマが出現している。

西暦三世紀、ローマがいわゆる三世紀の危機［軍人皇帝時代からの混乱期。二三五―二八四］に身を沈め、衰退を告げられた頃、一人の男が偉大なペルシア帝国の再現をくわだてていた。二二四年、アルダシール、のちのアルダシール一世は、イランを支配していたアルサケス朝パルティア王国を排除、首都のクテシフォンを奪取した。のちに新しい帝国の首都になる都市だ。イスラム教徒で著名な歴史家アル＝タバリー（八三九―九二三）によると、彼らの運命を決定づけた戦いは、スーサとイスファハーンのあいだの平原であったホルミズダカンの戦いで、そのときパルティア王、アルタバース四世が命を落としている。アルダシールはイランとアフガニスタン、メソポタミアを支配、ササン国――名前の由来はアルダシールの先祖、サーサーンから――が誕生した。アケメネス帝国の後継者であることを願う国家である。

　アルダシールとはだれなのだろう？　若い頃についてはあまり知られていない。生まれたのは一八〇年代で、彼が上昇気運の波にのったのは、ゾロアスター教の祭司だった父、バーバクがペルシス王国の王になったときである。イラン南西部の小さな王国で、二〇八年に君主を退却させたのだ。父の後押しもあって、アルダシールは軍人の道を選び、さまざまな戦争を舞台に名をはせる。二二二年頃、バーバクの後継者とされていた兄のシャープールが事故か仕組まれたかで死に、アルダシールがペルシス王になる。彼は即、安定した政治と軍を活用して近隣諸国の征服に出発、最後に襲撃したのがパルティア帝国だった。軍事にすぐれた戦略家で、断固とした性格で知られた彼はまた、ゾロアスター教の擁護者でもあり、国教にして教義を『アルダシールの聖約』に編纂した。征服を完成するために、さまざまな大工事や建築に出資、農業も活性化させ、優先的に都市整備も行なった。亡くなったのは二四二年である。

　ササン朝帝国が創設されるや否や、歴代の新君主はふたたびローマとの絶えない紛争にまきこまれ、その意味では、前期ペルシア帝国の地政学的関係をくりかえすことになる。ギリシア・ラテン系の情報によると――ローマ帝国の歴史家、カッシウス・ディオや同、ヘロディアヌス――、アルダシール一世は即座にアケメネス朝の全領土をふたたび征服したいと思っていたそうだ。二五九年、カルラエ近くでのペルシアとの二度目の戦いは、ローマにとっては決定的だった。皇帝ウァレリアヌスがアルダシールの後を継いだ息子のシャープール一世（在位二三九／二四二―二七〇）によって捕虜となり、ある情報源によると、奴隷になったという。続いて、ローマにとっては困難で波乱ぶくみの時代になり［三世紀の危機］、おかげでササン朝は権力と権威を確立している。しかし、二八六年になってローマ皇帝がディオクレティアヌスになると、彼は行政を再編成して傾向を逆転させ、二九九年、ガレリウスとともにササン朝の首都クテシフォンを略奪した。これを機に、二国は実りある交渉を行ない、長きにわたって地域の平和が保たれた。

ビザンティンとの抗争

三七八年、ゴート族との戦いでローマが手痛く敗北したことで、カードは配りなおされ、秩序が大きくゆらいだ。戦略地政学的な分断が確実となり、新たな時代がはじまった。それに乗じて三八七年、ローマ皇帝テオドシウス一世とシャープール三世のあいだで平和条約がかわされ、アルメニアが二つの帝国に分割された。数年後（三九五年）、ローマ帝国が事実上東西二つに分断し、五世紀に東ローマ帝国が力をつけたことで、地域の力関係が再構成され、以降、対立するのは二つの超大国になる。ビザンティンとササン朝ペルシアで、それぞれが地域の覇権をめざして戦い、くわえて外部からの侵略者も考慮しなければならなかった。後者は次から次と侵入し、ライバル関係にある二つの強国の安全を脅かした。その結果、ペルシアもビザンティンもエネルギーを分散、多様で捕捉できない敵に対して毎回、対処しなければならなかった。双方とも、状況に応じて防戦と攻撃的な戦略を同時に行なうという具合である。ビザンティンとペルシアはお互い、地政学的な現状を自国に有利なようにくつがえす方法を探りつつ、侵略者からの安全も保証しなければならなかったのだ。とくにむずかしい問題は、備蓄物質を常時確保しておくことと、戦いに全部隊を投入してすべてを失うリスクを犯さないことだった。ビザンティンの皇帝たちは、古典『戦略概論（Strategikon）』の著者とされるマウリキス（在位五八二―六〇二）のようにすぐれた戦略家が多く、新しい戦術を考案し、戦いの継続に必要な資源の確保にもつとめた。ササン朝の王も同様で、後方部隊を守りつつ敵を打倒しようとした。数多い戦略のなかには、敵の敵と同盟を組み、たえず変動する力関係と、戦略地政学的な不確実さに対処することもあった。

脅威がつねに重くのしかかっていたにもかかわらず、おそらくまたそのおかげで、ササン朝ペルシアは文化面、精神面、経済面で発達している。政府が文化、都市経済、貿易の助成に力を入れたのだ。貿易が発展したのは、前の時代にパルティア人が交易ルートを安全に整備していたおかげだった。定住民族とイラン高原の遊牧民の関係も重要だった。遊牧民族は定住民族に彼らの文化の知識をあたえ、おかげで後者は中央アジアの民族の襲撃を押し返すか、吸収することができた。一世紀から七世紀初頭まで、ササン朝の境界線に劇的な変化はなく、一部の辺境地方で新たな展開があっただけだった。長期にわたるササン朝の統治下で、ペルシア湾（ホルムズ海峡も）の支配はゆるぎなく、カスピ海への進路も問題なかった。そのかわり、黒海と、とくに地中海への進路では一歩もゆずらずに戦わなければならなかった。

五世紀と六世紀は不安定な時代で、中央アジアの民族、エフタルの脅威が明らかになる。この民族の起源はよくわからないが、その脅威はペルシアとビザンティン双方にとって重しとなった。四七一年から四八四年にかけて、ペルシア王、ペーローズ一世はエフタルを三回攻撃するのだが、いずれも敗北に終わり、ビザンティンに影響力を増す機会をあたえている。六世紀はビザンティン帝国が野望にかきたてられる時代で、ユスティニアヌス一世が一大帝国計画を練り、主要な任務をまかされた二人の将軍、ベリサリウスとナルセスが計画の実施に向けて熱心に働いた。五三〇年、ベリサリウスはダラ（トルコ）でペルシアに大勝、ローマ帝国はユスティニアヌスの思惑どおり完全に再建されたかに見えた。しかし翌年、ペルシアがカリニクム（シリア、現在のラッカ）で復讐に出た。ところが双方とも犠牲をはらった戦いで意気が消沈し、一時、現状は保たれた。いっぽう、ビザンティンはエフタルとスラヴを撃退、ヴァンダル族や西ゴート、東ゴートに奪われていた領土も奪回して、ユスティニアヌスの夢の一部が実現しそうだった。しかし、ビザンティンの戦略は度を越えて野心的だったので、五六五年にユスティニアヌスが亡くなると弱点が明るみに出た。バルカン半島ではブルガリア人が進出していたからなおさらだった。五七〇年からは、力関係が逆転してササン朝が優位に立ち、ビザンティンは方向転換せざるをえなくなり、一転、防戦態勢に入った。しかしそれが幸いしたのか、イスラム教徒との衝突でササン朝が葬りさられたあと、生きのびることができている。

そのあいだ、大舞台に新しい役者が登場した。テュルク系遊牧国家の突厥（とっけつ）帝国だ。中央アジアから出たテュルク民族が創設した帝国はたくさんあるが、これはその一番目である。突厥が支配したのは、中国の北部からイランの辺境までの中央アジア全体の広大な地域だった（現在のカザフスタンやモンゴルもふくむ）。ササン朝とは同盟を結び、彼らの覇権にとってのおもな障害、エフタルに勝利するために協力した。いったん共通の敵が排除されると（五六五年頃）、同盟がなしくずしになるのは当然で、テュルク人はササン朝からバクトリア［中央アジアの歴史的な領域］を強奪する。そこはササン朝が代々、エフタルと共有して引き継いできた領土だった。それを機に、突厥はペルシアとビザンティンの敵対関係を利用してササン朝の弱体化をはかるのだが、しかし、彼ら自身の帝国が内紛で分裂、その計画は頓挫している。彼らの小細工が、結果としてササン朝とビザンティンの戦争にふたたび火をつけ、最初はササン朝に、次はビザンティンに有利に展開する。長期にわたり泥沼化したこの戦争が、のちにイスラム軍を助け、すでに弱体化していた二大超強国が同時に打ちのめされることになる。しかし、ペルシアとビザンティンの表立った戦争だけですべては説明できない。二つの帝国内部の権力闘争もまた破壊的な影響をあたえていた。いっぽうで、これらの政争が戦争を維持させていた側面も大きい。当事者はそれぞれ相手の弱みを利用しようとし、それぞれが敵国内部の問題に介入して過激分子を支持したのだ。おそらく、もし危険が目に見えるものだったら、彼らもさすがに見つけることができただろう。しかし、世界じゅうの不意をついたこの突然の脅威にはだれも気がついていなかった。

伝統的に、中央アジアからの侵入者はそれぞれが頭角をあらわしてくるのだが、新しい脅威があらわれるときはいくつか予告のサインがある。そのためのスパイ網は、とくにペルシア側では完全に機能し、侵略の兆しに気づいたら、その情報は中央に伝えられた。そのためにはさらに情報員を適所に配備しなければならなかったのだが…。ところでその時代、最大の危険が南から来ることを示すものは何もなく、それ以外の必要なところはすべて見張られていた。ではここで二一世紀の視点で、強国中の強国がなぜ、情報機関から厖大な情報を得ているにもかかわらず不意をつかれたのか見てみよう。まちがいは起こりうることが簡単にわかるはずだ。ましてや当時の手段は現在と比べて断然おとっていた。七世紀への変わり目、世界は戦略地政学的に二つの連合体の対立で支配されていた。二つのイデオロギーが、それぞれ絶対的優位を競って対立し、ベドウィンの小さな軍隊がそのあいだに割りこんで二国とも消滅させられるとは、ただたんに想定外だったのである。

けれども宗教の威力はよく知られており、ペルシアもビザンティンも例外ではなかった。二国間の対立は政治や領土の枠を越えていた。ササン朝はゾロアスター教を国教として認め、キリスト教徒やマニ教徒を迫害していた。とくに力でアルメニア人を改宗させようとしたが、これは失敗していた。ローマでは、ミルウィウス橋の戦い（三一二年）で天啓を授かった皇帝コンスタンティヌス一世がキリスト教に改宗したことで、キリスト教徒に激しい敵意を燃やすペルシア人は、彼らをローマに仕える内報者とおそれ、政治問題にまでなった。それが顕著にみられたのはヤズデギルド一世の統治下で、他宗教に寛容な皇帝の姿勢はゾロアスター教の実力者たちの気分を害し、皇帝を権力からひきずり降ろそうとしている。しかしそれはおそらく誤解からで、東方教会がキリスト教徒に対する疑惑を沈静化、外国の宗教に対する闘争の熱意は弱まった。ヤズデギルドの息子、バハラーム五世は父の政策を受け継ぎ、ローマ帝国と信教自由の条約まで結び（四二二年）、ペルシアでキリスト教、ローマでゾロアスター教を信仰する自由を保証している。ササン朝の真髄ともいえる宗教と政治の結託は、その後の出来事にも大きくかかわり、アラブ人の征服後、さして問題もなくイスラム教がゾロアスター教に代わって新しい国教になっている。この移行が容易だったのは、ゾロアスター教が年代的に一神教としては最初の宗教で、旧約聖書をもとにした宗教と基本が共通していたからである。その後あらわれた宗教は、それ以前にゾロアスター教が発展させた要素を何世紀もかけてとりいれたものだった。

ササン朝ペルシアの歴史は、どこから見てもアケメネス朝帝国を踏襲しており、アジア大陸の西側で覇権を狙うペルシアにとっての障害は、以前はギリシア人、今回もローマ化したギリシア人だった。地政学的にも、地域の力学は紀元前五、六世紀と似かよっていた。ササン朝はアケメネス朝の時代と同じように、北と東、南からおしよせる遊牧民の軍隊を吸収し、西の定住民族の強国と正面から戦いを挑んでいた。全体として、スラヴ民族や中央アジアの騎兵弓兵隊――とくにフン族は帝国にとって持続的な脅威となっていた――と比べてアラブ民族の危険性は低かった。

それでも地域にしっかり根を下ろしていた超強国が、それまで二次的な敵とみられていたアラブ人に、なぜかくも一瞬にして倒されてしまったのだろうか？　そしていっぽうのビザンティンは、当時はさらに弱体化していたのになぜ、暴風雨をのりこえられたのだろう？　答えは、当初はなんの関係もないと思われていたいろいろな出来事が、突然結びついたところにある。

ササン朝の一時的な復活

最初の黄金期に続く衰退期のあと、ササン朝帝国は六世紀後半になって復活、そのあらわれとして境界線も大きく広がっている。事実、ササン朝の領土が最大になるのは七世紀の最初の二〇年間で、エジプト制覇では地中海に広がる地域を確保、イエメン制覇では紅海にくわえホルムズ海峡まで支配して、アラビア半島の戦略的な地点二か所に影響力をもつにいたっている。この時期、ペルシアはビザンティンを危険なまでにしめつけていたのである。

皇帝の在位は最高位にいる人物の人格に左右されることが多い。たしかに、この時期の経済的、社会的条件についてわたしたちが知っていることは不正確で、政治的にも官僚制度の詳細についてはあまり知られていない。これらの情報があいまいかつ不明で不足していることから、皇帝の役割が目立つのも自然なことである。事実としてわかっているのは、この時期、二つの帝国の皇帝の在位期間がほぼぴったりと重なり、指導者に固有の特質が両国の均衡を左右するほど重くなっていたことだ。これはおそらく、ビザンティンよりはササン朝にいえることで、前者は政治的な機能不全状態がほぼ慢性的だったのに、それでも帝国として千年も生きのびている。こうしてこの六世紀に権力をにぎっていたのは二人の偉大な指導者、ササン朝はホスロー一世、ビザンティンはユスティニアヌス一世だった。最高位についた年代もほぼ同じ（五三二年と五二七年）なら、二人とも長期にわたる統治を享受、ホスロー一世が王座を維持していたのは亡くなる五七九年までだから、ユスティニアヌスより一〇年長く在位していたことになる。この二人の偉大な指導者の死で双方とも政治的に不安定となり、ビザンティン帝国の後退と、ササン朝の劇的な消滅につながったのは確実だろう。

ビザンティンでは、五六五年のユスティニアヌスの死で事態が加速している。後を継いだユスティヌス二世が最初に手がけたのは、潜在的な敵への貢ぎ物を廃止することで、貢ぎ物はアヴァール人などに領土への侵入を止めてもらうためのものだった。次いで彼はササン朝でのアルメニア人の反乱を利用してペルシアを攻撃した。しかし将軍たちの怠慢で予想外の結果になり、ビザンティン軍はダラで包囲されてしまった。くしくもそこは五三〇年、将軍ベリサリウスが歴史的大勝利をおさめた地である。その後、ペルシアはシリアを壊滅させ、ユスティヌス二世に力づくで「戦争をしないかわりの悲惨な平和」を受け入れさせた。精神的にダメージを受けたユスティヌス二世は実権を放棄し、妻のソフィアと、おかかえの将軍の一人ティベリウスに摂政をまかせた。後者はユスティヌスが死んだ五七八年、正式に後を継いだ。この時代はアルメニアをめぐって二大帝国があちこちで戦争をくりかえし、緊張が高まった時期でもある。そして今度はホスロー一世が死んだとき、本格的な和平交渉が行なわれた。しかし後を継いだ息子ホルミズド四世はダラの放出を拒否、合意をめざすティベリウスの努力も実を結ばなかった。そのあいだ、才能ある将軍マウリキウスがメソポタミアでペルシア軍に勝っていたのだが、しかし、五八二年にティベリウスが急死、彼は仕方なくコンスタンティノープルへ帰還した。

ティベリウスの後をマウリキウスが継いだとき、ペルシアは北北東の前線でテュルクの強軍から攻撃を受けた。そこで前面で指揮していた別の将軍、バフラーム・チョービーンがテュルク軍を追い返し、ペルシアはヘラート［アフガニスタン］で見事な勝利をおさめている（五八九年）。その後、ビザンティンとの戦いでカフカス前線に派遣されたバフラーム・チョービーンは、同時に別の前線にも立っていた。こちらは内紛で、皇帝に対して貴族階級が反乱に出たのである。事実、ホルミズド四世は父とは正反対に打って出て、むこうみずにも貴族階級に立ち向かったのだが、貴族たちはバフラーム・チョービーンを彼らの擁護者と見ていた。貴族の反乱を鎮圧できなかったホルミズド四世は、あっけなく皇帝の座からひきずり下ろされた。その後、彼は目をつぶされ（当時の風潮）、暗殺されている。息子のホスローは権力を奪回したのだが、しかしバフラーム・チョービーンはその申し出に同意せず、ホスローは仕方なく逃亡してビザンティンに避難した。迎えた皇帝マウリキウスは彼がふたたび王座につけるよう手をつくすことになるのだが、それはここで善行をしておけば、簒奪者が排除された暁には得るものが大きいと期待してのことだった。二二四年にアルダシールが権力をにぎって以来はじめて、ササン朝は正統な王が、このときはアルサケス朝の子孫に異議を申し立てられたのである。

その将軍バフラーム・チョービーンは中央アジアでの武力対決に破れ、ホスローは——以降はホスロー二世——王座をとりもどすのだが、伯父たちの脅威にさらされたままで、その排除は至難の技だった。六〇一年、内戦は終わりを告げたのだが、はらった犠牲は大きかった。権威は色あせ、軍隊は内戦による激震にゆれたまま、ホスロー二世も世話になったお返しにビザンティンに代価を払わなければならなかった。支払いは現金でも、土地でもよいとされていた。同時期、ホスロー二世は紛争中だったラハム国王ヌーマーン三世を抹殺した。ラハム王国は古代キリスト教ネストリウス派のアラブ民族の国で、イラク南部の緩衝国としてアラブ人の侵入に対する防禦の役割を提供していた。王の暗殺に続いて彼らを抹消した結果、それが数年後のイスラム教徒の侵略のさいは致命的になるのである。六〇九（?）年以降、ペルシアはヌーマーン三世暗殺のとばっちりを受けることになる。ラハム王国の支援を受けなかった——あるいは後者は敵側と手を組んだのか——ジーカール［イラク］の戦いで、ペルシアは南から進攻してきたアラブ軍に屈してしまった。この予想外の敗退は新たな力関係の前ぶれで、それがまもなく秩序をゆるがすことになるのだった。

残るは、皇帝マウリキウスと接近して友好関係に戻ることだったのだろう。しかし実際にはこれは日の目を見ることはなかった。というのも六〇二年、マウリキウスは簒奪皇帝のフォカスに退位させられたからである。この突然の交替がホスロー二世を駆りたてた。彼はその状況を利用して、ササン朝軍がビザンティンを攻撃、皇帝フォカスの基盤を弱体化させた。いまやフォカスは帝国のいたるところで反乱に直面し、とくにエデッサへは反乱を抑えるための遠征軍を派遣していた。この事実を知ったペルシア側は急遽エデッサに向かい、政府軍を打ちのめした。この勝利に自信を得たホスロー二世は、軍隊をさらに前進させてアルメニアに向かい、それからカッパドキアも制した。フォカスの運は上向かず、その正当性にも異議が申し立てられ、当然のごとく暗殺された（六一〇年）。代わって皇帝になったヘラクレイオスは、まったく別のタイプの男性だったのだが、あらゆる予想に反し、彼こそが崩壊寸前の帝国を救うことになるのである。

ヘラクレイオスは手はじめにペルシアと外交をとおして接近しようとしたのだが、ササン朝の軍隊の優位性を活用したかったホスロー二世は交渉を拒否した。この瞬間、ビザンティンは崩壊への道をたどり、「諸王の王」のペルシアはついにアケメネス朝から続く夢を完全に果たしたかのようだった。ギリシアと北アフリカの征服である。事実、ヘラクレイオスが統治した初期の数年は、ビザンティン帝国は最後の失墜に向かっているように見え、ペルシアはひき続き勢いにのっていた。六一三年にダマスカスを征服したあと、翌年にはエルサレムも手中にした。このときササン朝はイエスが磔（はりつけ）になったという本物の（または聖なる）十字架を奪い、首都クテシフォンにもち帰っている――この十字架のレプリカをめぐっての二都市の戦いが、五〇〇年後の十字軍のおもな問題になるのである。いっぽうのヘラクレイオスがかかえる問題はさらに複雑になり、六一七年、アヴァール人がコンスタンティノープルの入口に危険なやり方で接近していた。

このときヘラクレイオスは八方から追いこまれていた。一方では六一九年、ペルシア軍がエジプトとリビアを掠奪、それとともにビザンティン帝国の農業の一部も奪われた。他方では、イエメンの占領でササン朝は海まで管理していた。事実上の勝負はついたかに見え、ビザンティン帝国は目に見えて落ち目になり、領土もしだいに減っていった。一瞬、ヘラクレイオスはカルタゴに亡命しようと考えたのだが、最終的にはその場にとどまることにした。彼にとってはそれがよかった。というのも、動乱の真っただなかでの状況が彼の存在を必要としたからである。

ビザンティンの逆襲

劇的な状況では、えてして特別な人物が出現し、非常事態を利益に沿った方向に変えるものである。ヘラクレイオスはそのような度量のある人物で、もしフォカスが権力を維持していたら、おそらくビザンティン帝国はこの暗黒時代にくずれさっていただろう。そしてホスロー二世が勝利して、歴史はそのような結末がひき起こす結果になっていただろう。しかし後者は目先の幸せを楽しみ、まだ可能性があったとしてもなにかが足りず、ペルシアのために歴史を一変させることができなかった。

ヘラクレイオスが流れを逆転させる策を講じたのは、すべてが失われたように見えたときだった。最初の策として、彼はアヴァール人と妥協による平和を交渉した。払うべき代価が重かったのは確かだが、しかし、そうすることでペルシアとの戦いに集中することができた。次に行なったのは、経済から軍隊までの国全体を徹底的に再編成することだった。テマ制［現地の軍司令官が行政権を兼任する制度］とよばれる改革では、帝国を軍事的に自立した四つの地域に分割し、外人傭兵を排除して市民の軍隊といえるものにした。別の言い方をすると、ギリシア・ローマ時代をモデルにした骨格で軍隊を再編成したのである。国はそれまで職業兵士に支給していた厖大な金額を節約できたのにくわえ、農民が軍に従事するかわりに土地手当を支給したことから、農民兼兵士という新しい階級が出現し、それがビザンティン軍の中枢になった。軍の地方分権化で柔軟性が生まれ、大敗しても組織全体がくずれることはなかった。

この思いきった改革がいずれ、ビザンティンをイスラムの脅威から救うことになるのである。ヘラクレイオスにわかっていたのは、重要な問題は近々のペルシアとの対立の先にあり、国民全体に支持されることが必要ということだった。そのために、彼は最初の十字軍とみなされる行動に身を投じ、国民に聖地と「ゾロアスター教」の手にある——正式な演説では「ペルシア」に代わっている——本物の十字架をとりもどすようよびかけた。布教のための遠征はどこから見ても見習うべきもので、彼は急遽、防御の態勢から徹底的な攻撃に出たのである。ときは六二二年。対するササン朝はかつてこれほど強国に見えたことはなく、領土拡張は最高に達していた。しかしまもなく、風向きが変わることになる。

完ぺきな演出で人目を引くなか、ヘラクレイオスは聖戦にこめた悔悛の気持ちをあらわす質素な衣装に身を包み、コンスタンティノープルを後にした。しかし、彼の試みに謙虚なところはいっさいなく、それどころか大胆不敵な作戦で――黒海からの海陸共同作戦――、彼は故郷のアルメニアへ逆襲をくわだてた。ビザンティンの奇襲は予想どおりの効果をあげた。ヘラクレイオスは最初の心理作戦で敵を混乱におとしいれ、抵抗できなくさせてしまったのだ。ヘラクレイオスはペルシアの領土まで軍を進攻させ、翌年にはアゼルバイジャンを侵略した。北アフリカの征服に成功していたペルシアのおそるべき将軍二人、シャインとシャルバラスは今回は手の打ちようもなく敗北し、ホスロー二世はヘラクレイオスに対して広範囲な逆襲を決断した。後者が冬のあいだコンスタンティノープルに閉じこもるのを期待して、敵が成功したのと同じ海上作戦を試みた。しかし、その計画は予想以上に強力だったビザンティンの艦隊にはばまれた。いっぽう、ヘラクレイオスはコンスタンティノープルではなく北への後退を決断していた。その結果、ペルシアは敵の首都を掠奪することも、ヘラクレイオスと直接対決することもできず、作戦の練りなおしを余儀なくされた。

一瞬、自由になったビザンティン皇帝はそのときを利用し、テュルク民族のハザールと交渉して、対ペルシアで同盟を組むことに成功した。同盟軍はアゼルバイジャンを通ってメソポタミアに入り、ホスロー二世がアナトリア半島に送りこんでいた軍隊を強制的に退散させた。ホスロー二世は何もできず、首都近郊の豪華な宮殿を敵に奪われてしまった（六二八年）。そのとき身内の将軍シャルバラスが王に反旗をひるがえし、それを利用したホスローの息子は父を冷酷に退位させ、ホスロー二世は栄光を味わうことなく暗殺された。彼の悲劇的な最期は、帝国とササン朝の崩壊がさしせまっていることを予想させた。そのいちばんの責任者の一人が彼だろう。

それでも、後を継いだカワード二世が即刻ヘラクレイオスと平和交渉にのぞみ、戦争前の原状合意でペルシアの領土を回収したときは、その治世はこの上なく順調に思われた。ホスロー二世の惨憺たる統治のあとのカワード二世の登場は、平和を予告するようだった。いっぽうのヘラクレイオスも理性に賭け、武力で敵に優位性を示すより、もとの地政学的な均衡を再構築することにした。

特別な事態が発生しないかぎり、二つの超大国は正常な関係を回復できるように思われた。おそらく、持続的な平和も予想できた。しかし奇跡は起こらず、ペルシアはすぐに思いもかけない事態に襲われ、その規模の大きさに耐えることができなくなる。

こういうことだ。即位してわずか数か月後、カワード二世が重い病気になり、後継者として幼い庶子を一人残して死んでしまったのだ。彼の統治の特徴はホスロー二世のとりまきを激しく粛正したことで、雰囲気はどんどん悪化し、国の行くすえにも不吉な影響をあたえていた。そのとき、カワード二世に却下されていた屈強の将軍、シャルバラスが表舞台に戻り、子どもの王を排除して王座についた。しかし、その座にいたのは一時で、数週間後には彼自身も暗殺された。次に王座についたのは、ホスロー二世の娘ボランだったが、彼女は政治的手腕を発揮することなくすぐに王座をゆずった。こうして嵐のような短期間に、すくなくとも四人の王――混乱していたこの時期の正確な数字はひかえよう――が交替し、それは六三二年、ササン朝最期の王となるヤズデギルド三世の即位まで続いた。彼はホスロー二世の孫で、まだ八歳の子どもだった。将軍をはじめとする野心家が、死の権力争いに競って参加した。王座がなしくずしになったことで、失脚した自称王位継承者が周辺の地域に身をおちつけ、権力を示す地図は細分化した。

この内紛は社会に深い亀裂を生じさせ、それはとくにおもな三つの権力階級で顕著だった。貴族と軍部、そして聖職者である。この時点でビザンティンとの戦争で経済が青息吐息だったことを考えれば、国がいかに弱体化していたかは容易に理解できるだろう。その前に、これら在位期間の「短さ」がビザンティンに優位に働き、ふたたびペルシアや草原の兵士たちに影響力をもつようになって、イランの辺境地方を奪うことができていた。しかしササン朝にしても、四〇〇年続いたなかでこれまで毎回、立ちなおってきた。中国やビザンティンのように、ペルシアにも帝国としての厚みがあり、消滅はありえないことになっていた。そして六三二年、これらの悲運にもかかわらず、ササン朝はなんとか王座を維持できるようになっていた。経済状況の悪化を鑑みれば、ペルシア帝国が重大な失敗をすることは十分に考えられたが、しかし、どんな形でも生きのびられると思われていた。ビザンティン自身、戦争に疲れて衰退し、平和のみを願っていた。ほかの脅威も薄らいでいた。北では突厥が崩壊の段階に入り、テュルク系のハザールは国としてまだできかけだった。エフタルはすでに失速し、残るはアヴァール人とブルガリア人だったが、この好戦的な二つの民族はすでに西方に目を向け、イランとは遠かった。しかし、南では別の事態が急展開していた。一見、ペルシアやビザンティンとは独立しているように見えたのだが、しかしそれも、それまでは離れていた二つの世界がついに衝突するまでのことだった。

イスラム教の出現

ペルシア帝国の辺境地では、同じ遊牧民でもベドウィン民族とほかの民族は一見して見分けがつかなかった。アラビア半島ではベドウィンの文化はほかよりすぐれ、いろいろな面で中央アジアの草原地帯の民族を連想させた。違いは、草原の寒冷地にもふたこぶラクダはいたのだが、馬よりひとこぶラクダのほうがまさっていたことだった。遊牧民族はすべてそうだが、ベドウィン族も自立に極度に執着する部族を中心に組織されていた。

　都市化されたアラブ人でも、社会はおもに横のつながりで構成されて分断しており、その傾向はおそらくテュルク・モンゴル系より強かった。このような背景では、ある部族がある民族全体と集結し、組織だって当時の超大国を危険におとしいれるなど、想像することさえむずかしかった。これまでは、遊牧民のなかで唯一フン族が定住民族の帝国を脅かしていたのだが、しかしそれもすぐにいきづまっていた。フン族の軍隊は強力だったにもかかわらず、カタラウヌムの戦いでガロ・ローマン軍に再起不能にまで撃退され（四五一年）、地上から消えてしまった。それに対し、当時の大文化圏であるグレコ・ロマンやペルシア、そしてイエメン（伝統的に文化と貿易の中心地）に近く、その影響を受けていたベドウィンの文化には、中央アジアにはない洗練されたものがあった。当然、商業的な経済活動も活発で、文化も一部それを担っていた。このような状況が背景にあると、一神教の宗教が出現するのも大いにありうることで、おそらくそれが自立心の強い民族や社会を統一できる唯一の要素だったと思われる。

　ふつうの商人だったムハンマド――またはマホメット――が体験した異常な出来事は、思いもかけない方法で動きはじめ、彼はわずか数年のあいだに一大宗教と国家、おそるべき軍隊を同時に創りあげた。剣の刃とアッラーの言葉の信念でアラブ人を統一し、将来、「既知」の世界の広大な一角で絶対的優位に立つ基礎を築いた。彼の死後、お定まりの後継者闘争と、それによる深い傷痕が残ったにもかかわらず、イスラム教徒はアッラーの名のもとに世界制覇にのりだした。面前には、ビザンティンとペルシアが第一の障害と、挑戦相手として身がまえていた――それも相当の大国だった。

ムハンマドが生まれたのは五七〇年、ローマ皇帝ユスティニアヌス一世の死から五年後のことで、ホスロー一世が亡くなったときは一〇歳だった。彼が人生を変えるほどの精神的な体験をしたのは六一〇年、ヘラクレイオスがコンスタンティノープルで権力をにぎった年である。六二二年、ペルシアがビザンティンの息の根を止めたかに見え、ヘラクレイオスが逆襲にとりかかった年、ムハンマドは故郷のメッカを去ってマディーナへ行き、九月二四日に到着している。ちなみにこの移住をイスラム教では「ヒジュラ（聖遷）」とよんでいる。八年後の六三〇年、彼は見すてた都市メッカを奪回した。そのあいだ、ペルシアはビザンティンとの戦争に負け、ホスロー二世は暗殺されて、国は後継者戦争の餌食になっていた。同じ年、ヘラクレイオスは本物の十字架をエルサレムにもち帰っている。翌年、宗教的な理由から、ビザンティンの皇帝は前もって割りあてられていたアラブ人キリスト教徒への貢ぎ物を取り消した。彼らは長く前述のラハム王国と同じように緩衝国の役をしていたのだ。ところで、この決断と時を同じくして、ムハンマドが北へ遠征隊を送りだした。このときイスラム教徒とはじめて対立したビザンティン軍は、大敗こそ喫しなかったものの、敵軍の実力を思い知らされている。

ムハンマドが死去した六三二年は、ヤズデギルド三世がクテシフォンで王座についた年である。二人の運命はいずれ劇的な方法で交わることになる。預言者ムハンマドと弟子たちの進軍は行手厳しく、アラビア半島での宗教のための戦いは政治的にも軍事的にも困難をきわめた。軍隊と連動した新しい宗教がめざす普遍性の大きさは、より遠くへ進軍する意志にあらわれており、ムハンマドの後を継いだ後継者もその活動を引き継いだ。彼らはアッラーの言葉に熱狂した部隊の活力をすべて駆使し、宗教が生まれた地域の先の世界を見すえていた。

いっぽうペルシア側では、崩壊した政権の無気力さが軍にも兵士の士気にも悪い影響をあたえていた。六三〇年代初めのペルシア軍の組織について正確なところは不明だが、政治的な内紛ですぐれた将軍がいなくなったことはわかっている。その筆頭が、前述したシャルバラスである。帝国の支配圏も分断状態になっており、国の防衛を組織するには条件が悪いことも考えられる。イスラム教徒は逆に、彼らの信条のもとにひとにぎりとはいえきわめてすぐれた武将を結集させている。その一人がハーリド・イブン・アル＝ワリードで、彼はもとはムハンマドの敵だったのだが、メッカを奪取するときに合流している。アル＝ワリードは最初のカリフ、アブー・バクルからムハンマドの死後離脱した反逆分子を制圧する使命を負わされた。カリスマ性のあるリーダーが亡くなり、それまでイスラム教徒が一致して努力してきたことがすべて無に帰す危険があるときだった。しかしハーリド・イブン・アル＝ワリードはその使命にぴったりの男だった。いったん状況が回復すると、アブー・バクルは彼にイラクとシリアに向けて進撃を続けるように厳令し、そこでビザンティン軍と出会うことになるのである。アブー・バクルの後継者ウマルはアル＝ワリードに対して前任者ほどの熱意は示さなかったが、彼はアル＝ワリードをそのまま軍のトップに置き、ビザンティンとの戦いにあたらせた。よい判断だった。六三六年八月二〇日、二年にわたる長い遠征のあとのヤルムークの戦いで、アル＝ワリードはまさかの大勝利をあげたのだが、それはなによりも彼の軍事的才能のなせる業だった。ビザンティン帝国は大打撃を受けたのだが、消滅とまではいかず——ヘラクレイオスが行なった行政と軍隊の改革が難破寸前の帝国を救った——、イスラム教徒はそれを機に、もう一つの超大国ペルシアへの襲撃にうってでたのである。

決定的となったカディーシャの戦い

軍での功績にもかかわらず、ハーリド・イブン・アル＝ワリードは新しい遠征には直接配備されず、そのときの司令官はもう一人の将軍、サアド・イアン・アビー＝ワッカースになっていた。無敵で名高い軍に勝って熱狂したイスラム軍は、もはやだれもおそれる者はおらず、神の意志による征服を信じこんでいた。ビザンティンとの戦いでは、一部の部隊がアビー＝ワッカースに合流したが、ペルシアと戦ったのはアル＝ワリードとは別の軍隊で、手が空いていたからだった。

歴史を決定づけたこの戦いがいつ、どこであったのかなど確かなことは何もわからない。おそらく同じ年の一一月（六三六年）、ビザンティンに勝利した三か月後と思われる。ペルシアの総司令官はロスタム・ファルロフザードだった。彼については、イスラム教徒と戦ったこと以外はよくわかっていない。確かなのは彼には、一五年間のビザンティンとの戦いで勝利を重ねていた以前のペルシアの将軍ほどのスケールはなかったということだ。

歴史で定説となっているのは、定住民族は歩兵隊や重騎兵隊を、遊牧民は軽騎兵隊を優先するということだ。ササン朝とイスラム教徒の対戦もこのルールに沿っており、ただし、両軍とも歩兵隊の割合は当時としては高かった。馬はペルシア人が好んで使った動物だが、アラブ人は戦闘にしか使わず、ひとこぶラクダは物資の運送や後方支援に使われていた。またペルシア軍は長い伝統にしたがって、闘争用の象を配備し――インド象――、危険で複雑な扱いに熟練した象使いが前線で象をあやつっていた。

ペルシア軍の部隊は長年の戦争で目に見えて減少していたが――後世の著名な歴史家アル＝タバリー（八三九―九二三）を介して得られる数字はありえないものであてにならないとしても――、ササン朝のほうが数でまさっていたことは十分に考えられた――イスラム教徒の二、三倍だ。ベルギー人の歴史家アンリ・ピレンヌ（一八六二―一九三五）は――彼のあとほかの歴史家も――、アラブ人が予想に反して勝利した第一の要因は宗教にあるとし、イスラム軍は信仰心で熱狂していたからだとした。しかしこの説は、その時代に対立していたペルシアとビザンティンもまた、すでに述べたように、宗教的色あいの強い戦争だったことを忘れている。ササン朝ではつねにゾロアスター教による神権政治が行なわれ――すくなくとも半神権政治――、宗教的要素はペルシア人にとってイスラム教徒と同じくらい重要なものだった。聖戦という宗教的イデオロギーの特徴は、ビザンティンとペルシアの戦争にも同じようにきざみこまれており、その点にかんしてはずっと芯が通っていた。二つの陣営の違いは、とくにイスラム教徒側には明快な司令体制が整っていたのに対し、ペルシア側は連携がとぎれて弱体化し、戦略本部が無力化して軋轢（あつれき）が生じていたところにある。預言者ムハンマドの忠実な仲間だったカリフ、ウマルは戦争体験が長く、その彼が大筋の戦略を考案し、将軍たちが戦場で集中できるようにしていた。

諸王の王、ヤズデギルド三世はまだ一二歳の子どもにすぎず、戦略にかんする知識にも、もちろん権威にも限界があったはずである。したがって、帝国を守る重い責任全体が総司令官ロスタム一人にかかってくる。しかし、ヤルムークの戦いでビザンティンが敗れたときの詳細な情報を得た時点で、彼はどうしたらいいのかを理解すべきだった。しかしこの時代、アラブ人が偉大なペルシア軍に勝てるほどの軍隊を有していると、ササン朝の将軍にはたして見てとれただろうか？　たしかに、ビザンティンは負けてはいたがしかし、ペルシアと違って、戦争で資源をすべて使い果たしたわけではなく、いっぽうでこれが崩壊を避けた要因でもある。当時の文化的状況から、おそらくペルシアは敵を過小評価し、必要な戦力を投じなかったのだろう。しかし、この仮説は推測にすぎず、これを補強する正確な資料は何もない。

戦争が行なわれたのはイラクのカディーシャである。前述の歴史家アル＝タバリーはこの戦争の詳細な記述を残しているが、しかし、実際には正確な事実についてはあまりふれられていない。それでも、大ざっぱな流れからおもな行動をたどることはできる。この戦いも、ヤルムークの戦いと同じように数日間にわった。はたしてイスラム教徒は、ペルシアと遭遇したさまざまな悲運にもかかわらず、敵を撃退できる状態にあったのだろうか？　これほど不確かなものはない。というのも、ビザンティンはたしかにヤルムークの戦いで勝利をもっていかれたが、ペルシアはそれでも数でまさり、全体としてイスラム教徒よりは格上のように見えた。たしかに、最初の日に不意を襲ったのはペルシアだった。なにより闘争象のおかげで、アラブ人は象に慣れていなかったからだ。ペルシアは常套手段で象を中央と両翼にも配備し、イスラムの騎兵隊を混乱させ、歩兵隊の動きを麻痺させた。それなのに、総司令官ロスタムは最初に優位に働いた立場を利用する術を知らなかった。

二日目は前哨戦のみで終わり、二つの軍が大々的に衝突したのは三日目である。その回、イスラム教徒は不意を打たれることはなく、象の戦闘部隊は壊滅された。アビー＝ワッカースの兵士たちは象を撃退する方法を熟考していたのである。彼らは矢で目をつき、次いで剣で腹を切ったのだが――この微妙な作戦に従事した兵士たちにはとくに大胆不適さが要求された――、このやり方が想定以上に成功したのである。象での混乱作戦が不可能になったペルシア側は、それでも戦術を駆使して敵を打ち負かそうとした。しかし敵は執拗に抵抗し、熾烈な戦いは夜まで続いたにもかかわらず、ペルシアが上に立つことは一度もなかった。その衝突があまりに激しかったことから、この出来事は「呻き声の夜」といわれたほどだった。力比べではイスラム軍よりペルシア軍のほうが疲れたようである。いずれにしろ、ロスタンには疲労困憊した兵士を激励して攻撃にまわす力はなく、逆にアビー＝ワッカースは、自軍の兵士が少し戦いつづけるだけであっというまに事態は好転すると宣言していた。

翌日、イスラム教徒が攻撃に出ようとしたそのとき、都合のいいことに砂嵐になり――アビー＝ワッカース軍には好都合――、イスラム教徒はふたたび敵の上に立ち、破滅寸前にまで追いこんだ。疲れがピークに達していたペルシア軍は、一瞬にして崩壊し、ロスタムは殺され、兵士は混乱したまま急遽逃げ出した。退路をはばんだのは川だった。それまでササン朝に水を提供していた川に、ペルシア人は次々と溺れ、そうでなければ矢や剣、殴打で負傷して死んでいった。戦士がいなくなって、戦いは終了した。イスラム教徒の勝利は決定的だった。

帝国の崩壊

これはササン朝が弱くなったことを強く感じさせるものだった。この敗戦を、数年前ならのりこえられたのだろうが、今回はそれができなかったからなおさらだ。四世紀にわたって存在したササン朝は、軍事的失敗も数多くしのいできたのだが、帝国の存続が問題になったことは一度もなかった。しかし今回中央政権にとっては、一瞬にして劇的に権威のすべてが無になった。それでも、帝国はまだ生きていた。権力が不在でも、国家の構造は一時的にでもしっかりしていることがわかり、いずれにしろ骨組は維持できた。しかし、その下は完全に空っぽで、その空間をまもなくイスラム教徒が占めることになるのである。首都クテシフォンを追われたヤズデギルド三世は、町から町へ長期のさすらいを余儀なくされ、それでもイスラム軍をふたたび追い返す術をむなしく模索していた。しかし、ビザンティンもまた激しくなる一方のイスラムの嵐と戦っており、ササン朝が古い敵から攻撃を受けることはなかった。おそらくこれが一つの理由で、帝国はまだ数年ほど存続したのだろう。広大な領土や、その時代の通信手段も崩壊を遅らせていた。

それでも賽は投げられた。帝国の細分化と、それにともなう軍部の崩壊で、強力な軍隊を再編成するのはほとんど不可能だった。征服した地では、長いあいだゾロアスター教徒から迫害されていた多くのキリスト教徒が、イスラム教徒を解放者として迎えた。実際、六年にわたる屈辱のあと、ヤズデギルドと帝国は長い断末魔からついに解放されることになる。六四二年、ニハーヴァンドの戦いでイスラムはふたたび勝利をおさめた。軍司令官で、ムハンマドのもとの仲間アンヌマン・イブン・ムクリンが、将軍フィールーザーン率いるペルシア軍の息の根を止めたのである。ササン朝の二人の司令官は戦死し、ヤズデギルドはメルブ［現在のトルクメニスタン］に逃げ、伝説によると、もっとも心ないやり方で暗殺されている（六五一年）。手をくだしたとされる粉挽き屋は、目の前にいるのが失脚した王とは知らなかったのだという。これ以降、帝国の入口は大々的に開放され、そこへイスラム教徒がなんの抵抗もなく流れこんだ。ヤズデギルドの息子で、後継者とみなされたペーローズは、復活への希望を維持しようとしたのだがむだだった。彼は、消滅した帝国の旧首都から何千キロメートルも離れた地、中国で亡くなっている。

こうして、かつて偉大な帝国のものだった歴史は栄光もなく終わりを告げた。ここに、アケメネス朝とパルティア王国からなる帝国は二度死んだことになり、ササン朝が後継者を自認していた古代ペルシアは永遠に消えてしまった。後年になって、新しいペルシアとして不死鳥のようによみがえるサファヴィー朝［一六世紀から一八世紀前半にかけてのイスラム王朝］が、その内なる力と衝撃に耐える強さを証明することになる。それは三つの要因からなっている。一つは地理的、戦略地政学的な位置で、インドと西欧、中央アジアのステップ高原（現在はロシア）のあいだで広大なスペースをもっていたこと。もう一つは、類いまれな文化の厚みとバイタリティー。三点目は、政治と宗教の強い結びつきで、それはゾロアスター教からイスラム教シーア派（イスラム教全体ではスンニ派が約八割と大半）への流れを見てもわかるだろう。その結果、国はどんな逆風にも耐えてそのアイデンティティと精神を守り抜いたのである。もっとも混沌とした時期も、外国に支配されたときも、つねにもちなおす力を見いだしていたのだ。一七二二年にサファヴィー朝が崩壊すると、すぐに新たな擁護者ナーディル・シャー（在位一七三六―一七四七）があらわれ、類いまれな君主だった彼は、短い期間ではあるが、ペルシア帝国をふたたび躍動させている。その後、お定まりの西欧諸国による植民地化と、その後の時代が二世紀ほど続き、パフラヴィーの統治時代のあとが、一九七九年のイラン革命である。サファヴィー朝を彷彿させる過激で強硬な革命政府は、国にアイデンティティとしての文化と宗教、そして地域での最強国としての立場をとりもどす使命をあたえたのである。

ササン朝は消滅したが、ペルシア文明は同じ場所に定着した新しい帝国、イスラム教徒のウマイヤ朝に浸透し、次いで、イスラムがその力をそそいだあらゆる地域に普及していく――最初はアラブで、次がテュルクである。この文化はモンゴルの進攻にも耐え、ティムール朝（一三七〇―一五〇七）の創始者、ティムールのおかげで――ペルシア人には容赦なかったが――ティムール文化にも深く影響し、一時とはいえ、中央アジア、そしてインドのムガル帝国（一五二六―一八五八）で光り輝くことになる。またアラブ人のおかげで、イベリア半島からヨーロッパへも普及していく。

対してビザンティンの歴史はササン朝ペルシアとは違う方向をたどった。「第二のローマ」もまた悲惨な目にあったにもかかわらず、イスラムには耐えつづけ――ほかの民族にも――、かつてのライバルより八〇〇年以上存続し、最後はオスマン帝国の第七代スルタン、メフメト二世の猛攻撃にあって倒れている。ビザンティンが永久に消滅したのは一四五三年だが、ペルシアが一六世紀に再出現したとき、東ローマ帝国はほとんど残っていなかった。七世紀という歴史が劇的に動いた時代に、二つの超大国それぞれの運命が決まったのは結局、権力争いの偶然がなせる業でしかなかった。それが大詰めを迎えたのが、ムハンマドが最初に武力による征服を展開したときだったのである。もし運よく、ヘラクレイオスのような人格者が王座についていたら、ペルシアの歴史ならびに中東の歴史、したがって世界の歴史はまったく違う展開になっていたことだろう。

4 カロリング帝国の五回の死
——八〇〇—八九九年

ジョルジュ・ミノワ

カロリング帝国は一時のものだった。最長で一世紀、実際はもっと短い。ここまで幅があるのは、カロリング朝の特徴は不死鳥のように、何度も死んではよみがえっているからだ。誕生した日付と場所はよく知られている。西暦八〇〇年のクリスマスイヴのローマである。しかし消滅した年代は採用した根拠によって八三九年とも、八四三年、八七七年、八八八年または八九九年とも考えられる。実際、カロリング帝国の歴史はその崩壊期で要約できるといえ、しかもそれは創設者カール大帝の死後少ししてはじまっている。息子のルートヴィヒ一世の統治になったとたん、広大な帝国は混乱におちいるのである。しかしそれは帝国としての概念が欠けていたことが原因だった。誤解と矛盾の上に急遽、築かれた帝国は、内なる弱点に抵抗して長く生き残ることはできなかった。その急激な崩壊について熟考した一九世紀のフランスの歴史家、ジュール・ミシュレ（一七九八—一八七四）は、すでにこう書いていた。「なぜこの秩序はこうも長続きしなかったのだろうか？　それはとにかく物質的で、

9世紀、カロリング帝国の分解

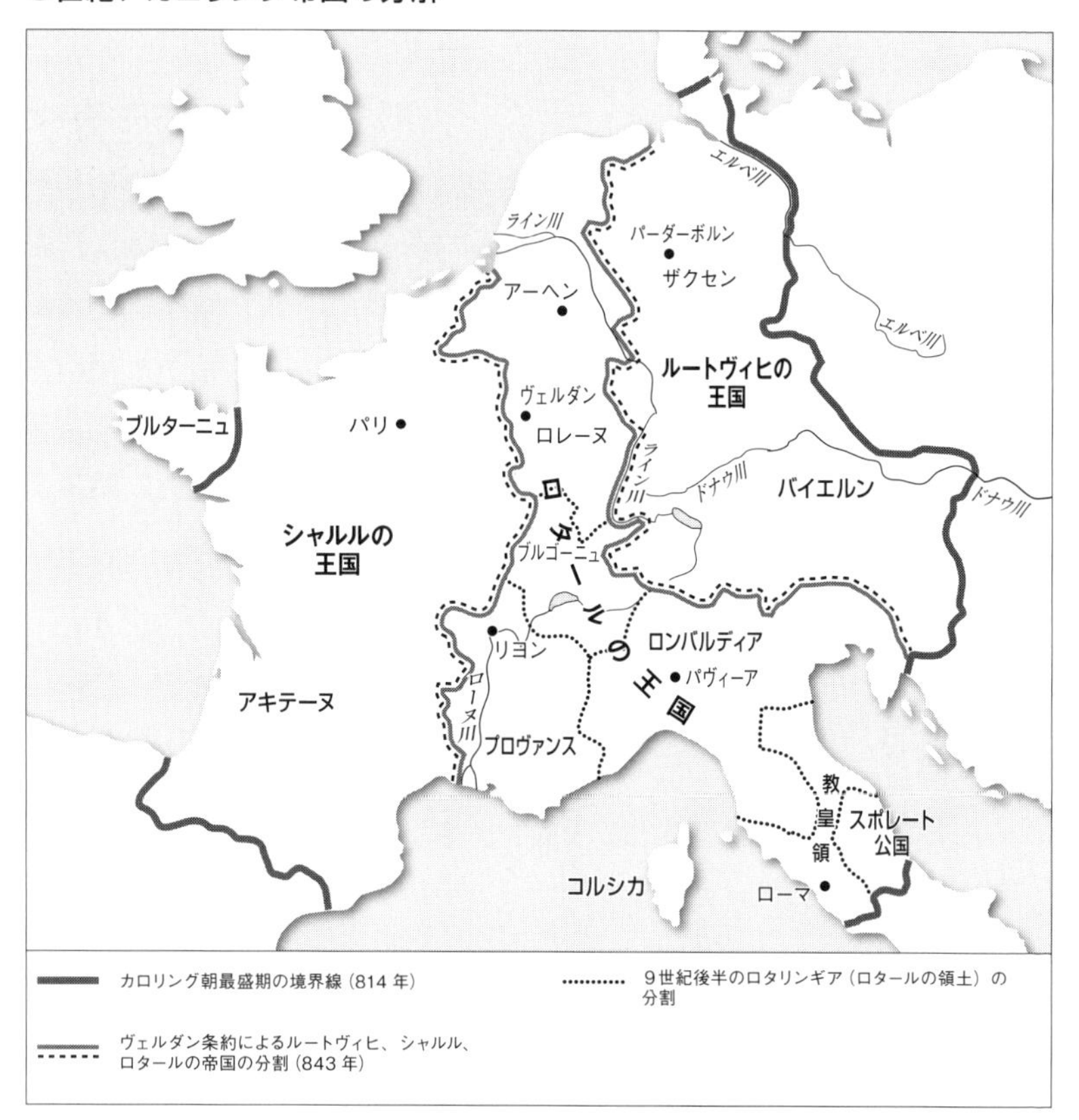

表面的だったからである。奥底にひそむ無秩序と、むりやり統一された異種の要素からなる軋轢（あつれき）を隠していたからである。多様な人種と言語と精神、コミュニケーションの欠如、お互いの無知、本能的な嫌悪感。カール大帝によって再現されたともいえる、壮麗で人をまどわすローマの行政体が隠していたのは、これらである。この敵意ある乱暴な結合は一つの拷問でもあった」。ローマ史専門の歴史家にとって、カロリング帝国はあいいれない二つの精神を強引に結びつけた怪物だった。フランスの精神と、ドイツの精神である。以来、歴史家たちはミシュレが確認したことにさまざまな解釈をつけくわえてきた。

質に反し、即興的に作られた帝国

大きな矛盾の一つは、この帝国が創始者によってしぶしぶ創られたという事実である。事のいきさつを見てみよう。八〇〇年、ユーラシア大陸は三つのブロックに分断されていた。まずはイスラム世界で、スペインとアフリカ北岸、エジプト、そして中心国家、バグダードのアッバース朝がある中東をカバーしていた。次はビザンティン帝国で、ボスボラス海峡にまたがってギリシアの半島、小アジア、イタリアの南部がふくまれていたが、危機的な状況下にあった。ローマ皇帝の後継者として、イタリア全土の君主を主張していたのだが、そのイタリアからはロンバルディア人によって追放され、保持していた領土は南部の一部のみ。しかもそこは北からブルガリア人、南と東からはアラブ人に攻撃され、警戒態勢にあった。この八〇〇年、皇帝コンスタンティノス六世は母親エイレーネーから権力の座を追われていた。彼女は女性ではじめての皇帝である。そして三つめがフランク王カール大帝によって、四七六年に崩壊して以来はじめて再統一された西ローマ帝国である。カール大帝はカロリング朝フランク王国の二代目君主で、七六八年、父ピピン三世短躯王の後を継ぎ、三〇年間の統治で広大な領土の支配者になっていた。それはエルベ川からエブロ川まで、黒海からラティウム［ローマを中心とする地方］まで広がり、ガリアとイタリアの北部と中部、アルプス山脈一帯、オーストリア、バイエルン、ハンガリー平原の一部、ゲルマニアからザクセンの東部国境までと、さらにオランダ、フリースラントをカバー、一二〇万平方キロメートルに、民族も言語も文化も大きく異なる約二〇〇〇万人の住民がいた。アラマンニ人、ブルゴーニュ人、テューリンゲン人、ザクセン人、バイエルン人、ロンバルディア人、そしてフランク人などである。フランク人はロワール川とライン川の中間地域を拠点にする支配的な民族で、その法律を全体に課し、フランク王国を作っていた。王国を統一する唯一の要素はキリスト教で、住民はすべて五世紀から九世紀のあいだに強制的に改宗させられ、もっとも近いケースがザクセン人だった。

全体の君主、カール大帝は生っ粋のドイツ文化からなるフランクとロンバルドの王で、アーヘンの宮殿に住んでいた。彼は蛮族の王の伝統にしたがって統治し、その権力は勝利を求める闘将としての彼の性格の上に成り立っていた。征服による戦利品を分配することで貴族の忠誠を保持していたのである。フランクの君主制では「レス・プブリカ」、いわゆる「公益」と私益は区別されていなかった。さらに、王は王国の所有者であり、その王国は王の死後、息子たちに分割されることになっていた。

ピピン短躯王以来、王は聖なる王、宗教的儀式で神の祝福を受けた「神権」をもつ王だった。したがって、その権力の基盤として軍力と宗教の二つのカリスマ性があった。モデルとしたのは聖書の君主制、とくにダビデ王だった。

北の男、カール大帝は皇帝の称号がほしいという意志はいっさい示していない。実際の権力への付加価値は何もないからだ。彼に帝国を押しつけたのは教皇である。当時の教皇レオ三世は実際、きわめて微妙な状況にいた。ロンバルディア人とローマ貴族の内紛の脅威にさらされ、七九九年にはローマの街頭で反対派に襲撃までされていた。彼には武力をもって右腕となる強力な保護者が必要だった。その保護者はふつうならビザンティンの皇帝なのだが、しかし、その皇帝は――すでに述べたように――介入できる状況になく、いずれにしろローマとビザンティンの関係は非常に緊張していた。したがって、考えられる唯一の救済者はフランク王。カール大帝はすでにロンバルド王国に何度も進攻し、七七四年には王座を奪っていた。しかし、七九九年の襲撃事件のあと、教皇はもっと先手をうつべきだと考えた。彼に皇帝の称号を授与すれば教皇庁の利に沿った介入も正当化でき、彼に恩義を売ると同時に公式な保護者にもできると思ったのだ。したがって「フランク王国」を「カロリング帝国」にしようとしたのは教皇の考えで、それがアルクィンなどカール大帝をとりまく聖職者に引き継がれたのである。カール大帝はといえば、それが役に立つとは思っていないようだった。ラテン語のインペリウム（命令権）の概念はフランク人にはなじみがなかった。「帝国」や「皇帝」という言葉もドイツ語には存在さえせず、「ライヒ」という言葉が「王国」と「支配」を同時に意味し、皇帝をあらわす「カエサル」もグレコ・ロマン語の「カイザー」を借用したものだった。さらに七九八年、ビザンティンでエイレーネーと対立する一派がこの称号をカール大帝に提供すると言ってきたときも、彼は断わっていた。彼がようやく説得されたのは七九九年、パーダーボルンで教皇側と長時間にわたって交渉したあとだった。そのときアルクィンは、キリスト教の世界には主導者が三人いるが、ビザンティンの皇帝は問題外、教皇は脅威にさらされ、本当の権力をもっているのは三人目の彼しかいないと説得した。そこでカール大帝は仕方なく名誉を受け入れ、皇帝役をまっとうすることにしたのである。

こうして八〇〇年、「王」は「皇帝」になった。しかし、フランクの伝統とローマの伝統の融合は本質的に反するもので、いうならば融合よりは並列だった。迷ったすえの受理だったことは、八〇〇年から八一四年にかけてのカロリング朝の大書記官府の記録でも明らかになっている。カール大帝は王の称号を決して放棄せず、公文書に正式な文言として使っている。「尊厳満てるカール殿下、神により王冠を戴き、ローマ帝国を支配する、偉大で穏和な皇帝、そして神の慈悲により、フランクとロンバルドの王」。ここで「ローマ帝国を支配する」の文言を入れることで、皇帝は行政官の職であることを強調し、フランク王の称号を維持することでフランクの絶対的優位を表明している。カール大帝はローマ皇帝を受け入れるためにフランク王国を放棄しなかった。彼は二つを合成したのだが、ここからすでに最初の問題がかいま見える。後継者問題だ。皇帝の称号は分裂しないのに対し、フランクの伝統では王の称号は分割される。八〇六年、カール大帝が後継の準備で「王国分割令」を作成したとき、彼はその「帝国または王国」(明らかな迷いがみられる)を三人の息子、カールとピピンとルートヴィヒに分割し、それぞれにフランク式で王の称号をあたえたのだが、この時点では皇帝の称号は消えていた。カール大帝は、それはたんなる名誉の勲章として個人に授与されたもので「カロリング帝国」は彼とともに消えていくとみなしていたようだ。

二番目の問題がある。新しい帝国の統一は、宗教の上に建っていた。ローマ帝国以上にキリスト教の帝国ということになり、これはいってみれば、教皇が精神世界の真の支配者を期待していることになる。そのうえ教皇庁はその目的でにせの文書「コンスタンティヌスの寄進状」を作成したところだった。それによると三三〇年頃、はじめてのキリスト教徒の皇帝コンスタンティヌス一世が教皇庁に、ローマとイタリアをふくむ西ローマ帝国全体の主権を託したとされていた。八〇〇年の戴冠式のさい、教皇は大衆に歓呼で迎えられる前に皇帝の戴冠に成功し、カール大帝がこの称号を授与されたのは彼のおかげであることを示している。カール大帝は激怒したそうで、したがって、最初から問題があったのだ。カロリング帝国の真の支配者はだれなのか？　世俗の権力は聖なる権力から自立しているのか、それとも依存しているのか？　たしかに、カール大帝は教皇がかないそうもない権威ある威光を得て喜んではいたが、皇帝にそれほどの度量があたえられないとしたらいったい何になるのだろう？

こうしてカロリング帝国は教皇庁の要求に仕えるため即興的に、長期的な目的も、直接のイデオロギーもなく誕生したわけで、長く持続するとは思えないものだった。ドイツ世界にローマ法の国家概念をつけくわえようとした結果の帝国に、創設者より長く生きる可能性はあったのだろうか？　ちなみにドイツ世界では、君主としての権威は個人契約の上に成り立っており、王と大貴族が双方で契約する世界である。こうして後継者問題が起こるたびに、フランク式の分割方式とローマ式の不可分方式、皇帝の称号をみずから選んだのか、教皇が任命したのかの矛盾が浮かび上がることになる。カール大帝は、皇帝の政権は一時の個人的なものとしか見ていなかったようだが、八一二年、三人の息子の二人が亡くなると、選択の余地はなくなった。息子がルートヴィヒ敬虔王一人だけになったからである。彼は八一三年、アーヘンで聖なる皇帝になり、帝国全体と…その矛盾も受け継いだ。すでに終わりのはじまりである。

帝国の最初の死――ヴォルムスの帝国会議、八三九年

それでもルートヴィヒ敬虔王は無能ではなかった。統治形態の折衷的な特徴をわきまえていた彼は、妥協の上に立つ組織にしようとしたのだが、創設時の矛盾はそのまま残り、その行き着く先が八三九年、帝国の最初の死である。ルートヴィヒはある意味、帝国の真の創設者であると同時に、破壊者だったのである。

創設者というのは――、王の称号を放棄して皇帝だけを保持し、権力を非個人化して機能に集中させ、国家の概念を「公益国家」に修復していることだ。しかしそれは「キリスト教公益国家」で、すなわち帝国はキリスト教帝国、教皇には完全な政治的独立性を保証していた。

妥協の試みは八一七年の憲法、いわゆる「帝国整備令」によって表明された。これは貴族による帝国会議にはかって決められたもので、統一と分割の原則を両立させたものになっている。文面によると、将来はルートヴィヒの長男ロタールが唯一の皇帝となり、下の兄弟は自治王国の王として皇帝の

支配下に置かれ、ピピンはアキテーヌを、ルートヴィヒはバイエルンを統治することになっていた。そこには彼らの甥のベルナルドが将来イタリアの王になることも記されており、すべては当事者のあいだで丸くおさまるように思われていた。

破壊者というのは――、ルートヴィヒ敬虔王は性格の弱さと、聖職者に従順なことが災いして、帝国の終わりを準備しているからだ。周囲をアニアーヌ修道院長のベネディクトをはじめ、コルビー修道院長のワラ、サン＝ドニ修道院長のイルデュアン、リヨンの大司教アゴバルト、アミアンの司教ジェスといったそうそうたる顔ぶれの聖職者にとりまかれた彼は、公会議の決定をすべて受け入れ、八二九年にはパリでその旨の宣言までさせられている。帝国は教会の一部にすぎず、皇帝は司教の権威に従わなければならない。神の前では君主の行動の直接の責任は聖職者にあるという内容だ。さらに八二二年には、反乱をくわだてたイタリアのベルナルドとその一派の目をルートヴィヒがつぶさせた罰として、司教たちから公衆の面前でさらし者になる刑を受けている。ベルナルドがそのことで死んだのは本当だが、しかしカール大帝なら、この種の出来事で君主の威光に傷がつくような屈辱を受けることは絶対になかっただろう。

そしてこれははじまりでしかなかった。八一九年、ルートヴィヒはバイエルンのユーディトと再婚、八二三年に息子、シャルルが生まれた。八二九年、彼は「帝国整備令」を修正し、帝国の分割を見なおして相続のさいにシャルルに一部をあてるようにした。アルマニアとラエティア（現在のドイツ南西部）、アルザス、そしてブルゴーニュの一部である。最初の結婚の三兄弟、ロタールとピピン、ルートヴィヒはこの修正案に反対し、父と三兄弟のけんかが戦争にまで発展、教皇が仲裁に入る事態になった。八三三年、コルマールの西南のシャン・デュ・マンソンジュの戦いで息子たちに敗れた父ルートヴィヒ敬虔王は捕虜になり、ソワソンのサン・メダール修道院［ときに宮廷として使われていた］でロタールに屈辱的な扱いを受け、その場で強制的に退位させられた。ロタールは唯一の皇帝になったのだが、しかし王の称号をもつ兄弟とは同等であることも認識しなければならなかった。この時点で帝国はすでに三分割されている。

しかし翌八三四年、ロタールの権力をおそれたルートヴィヒとピピンは父を解放、もとの地位に復帰させると、ロタールはイタリアへ逃亡した。八三七年、ルートヴィヒ敬虔王はまた新たな分割を執行、八三八年にピピンが死んでそれも見なおされた。そして八三九年、ついにヴォルムスで帝国会議が召集され、分割案全体の見直しが行なわれたのだが、ここでは帝国は問題にならなかった。ルートヴィヒ敬虔王はマース（ムーズ）川とソーヌ川、そしてローヌ川を境に分割し、ロタールはその東側とイタリアを選び、シャルルは西側とプロヴァンス地方、ルートヴィヒはバイエルンを所有することになった。こうして三人の王が平等とはいえ複雑な基盤に立つことになる。この時点で帝国は消滅し、八四〇年に皇帝ルートヴィヒ敬虔王が亡くなる前に姿を消している。

カロリング帝国の第二の死——八四三年、ヴェルダン条約

しかし、ロタールはこれに納得していなかった。彼はすでに八二三年にローマで教皇から皇帝に戴冠され、父と共同皇帝になっていた。彼はいまその権威があることを二人の兄弟に思い起こさせ、カ

ロリング帝国を再建したいと思っていた。そのためには武力を行使する必要があったのだが、八四一年にフォントノワの戦いで破れ、その前年には、ルートヴィヒとシャルルがストラスブールで誓約を結び、二人が協力して長兄ロタールに対抗することを誓っていた。この有名な誓いは、ルートヴィヒがロマンス語［古フランス語］で、シャルルが古高ドイツ語で宣言したことで知られ、この二つの言語での現存する最古の文書となっている。それを受け、アーヘンで召集された公会議で帝国と皇帝の行末が調整された。司祭たちが皇帝ロタールの廃位と、帝国を二人の兄弟に移行することを決定し、条件として「彼らが神の思し召しにしたがって治める」とした。つまり司祭たちの意志によってということだ。この時点で皇帝は失脚し、二人の王が聖職者の指示で帝国を統治することになったのだが、はたしてこれでまだカロリング帝国といえるのだろうか？　その続きは消滅を決定づけるものでしかなかった。

なぜならそのあと、ロタールが二人の兄弟を説得し、三人で平等に分割しようと交渉したからである。そのとき彼が重視したのは三つの要求、それぞれの親近性と一貫性、完全な平等だった。これは現実として帝国を分割することで、帝国を事実上終わりにするということだ。しかしそこで大きな問題にぶつかった。一二〇〇万平方キロメートルもの領土を、地図もないのにどうやって平等に三分割できるのだろう？　ここでは三兄弟の実務的な精神に敬意を表し、彼らのやり方についてもふれなければならない。八四二年一〇月、三人はそれぞれ四〇人の行政官を任命し、分割する領土の綿密な調査にあたらせた。しかし、その仕事は人口調査などの空白部分があって不可能なことがわかる。そこで今度は帝国じゅうに地方監察使を派遣し、参考資料を集めさせた。それをもとに、地表面積だけでなく、より公平に、権利や収入も分割することにしたのである。司教区や伯爵領、私的な領地、とくに皇帝領（fisciフィッシー）の表が作られ、君主に利益をもたらすものや、地方領主に対しての権利も明記された。これらの権利と収入は測定できるもので分割は可能、各王の忠臣たちも考慮され、複数の王国から利益を得る者がいないようにした。また、ロタールがすでに統治していたイタリアとプロヴァンス地方、ローヌ川流域のブルゴーニュと、ルートヴィヒのバイエルン、シャルルのアキテーヌはそのままにしておくこともとりきめられた。そのかわり、民族や言語圏はまったく考慮されなかった。

このきわめて大規模な仕事は、当時の前時代的な調査方法で、八四二年一〇月から八四三年七月まで何か月もかけて行なわれ、行政調査としては歴史上もっとも大がかりなものの一つとされている。その結果がヴェルダン条約で、つまり、将来のヨーロッパと、その二つの大きな部分、フランスとドイツが大ざっぱに線引きされた地図のない地図である。この条約はその後の中世からその先まで、外交上の裏工作に必然的に参照されることになる。このとき定められた国境は、ときに補償問題や公平性の問題から多少変更されたことがあり、したがって自然の形態にかならずしも沿ってはいない。こうしてシャルル（禿頭王）の西の王国、西フランク王国は、スヘルデ川までと、マース川と合流するカンブレまでとなり、そのあいだにマルヌ渓谷に沿ってアルゴンヌ、ラングル高原、ソーヌ川とその左岸のシャロン伯爵領がふくまれることになった。そこではリヨン地方とラングドックのヴィヴァレ、ユゼスがロタールに割りあてられている。ルートヴィヒ（ドイツ人王）の王国は、ライン川東岸のフリースラントを除くドイツの国々がふくまれた。その中間にあるのがロタールの王国で、フリースラントを起点に、現在のオランダからローマの南まで、そのあいだにロレーヌ、ブルゴーニュ、プロヴァンス、ロンバルドがあった。そこには歴史的な二つの首都、ローマとアーヘンもあった。長男としてロタールは皇帝の称号を保持したのだが、しかしそれは威光の要素の一つにすぎず、形だけのものだった。歴史家のロベール・フォルツ（一九一〇―一九九六）が「ヴェルダン条約はカロリング帝国の終焉を示すものである」と書くのも当然だろう。帝国は死んだ、フランスよ、ドイツよ、ロレーヌよ万歳！　である。条約の文言を額面どおりに受けとると、フランク王国の三つの王国を「友愛と和合」で結合したことになるのだが、この政治形態にはどこか人をあざむく部分があるのも事実である。

八七七年――シャルル禿頭王とカロリング帝国の第三の死

しかしそれでも帝国は生き長らえる。八四三年のヴェルダン条約後、ルートヴィヒ・ドイツ人王とシャルル禿頭王は清廉潔白に生きていたのに対し、ロタールは本質を変えてでも帝国に本物らしさをあたえようとした。翌八四四年、彼は長男のルートヴィヒ二世を教皇セルギウス二世によって聖別させてロンバルド王にし、八五〇年には、ローマで教皇レオ四世によって皇帝への聖別と戴冠をさせている。この改革は将来、重大な結果をもたらすことになる。カール大帝の帝国が復活したどころか、新しいタイプの帝国が誕生してしまったのだ。以降、皇帝になるにはその前にイタリア王――ローマ人の王というべきか――にならなければならず、しかも、皇帝にするのは帝国会議ではなく教皇。聖別と戴冠を一緒にした儀式によることから、必然的にローマで行なわれなければいけないという考えがまかりとおるようになったのだ。それまでは聖別式と戴冠式は別々のものだった。王は聖別され、皇帝は戴冠される。それはカール大帝のケースがそうで、フランク王に聖別されてから、皇帝に戴冠されている。

こうして、皇帝の作り人としての教皇の役割が増強し、在位期間が八五八年から八六七年までと長くなった教皇ニコラウス一世は重大な結果をもたらすことになる。彼は、キリスト教徒の精神統一を保証し、皇帝を任命して支配するのは教皇であるとまで言ったのである。皇帝はもはや教皇庁の武器としての右腕ではなく、当時皇帝だったルートヴィヒ二世が八七一年の手紙で認めたように、われわれの役割は「すべてのカトリック教会の母体の保護と高揚にある」となったのだ。その上、帝国の概念がローマに閉じこもってしまった。八五五年、ロタールが死んだとき、彼の「中フランク王国」はフランク式に三人の息子に分割された。長男のルートヴィヒ二世がイタリアと皇帝の称号を受け継ぎ、弟のロタール二世は北部のフリースラントからラングル高原までを統治、ここはのちにロタリンギアとよばれるようになる。そしてもう一人の弟シャルルは、レマン湖から地中海までを受け継いだ。こうして「カロリング帝国」の三分の一はさらに三分割され、新しい皇帝ルートヴィヒ二世が支配するのはカール大帝の帝国の三分の一のまた三分の一、イタリア北部と中央のみになっていた。ここに帝国は五分割され、皇帝は一人いても実際にはローマ王で、教皇の支配下にあるのだった。

それでも皇帝の称号は維持され、形だけでも永続している。しかし脅威がなかったわけではなく、ルートヴィヒ二世の二人の叔父、シャルル禿頭王とルートヴィヒ・ドイツ人王がメッツで八六八年、彼らの甥の領土を分けあうことで合意している。すでに八六三年、ロタール二世は弟のプロヴァンス王シャルルが死んだとき、リヨン地方とヴィヴァレ、ユゼスを取得、ルートヴィヒ二世はプロヴァンスを取得して、フランク王国を四分割に戻していた。八六九年、ロタール二世が亡くなると、シャルル禿頭王はロレーヌに突進するのだが、そこはしかしルートヴィヒ・ドイツ人王との合意が必要で、八七〇年にマース川沿いのメルセンで条約がかわされ、ルートヴィヒにはマース川とライン川のあいだの領土、シャルルにはマース川の西とフリースラントがあたえられた。もとの三分割に戻ったのである。これでカロリング帝国の再統一はなるのだろうか？　その展望は八七五年、皇帝ルートヴィヒ二世が男子の後継者を残さず亡くなったときにはっきりする。このときとばかりに教皇が仲裁に出た。ロタールの系統が断絶するケースを予想していた「帝国整備令」をもとに、帝国は選挙で割りあてられることになったのだ。選挙を管理するのは教会で、出席者が不明の会議によって選ばれたのは、保護者としてもっとも最適な男、西フランク王国のシャルル禿頭王だった。八七五年のクリスマス、彼はローマで教皇ヨハネス八世によって聖別され、皇帝に戴冠された。カール大帝の戴冠式の日からちょうど七五年後にあたり、まさに帝国の復活を思わせた。違う点は、今回はあきらかに教皇の保護下にあることで、シャルルもローマカトリック教会の忠実な保護者になることを宣誓している。それをよく物語るのが新皇帝の標語「ローマ人とイタリア人の復興した帝国」だろう。

しかし、そこにも限界があった。まず足元の西フランク王国、現在のフランスで、宗教の権威者かつシャルルの助言者であるランス大司教のヒンクマールが、君主が皇帝役を奪回したことに反対した。なぜなら彼は、そのことで「フランスの」問題がおろそかになり、危険な事態にまきこまれると心配したのである。さらに、帝国の再統一はまだ不完全だった。シャルルのドイツ側の兄、ルートヴィヒ・ドイツ人王の存在が無視されていた。彼は八七六年に亡くなったのだが、息子が三人おり、うち二人は統治できる年齢だった。カールマンとルートヴィヒ若王の二人は、このまま黙って消えるつもりはなかった。そして八七六年一〇月八日、シャルル禿頭王はアンデルナハの戦いでルートヴィヒ若王に負けてしまった。若王はライン川沿いのコブレンツから二〇キロ川下に陣どっていたのである。激しい戦いは都市の近くでくりひろげられ、シャルル禿頭王には打つ手がなかった。一年後の八七七年一〇月六日、彼は甥たちと戦うための遠征中にアルプスで亡くなり、皇帝もいなくなった。フランスではヒンクマールに統率された貴族たちが、「国民の」王国という考えに結集し、帝国の考えを放棄している。これがカロリング帝国の第三の死である。

八八八年、帝国の第四の埋葬

その後の四年間、帝国の消滅は決定的に見えた。なぜなら、皇帝の座を狙う候補者が見あたらず、それは実権のないこの称号が失墜したことの印でもあった。カロリング王朝の資格者は四人いた。まず、シャルル禿頭王の息子、ルイ二世吃音王である。しかし彼はフランスでさえ臣下を従わせることができず、大司教ヒンクマールも彼には冒険は止めるように説得している。いずれにしろ、彼は八七九年、二人の幼い息子、ルイ三世とカルロマンを残して三三歳で亡くなっている。ほかに可能性があるのは、ルートヴィヒ・ドイツ人王の三人の息子である。長男のカールマンはその考えにまんざらでもなく、イタリアへ向かって旅までしているのだが、しかし重病になって言葉が不自由になり、八八〇年に亡くなっている。弟のルートヴィヒ三世若王は兄の後を継いでドイツ王になるのだが、皇帝には熱意を示していない。いずれにしろ彼もそのあとすぐの八八二年に亡くなった。残るは三番目の息子シャルル三世、いずれ「肥満王」という異名をもつ王である。そこで教皇ヨハネス八世は、やむをえず彼に希望を託すことにする。とにかく教皇は必死で皇帝を探していた。なぜなら教皇は、サラセン人とスポレート公国のランベール公爵からの襲撃にさらされていたからである。後者は、教皇によって弟のギィとともにスポレート公領の領主の地位についたのだが、実際は政治を私物化し、教皇庁を裏切っていた。したがって、教皇には保護者が必要だったのである。八八〇年一月、教皇はラヴェンナでイタリア王になったばかりのシャルル肥満王に会った。教皇はシャルルの礼儀知らずな態度に不快感を覚えたのだが、しかし選択肢はなかった。教皇は仕方なく、シャルルには皇帝の戴冠式にローマへ来る前に、イタリア王としてローマ教会の特権を確認し、それを教皇に約束しなければならないとさとした。それに対し、シャルルはなんの反応も示さず、ドイツに帰ってしまった。あわてふためいた教皇は特使を派遣して彼を追いかけ、ローマに戻って皇帝を受諾するよう哀願した。教皇を安心させるために、シャルルは二人の「保護者」を送ったのだが、二人はヨハネス八世の最悪の敵、スポレート公国の公爵と、極道仲間のトスカーナ侯爵で、教皇領をたえず侵害する者たちだった。一年後の八八一年一月、考えを変えたシャルルはついに皇帝の仕事を引き受けることに同意、突然ローマにあらわれて、二月に聖別と戴冠が行なわれた。

帝国はよみがえった。皇帝のなんたるかは大司教ヒンクマールの文書によってあらためて後押しされた。彼は栄華をきわめたカロリング朝の理想をよみがえらせるべく努力し、概論『王の人柄と機能について』では君主の権利や義務について、『宮殿という組織』では、カール大帝下の帝国の行政機能の理想像を描いた。いっぽうで、カロリング朝には正当性の上でまだ力があった。八七九年、カロリング家ではないウィーン伯のボゾメが、シャルル禿頭王の弱さを利用して権力をにぎろうとしたとき、まだ生存していたカロリング家の四人の王が結束し、闖入者を追放している。

したがって、帝国の真の復活は期待できたのである。しかし、シャルル肥満王にはそれほどの重みがなかった。肥満体形からして戦士の世界では障害なのだが、彼には増長する脅威に面と向きあう力がなかった。サラセン人にも、スポレート公に対しても何も対応もできず、ヨハネス八世が金槌で暗殺されたときも、保護者としては無力だった。それでも彼は八八五年、皇帝としてフランス王国の貴族に招かれ、忠誠を宣誓されたうえで、ルイ二世吃音王の息子でまだ五歳のシャルル三世単純王が未成年のあいだ、ノルマン人から保護してほしいと頼まれている。ノルマン人の脅威は実際、かつてないほど執拗だった。八八一年にはアーヘンが襲撃されてカール大帝の宮殿が破壊され、八八五年にはルアンが掠奪され、パリも包囲されたのだが、こちらはウード伯とパリ司教ゴズランが守り抜いている。八八六年、シャルル肥満王は援軍を率いてきたのだが、しかしノルマン人を買収して追いはらっただけだった。それから彼は病気になり、八八七年にコンスタンツの湖近くで手術を受けている。そのあいだ、いたるところで反乱が勃発、その先頭に立っていたのが、皇帝の兄カールマンの庶子、アルヌルフだった。八八七年の暮れ、マインツを訪れた皇帝は、退位を迫られて八八八年に亡くなった。

ここでまたもや歴史家は警鐘を鳴らす。「シャルル肥満王とともにカロリング帝国は終わったといえる。皇帝の夢は今後も長く人々の心につきまといつづけるだろうがしかし、その理想にカール大帝とルートヴィヒ敬虔王はこたえたとしても、それ以降は、教会が再現を試みてもむだに終わり、いまやなんの現実味もない」と書いたのは、歴史家としてこの時代の最高権威といえるルイ・アルファン（一八八〇—一九五〇）だった。これが四度目の帝国の埋葬である。

八九九年、アルヌルフとカロリング帝国の本当の最期

帝国はほんとうに苦しんでいた。すべてが混沌として混乱していたなかで、それでも灰のなかからよみがえろうとしていた。八八八年、かつてのフランク王国は弱小化した王国と公国のよせ集めになっていた。この年、西フランク王国では敵対する二人の王がいた。ノルマン人を撃退して名をはせたロベール豪胆公の息子ウードと、スポレート公のギィである。ガリアの南東では別の二人の王が対立していた。一人はドイツのヴェルフ家のルドルフで、彼はヴァレーのサン＝モーリスで王冠を授かり、レマンとブルゴーニュ地方を支配していた。もう一人は皇帝ルートヴィヒ二世の孫のプロヴァンス王ルートヴィヒで、彼はヴァランスで戴冠されていた。イタリアでも二人が対立していた。フリウーリ侯爵のベレンガーリオ（ルイ敬虔王の息子）と、スポレート公のギィで、後者は二股をかけていたのだが、八八九年、ベレンガーリオに負けていた。このような状況下で、新たな屈強の男を探していた新教皇、ステファヌス五世が声をかけられるとしたら、シャルル肥満王に打ち勝ったアルヌルフ

しかいなかった。彼は最強の切り札だった。カロリング家の人間で、カールマンの庶子とはいえ、ルートヴィヒ・ドイツ人王の孫だった。

そうして八九〇年、教皇は彼に手紙を書き、彼が「サン・ピエトロ大聖堂を訪問し、イタリア王国の権力を悪いキリスト教徒や異教徒から奪回する」のを楽しみにしていると伝えた。しかし、アルヌルフは皇帝の称号には興味がなかった。その気になったのは八九五年、スポレート公のギィがイタリアを奪おうとしたときである。彼は自分の価値が認められていたドイツを離れ、ローマへ行く決心をした。そこで八九六年二月、教皇フォルモスス（在位八九一―八九六）によって皇帝に聖別、戴冠された。その儀式は八〇〇年のカール大帝のときに負けず劣らず壮大なものだった。八年の空位期間のあと、カロリング帝国は不死鳥のようによみがえったのだ。

しかし長続きはしなかった。アルヌルフは「小国の王」を見下ろすようになり、彼らを侮蔑的に扱った。また、西フランク王をめぐってウードとシャルル三世単純王のあいだで異議が申し立てられていた件では、ランスの司教フルクに仲裁をあおぎ、みずからヴォルムスにおもむいたフルクに「父方の王国」をゆずっている。しかし彼の皇帝の称号は、ローマでもギィの息子のスポレート公国のランベール公によって異議を申し立てられていた。輝かしい戴冠式から数日後、戦争に突入しなければならなかった彼は、途中で脳卒中にみまわれた。ドイツにつれもどされた彼は、そこで八九九年一二月に死去、カール大帝の戴冠式からちょうど一世紀後だった。今回ばかりはカロリング帝国は立ちなおることができなくなる。その後、二人の人物が皇帝の称号を戴くことになるのだが、もはやその意味はすっかりなくなっていた。二人とは、プロヴァンスとイタリアの王ルイ三世盲目王（在位九〇一―

九〇五）と、フリウーリのベレンガーリオ（在位九一五―九二四）である。

教皇の要望と欲求で偶然のごとく出現した帝国の悲惨な運命がここにある。それは創設者自身が懸念していたことでもあった。帝国がいつまで続くかは状況しだいでしかなく、その存在はすぐに一連の矛盾によって脅かされた。強力な中央の権威と、権利の上にたつ皇帝の概念自体、すでに述べたように、フランク王国の概念とは両立しないものだった。後者は王と貴族の双方の契約の上に成り立っており、王が約束にそむくと貴族は従おうとせず、そしてそのことを知らしめた。フランク社会では、八世紀以降、社会制度は臣下との関係の上に成り立つ傾向が強くなり、そこから君主は貴族に「利権」を託すことで個人的な忠誠心をつなぎとめていた。そこに司法や財政の権利が付随したことから、権利が分散していったのである。もう一つの矛盾は、ローマ帝国から受け継いだ皇帝の権利の概念は、公益と私益つまり家族の遺産をあきらかに区別するもので、そのような識別はフランクには存在していなかった。王が王国の所有者としてふるまっていたからである。帝国は不可分で、要望されて譲渡されたのに対し、フランク王国は王家の後継者のあいだで分割されていた。帝国とは領土のことなのか、それとも政治形態の一つなのだろうか？　他民族からなる帝国は、民族国家（フランク、ロンバルド、バイエルンなど）とあいいれられたのだろうか？　ルートヴィヒ敬虔王は八一七年、この矛盾する側面を「帝国整備令」で両立させようとはしたが、しかし彼には政治的手段も、帝国の規模での構想もなく、行政を担う人物もいなかった。

さらに言うならば、帝国は出だしの大きな誤解の犠牲者でもあった。それについては前述の歴史家ルイ・アルファンが的確に述べている。「はじまりの時点では、宗教は政治的権力に吸収されているようだったが、いまや支配者になっている。教皇は、カール大帝の時代はたんなる実行者だったのが、最後は皇帝の位を分配する最高の地位になり、その称号をあたえた者に対する主たる目的は教皇庁の保護だった。この役割の逆転が実際、同時代人の目には名誉より重いはずの称号の価値を徐々に減らしめることになった。最初は西ローマ帝国の支配者として授与された称号は、九世紀の終わりには信仰を守るための教皇の補助役でしかなくなった」

ルートヴィヒ敬虔王の時代から、宗教の完全な支配下に置かれた帝国は、すっかり変質した。宗教と政治の権力の混同で、帝国は聖職者に仕えるようになり、精神と倫理を重視する後者の目的は国家の機能的な運営とは適合しないものだった。ほかの多くの帝国と違って、カロリング帝国が崩壊したのは侵略や外部の敵が原因ではなかった。内なる矛盾で消滅したのである。とくに初期の大罪、国家が教会に支配されたことが大きい。

5 アラブ帝国の未完の夢
——七世紀—一五世紀

ジャック・パヴィオ

アラビア語で「神に帰依する者」を意味するイスラムは、改宗を勧誘する宗教で、イスラム教徒はすべてそれを世界じゅうに広めなければならないというものだ。ここで重要なのは、「イスラム教徒が大部分を占める地域」を「戦争が大部分を占める地域」の犠牲において広めるということだ。ムハンマドの死後、熱い信仰心に駆りたてられたアラブ人は、アラビア半島を飛び出して新しい宗教の普及にのりだした。予想外の成功に熱狂した彼らは、あっというまに広大な領土を征服し、一世紀あまりで思ってもいない大規模な帝国を創設した。六三三年から七五一年にかけてである。この帝国は多様な民族や宗教、言語、習慣を再編成し、領土はインド洋から大西洋まで広がり、中央アジアとアラビア東部のあいだ、地中海と北アフリカ西沿岸のあいだもふくまれた。しかし、軍隊による征服は相対的に容易でも、国家行政を実施するには時間がかかり、また周辺地域との距離が厳格な管理をさまたげて、アラブ人の支配は大都市周辺にかぎられた。ダマスカス、バグダード、カイロである。さら

1000年頃のイスラム帝国

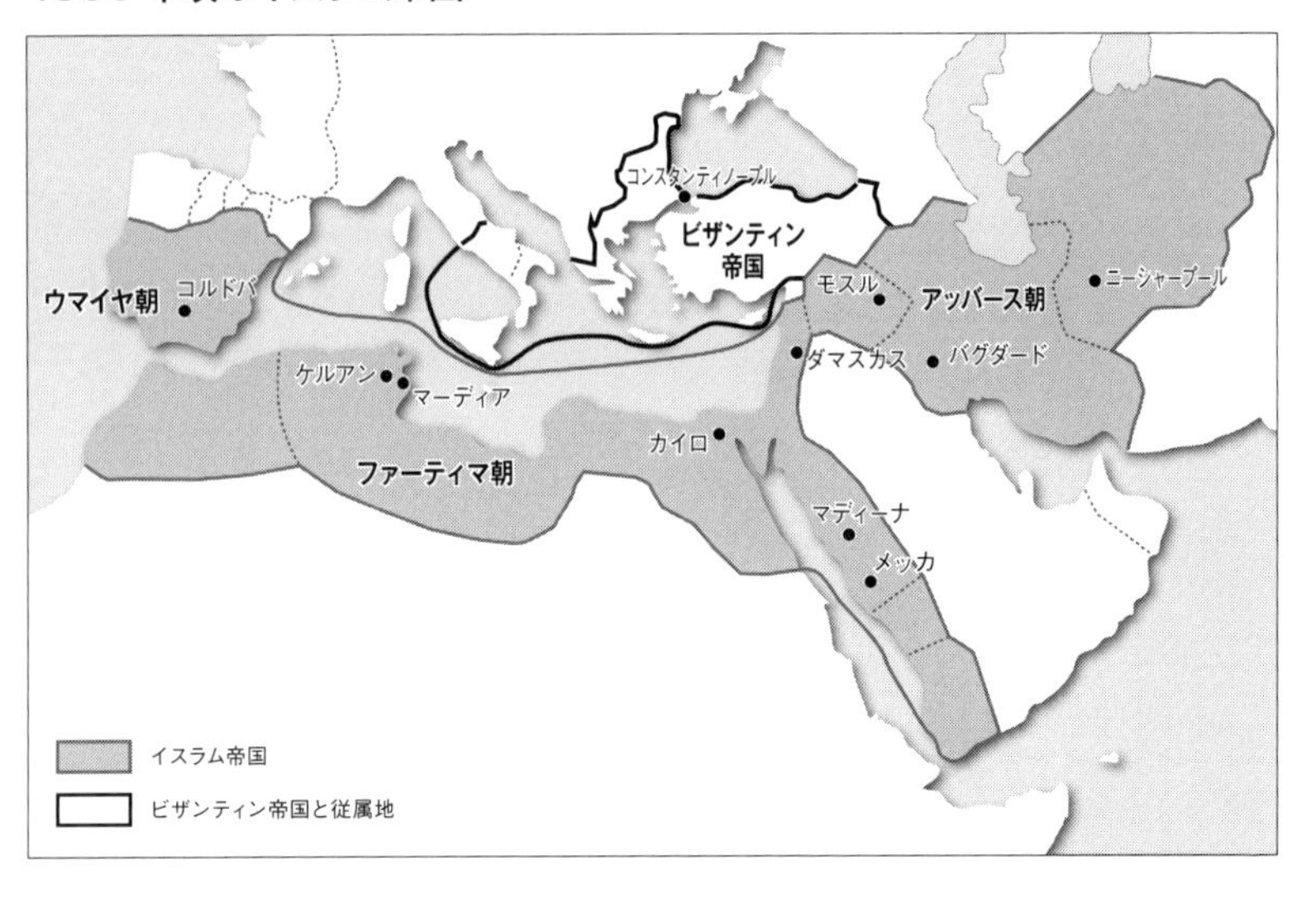

に、忠実な信者間の対立がきわめて早期にあらわれた。とくにスンニ派――ムハンマドの生涯や言行録をもとにした「スンナ」（習慣や行動の規範）に従う一派で、多数派――と、シーア派――ムハンマドの娘婿アリーの一派で、その家系に権力があり、より精神的な側面をもつ少数派――の対立である。こうした無秩序と分裂にもかかわらず、カリフはイスラム世界を統合する象徴――名目上のものになっていくが――としてとどまりつづけている。

勝利と分割（六二八―六六一年）

アラブの発展にはさまざまな要因があり、まずアラビア半島の人口増加やベドウィン族の戦士としての価値観があげられる。神の道においての聖戦ジハードが宗教的に正当化されているのである――偶像崇拝者や、啓典の民［キリスト教やユダヤ教など、同じ啓典をもとにするイスラム教徒以外の異教徒］との戦いが、コーランの有名な「剣の節」で容認されている。

発端は六二八年、ムハンマドがメッカの住民に戦争を仕掛け、彼らのシリアとの交易を妨害するために北のオアシスをタイマー（アラビアの北西）まで征服しようとしたことにはじまる。翌六二九年、死海の東、ムウタでのビザンティンとのはじめての戦いには敗れたが、六三〇年にはビジャーズ［紅海沿岸］の征服に成功した。同年、メッカを奪取したことで――その三年前にササン朝がビザンティンに敗北していたこともくわわり――、アラビア半島じゅうのベドウィン族が結集する。それを機に、ムハンマドは再度ビザンティンに戦争を挑み、同じ六三〇年の暮れに大遠征隊で出発、このときはアラビアの国境近くのタブークまで進攻した。六三二年五月、病気になった彼は（同八月に死去）、北に向けての新たな遠征を命令している。

ベドウィン族との同盟が爆発的に広がったのは、彼らが個人的な契約だと思っていたことが大きいだろう。預言者ムハンマドの初代カリフ（後継者）、アブー・バクルの最初の仕事は、自身の権威とイスラム教をアラビア全域に認めさせることだった。改宗を掲げる新たな戦争は、彼の時代（六三二―六三四年）と、彼の後継者であるウマルの時代（六三四―六四四年）にひんぱんに行なわれ、アラビア半島の外まで発展する。メソポタミア（イラクとして知られる）では六三三年から六四二年にかけてササン朝と戦い（ペルシアの支配は六五一年まで続く）、シリアでは六三五年と六三六年にダマスカスと、六三八年にはエルサレムと、エジプトでも六三九年から六四一年までビザンティンと戦った。いずれも電撃的な成果をあげたのは、二つの帝国が双方とも長期の戦争で疲弊していたからである。アラブ人側には権力を奪うだけで国家財産が手に入った。ビザンティンでもササン朝でも、大貴族は領土を放り出して逃走し、税金を徴収する行政制度（貨幣や言語も）もそのまま残していった。彼ら自身はアラブ一色になった新しい都市に、部族ごとに分かれて住むようになる。こうしてイラクには六三六年にバスラが、六三七年にはクーファが創設され、エジプトでは六四一年にフスタートが創設された。いずれもマディーナから離れていたことから、それぞれの総督は好き勝手に行動できた。たとえばシリアのムアーウィアや、エジプトのアムル・イブン・アル＝アースなどである。

コーランには、征服された民族の運命については何も指示されていなかった。ムハンマドはマディーナではユダヤ人を追放するか虐殺したのだが、北部のオアシスでは新しい制度をとりいれた。啓典の民（ユダヤ教徒とキリスト教徒）を保護する制度「ズィンミー」で、シバ教徒とゾロアスター教徒もくわえられた。しかし、非アラブ人でイスラム教に改宗した者たちはマワーリーとよばれ、本来ならイスラム共同体で同等にされるべきところ、アラブ人貴族の「庇護を受ける隷属平民」という地位をあたえられただけだった。

もう一つは政治的な問題で、ムハンマドが後継者を決めていなかったことから発生する。後継にふさわしいのは彼自身の家族（とくに最初の妻ハディージャとの娘ファーティマと結婚していた彼の従兄弟アリー）なのか、その一門（ハーシム家のバヌ・ハーシム）か、その一族（クライシュ族）なのか？　アリーはムハンマドの生存中は重要な職務についていなかったこともあり、初代カリフには一族からクライシュ族のアブー・バクルが選ばれた。彼はムハンマドに共鳴して改宗した古参の仲間（サハーバ）で、メッカへの最初の巡礼の主導者かつ、ムハンマドの最愛の妻とされるアーイシャの父でもあった。二年後の六三四年、アブー・バクルは死の床で後継者に同じくクライシュ族のウマルを指名する。彼もまたサハーバで、やはりムハンマドの義父だった（娘が四番目の妻。娘婿アリーとファーティマとも家族関係になる）。ウマルはペルシア人による暗殺の犠牲になったのだが、死のまぎわに後継者問題を調整する時間はあり、伝統にしたがって六人の後継者からなる委員会が開かれ、そのなかから一人を選ばなければならなかった。そこで選ばれたのはアリーに対抗していたウスマーンで、やはりサハーバでクライシュ族、彼もまたムハンマドの娘婿（彼の二人の娘と結婚）だった。六四四年から六五六年までのウスマーンの時代、征服はなかったのだが、しかし帝国の体制のなかで彼の家族や一門のひいきが目立った。そのバヌ・ウマイヤ家はなにあろう、ムハンマドの一門バヌ・ハーシム家の長年の敵でもあった。

ウスマーンの政治はいたるところで不満を生んだ。征服の恩恵に浴しないマディーナの住民、クライシュ族以前に改宗した者、コーランの手直しに反対する信者、そしてカリフの地位の権利があると主張する預言者ムハンマドの家族である。ついにはアーイシャとアリー、元サハーバのズバイル・イブン・アル＝アウワームとタルハ、エジプトを征服したのに総督を解任されたアムル・イブン・アル＝アースらが団結し、それがマディーナでのウスマーン暗殺につながった。いかに彼の命が狙われていたとはいえ、この事件はカリフがすでに威光を失っていたことを示すものだった。ついに次のカリフにアリーが選ばれたのだが、しかし彼には暗殺の汚名がつきまとい、急激に仲間を失って、これがはじめての「フィトナ」――イスラム教徒間の戦闘――へと発展する（六五六―六六一年）。この戦争が行なわれたのは、すでに都市としての力を失っていたメッカでもマディーナでもなく、アラビアの外のイラクだった。アリーは第四代カリフとしてイラクのクーファを首都にしたのである。六五六年一二月、アリーはバスラ郊外でのいわゆるラクダの戦い［アーイシャがラクダにとりつけた座椅子に座って参戦したことから］に勝利、そこでズバイルとタルハは殺され、アーイシャはマディーナに送り返された。このときアラビアとエジプトは無関係を決めこみ、ウスマーンの従兄弟、ムアーウィヤが総督をつとめるシリアがアリーの抵抗勢力の中心になる。ムアーウィヤはウスマーン暗殺の裁きを求め、自分の地位をアリーが任命した総督にゆずるのを拒否、紛争は避けられない事態となる。二つの軍隊はユーフラテス川沿いのスィッフィーンで相対した。動きのない数週間がすぎたあとの六五六年七月二六日に衝突、アリーの軍が優位を占めたとき、ムアーウィヤ側についたアムル・イブン・アル＝アースが槍の先にコーランの紙片をつけたものを兵士に放たせ、ここは人間ではなく神に頼るべきだと訴えた。休戦が決まり、調停が交渉された――しかしアリーはそれを受け入れつつも、カリフの地位を格下にする案にしている。さらに、一部の支持者が人間による調停を拒否して彼の一派から離れた。それがハワーリジュ派（「派を出た者たち」）で、イスラム教ではじめて離脱した会派となる。ようやく調停の決着がついたのは六五八年一月、パレスティナのクーファとダマスカスの中間地点で、アリーに対して前任者の暗殺と、カリフの地位の格下げの罪を認めている。六五九年、アリーはまずハワーリジュ派への反撃にうってでて、イラクで圧勝した。翌六六〇年、エルサレムでムアーウィヤは支持者たちからの要望でカリフになり、六六一年一月、アリーはクーファでハワーリジュ派の一人に暗殺された。ムアーウィヤと戦うための遠征を準備していたときだった。アリーの死後、彼の信者たちが集まってシーア派を結成、この一派は簒奪者との闘いを賛美する神秘的な色あいをおびていく。カリフの地位がイスラムを主要な二派に分割する原因となったのである。預言者が創設したイスラム共同体「ウンマ」は三〇年と続かなかったことになる。

ウマイヤ朝の拡張（六六〇―七五〇年）

この最初のイスラム教徒間の戦闘のあと、ムアーウィヤはカリフの威光を復活させ、帝国の中心に置くようなイスラム共同体を設立すべく、六六一年、新たな本拠地をダマスカスに置く。この政権の土台は、アラブ部族との忠実な関係、地方総督への管理の強化、カリフの世襲制——これは新しい制度で維持されることになる——にあった。こうしてムアーウィヤはイスラムの最初の王朝、ウマイヤ朝を創設した。安定した体制になったことでふたたび征服がはじまり、今度はビザンティンとの海陸の境界線、トロス山脈を越えていく。コンスタンティノープルの包囲網は六六八年から翌年にかけて複数回、六七四年から六八〇年にかけては一連の襲撃が行なわれた。しかしムアーウィヤの体制は彼の死で弱点をさらけ出し、二回目のフィトナ（イスラム教徒間の戦闘）が勃発する（六八〇—六九二年）。生前のムアーウィヤはくりかえされるハワーリジュ派の反乱を制圧し、アリーとファーティマの長男のカリフ、ハサンを巧みに無視したのだが、彼の死後、アリーの二番目の息子フサインはムアーウィヤの息子で後継者のヤズィード一世を認めようとしなかった。フサインは支持者の要望でカリフに推されるのだが、しかしクーファに合流した六八〇年、カルベラーの戦いで虐殺された。その復讐に、アラブの貴族アル＝ムフタールはクーファでの反乱を支援するのだが、その先頭に立った彼らの異母兄弟ムハンマド・イブン・アル＝ハナフィーヤは六八七年に殺された。いっぽう、アブー・バクルの孫でアーイシャの甥、ハーシム家のアブドゥッラー・イブン・アッズバイルもメッカでカリフを名のり出るのだが、六九二年に抹殺されている。

混乱を立てなおしたのは第五代カリフのアブドゥル・マリク（在位六八五—七〇五）で、制度をアラビア化（言語と貨幣）することで組織の強化と調整を行ない、税制も改善して、ウマイヤ朝はふたたび拡張するのである。東は、中央アジアではホラーサーン（現在のイラン北東部）の先へ行き、ソグディアナ（ウズベキスタンとタジキスタンの一部）では七〇六年から七〇九年にかけてブハラを占拠、ホラズム（ウズベキスタンとトルクメニスタン、イランの一帯）では七一〇年から七一二年にかけてサマルカンド、七一三年から七一四年にフェルガナ（ウズベキスタンの肥沃な谷）を占拠、さらにベルーチスターン（イラン南東部からパキスタン南部）に向かって、シンド（インダス川のデルタ地方）――インダス川にたどり着いたのは七一一年から七一二年――、さらに七一三年にはパンジャーブまで行く。西は、北アフリカに向かい、六七〇年にケルアン［チュニジア］の要塞を建設、六八一年には大西洋まで大遠征隊を派遣し、六九五年にはカルタゴを占拠、七〇五年から七〇八年にかけて北アフリカ――ベルベル人の抵抗にあったことで最難関――、七一一年にはジブラルタル海峡を制覇する。そしてついに七一六年八月から七一七年の九月までコンスタンティノープルを再度包囲するのだが、ビザンティンに防衛されている。この急速で驚異的な拡張の限界を示す戦いが二つある。七三二年にフランク王国と戦って敗れたポワティの戦いと、七五一年に唐時代の中国と戦ったタラス河畔の戦いで（ウマイヤ朝のあとのアッバース朝時代）、このときは勝利したのだが、それ以上先への進攻を止めている。

イスラム教徒の征服には驚くべきものがある。実際、アラブ人は戦士として特別にすぐれていたわけではなかった。ラクダに乗って戦ったわけではなく、騎馬も減っていた。彼らの勝利は、弱体化した二大帝国の中心に位置して辺境の地方を攻撃したことと――防衛が不備になっていた――、つねに戦闘できる部隊がいたこと、戦士の宗教的な興奮、戦利品の魅力、そしてまた、征服した地方で勝手気ままに行動でき、順応するのになんの問題も生じなかったところにある。

しかし七四〇年代になって混乱が再発する。その原因となるのはハワーリジュ派であり、シーア派、ベルベル人、アラブ部族間の敵対関係、ハーシム家の野望、そして最後が改宗した非アラブ人、マワーリーにあてられた運命である。それが形となってあらわれたのがマグレブでのベルベル人の反乱で（七三九―七四三年）、ハワーリジュ派による布教と、三回目のフィトナによって火がつき、七五〇年のウマイヤ朝の崩壊へといたる。カリフによる最初の試みは失敗に終わったのである。

アッバース朝とファーティマ朝の時代

黒衣に身を包み、黒い国旗を掲げるアッバース朝（ムハンマドの父方の叔父で、バヌ・ハーシム一門のアッバース・イブン・アブドゥルムッタリブからの名称）が政権をにぎることができたのは、本拠地のクーファから長年かけて発信したプロパガンダのおかげで、――とくにホラーサーン地方に――多くの不満分子が集まってきたからである。ペルシア人のマワーリー、平民のアラブ人、アラブ人と奴隷の息子たち、それ以外に、マフディー［この世の終わりにあらわれ正しいイスラムをもたらす救世主］の到来を待つ過激派など…だ。クーデターが勃発したのは七四七年だが、ウマイヤ朝を武力で倒したのは三年後で、一族全員を暗殺（一人だけ逃亡に成功）、他民族国家からなるイスラム帝国を創設し、新しい首都をイラクのバグダードにした。物騒な都市ではあるが、重要な交易ルートの交差点でもあった。彼らはマワーリーと半アラブ人、平民のアラブ人を平等に扱うことで社会革命を果たし、奴隷の母親から生まれたカリフも何人かあらわれた。ウマイヤ朝のカリフは部族の長老的な方法で統治したのに対し、アッバース朝のカリフは権威の基本を宗教に置いて帝国をまとめた――こうして聖職者階級が重きをなすようになる。彼らの権力を保証したのは月給で雇った軍隊で——ホラーサーンの精鋭部隊が親衛隊の一部を構成——、アラブ人の戦士はいなくなったのだが、しかし中央アジアのトルコ人を中心とする奴隷部隊が急速に増えた。アッバース朝の威光はまた、ササン朝ペルシアから受け継いだ厳粛な儀式の上にも成り立っていた。そこからカリフの名称は治世をあらわす名詞アッ＝サッファーフ、「寛大な人」という意味の称号になる。これは初代カリフ、アブー・アル＝アッバース＝サッファーフのために書かれた救済の文学からとったものである。行政組織も同じくササン朝をモデルにして発展、宰相が各行政局を管理する体制になった。事務局、軍、法務、財務、郵便、治安…などである。バグダードの地図を見ると行政当局がいかに一般市民との接触を断っているかがよくわかる。「円形の町」の周囲を城塞がとりまき、内部に宮殿と各行政組織、親衛隊が配置され、周辺に商人や職人の町がより集まっている。地方は首長によって管理され、その側面を財務監督官が固め、全体を郵便局が監視して、定期的に報告書を首都に送るという体制だ。

拡張のしめくくりは、近隣との友好関係が築かれたことで、東のインドや中国、アフリカのスーダン、西のキリスト教国との交易が飛躍的に発展し、商人の社会的地位が向上する。

しかし、この見事な組織にもすぐにひび割れが生じてくる。あっというまに反乱が勃発したのである。反乱指導者のムカンナア（七七六年から七八〇年）や、ババク（八一六年から八三七年までアゼルバイジャンに国家を創設）に導かれたイランと中央アジアでの農民の反乱、バスラ地方では八六九年から八八三年まで、ハワーリジュ派が加担した黒人奴隷（ザンジュ）の反乱が頻発した。それで帝国が動揺することはなかったが、それだけ続いたということは帝国内部に弱みがあったということで、制圧はされても不満はくすぶりつづけた。さらなる不安材料は解放の動き、つまり地方君主や首長の独立で、最初は遠隔地方だったのがどんどん中央に近づいてきた。七五六年には、ウマイヤ朝の残存者であるイエメン出身のアラブ人に支援されたアブド・アッラフマーンがゴルドバ首長国を創設。モロッコではすでに七一〇年、地中海沿岸にネコール首長国が創設されており、七四四年には大西洋側にハワーリジュ派の流れをくむバルガワータ首長国、七五八年にはハワーリジュ派を公言するゼナタ族のシジルマサ首長国、七八九年にはシーア派の分派ザイード派のイドリース一世がフェズに首長国を創設している。マグレブ中部では七七七年、ハワーリジュ派の分派イバード派がルストアミッド王朝を創設。イフリーキヤ地方では七六八年から七九五年までムハッラブ族が代々首長として君臨し、八〇〇年にアッバース朝第五代カリフのハールーン・アッ＝ラシードから世襲の首長としてみとめられたアグラブ朝（彼らはその後シチリアを征服）に代わった。エジプトでは八六八年、トルコ出身の首長イブン・トゥールーンが独立し、八七八年にはシリアまで拡張している。ホラーサーン地方では、八二一年から八七三年まで世襲の首長によるターヒル朝が統治、ニーシャープールを拠点にシーア派と戦ってアラブ文化を守っている。スンニ派で、ペルシア貴族バルフの子孫であるサーマーン朝は、八一九年から真のアラブ・ペルシア帝国の創設にとりかかり、アラル海からオマーン海、ティグリス川からインダス川まで領土を拡張、首都をブハラにするのだが、九九九年に倒壊することになる。スィースターン地方では八六七年、銅細工師のアル＝サッファールが人民軍の指揮官になって地方を支配したのだが、彼の後継者が首長になったサッファール朝はサーマーン朝に敗北している。イラク北部とシリアでは、アラブ人のタグリブ族のハムダーン朝（九〇五—一〇〇四年）が、ハワーリジュ派のあとシーア派の影響を受け、ビザンティンに対して伝統のジハードをくりひろげた。これら地方君主と首長のほとんどは、名ばかりのカリフ制を忠実に維持していた。金曜日の礼拝にその名前を引用し、硬貨に顔をきざむだけでよかったのである。

もっとも深刻だったのはシーア派の台頭だった。シーア派は、アリーの子孫の一人アブ・ハシムがその権利をアッバース朝初代カリフの父、ムハンマド・イブン・アリー・アッバースィーにゆずっていたことから、ムハンマドの家系の一員が権力をにぎることに成功したと見ていた。しかし、すぐに失望して迫害さえ受けたことから、ムハンマドの男系子孫という規則を放棄、直系でさえあれば認めることにした（それまでアラブ人のあいだでは格下とみられていた）。したがって娘ファーティマの息子の家系がそれに相当し、とくに長男ハサンの子孫が創設したのがモロッコのイドリース朝である。いっぽう最初の殉教者である次男フサインの子孫は、救済の神学を構築している。アリーとフサイン、その後継者は、同じイマーム（指導者）でも神格化された最高指導者で、唯一、神権によって共同体を指導できる資格をもつというものだ。彼らの家系がとだえたとき、それはこの世の終わりに再臨するために「神隠れ」したのだとして、イスラム世界のマフディー［前述］と混同し、不在中は代理のイマームが指導するとしたのだ。プロパガンダではアッバース朝のやり方を踏襲して、身分を偽装した伝道者を派遣している。そのあいだ、シーア派はさまざまな分派に分裂し、直系後継者がとだえたのをいつにするかによって分かれている。こうしてザイード派または五イマーム派は、七四〇年に亡くなったフサインの孫で五代目のザイド・イブン・アリーを最後の世襲イマームとし、イスマーイール派または七イマール派が最後の世襲イマールとするのは七代目ムハンマド・イブン・イスマーイール。フサインのひ孫ジャファル・アル＝サーディックの長男、イスマーイール・イブン・ジャファルの息子である。一二イマーム派が根拠にしているのは、ジャファル・アル＝サーディックの別の息子ムサ・アル・カディムで、この家系は八七四年に五歳か九歳で亡くなったムハンマド・アル＝マハディまで続いている。

最初の強烈な意志表明はイスマーイール派の分派カルマト派によるもので、一〇世紀の前半、アラビア東部に共和国を設立し、イラクやシリア、ヒジャーズに遠征軍を派遣している（九二九年には、メッカに保存されていたイスラムの聖宝で、アダムとイヴの時代までさかのぼるとされる「黒石」を奪い、九五一年に返還している）。ハサンの子孫、ザイード派は八六四年、イラン北部のタバリスターン山中に王朝を設立している。イエメンでは、ハサンの別の子孫が伝道活動を行ない、それとはまた別の子孫、アル・ハディ・アイラ・ハク・ヤヒヤが政権を樹立、これは断続的ながら一九六二年まで続くことになる。

そのイエメンからは、インドやイフリーキヤ地方に伝道師が派遣されていた。その期間中に、シリア人のウバイドゥウラーがみずから七代目カリフの子孫でマフディーであると宣言、九〇九年、ケルアン［チュニジア］近くのラクカダでカリフの地位についた。新しいカリフの支配地はファーティマ朝と名づけられた。ムハンマドの娘でアリーの妻、ファーティマの名前である。彼はアラビアやイラクの前にエジプトを征服しようとする。アッバース朝のカリフ制度を打破するのが目的だった。九六九年に実現したエジプトの征服は、新しい首都を「勝利の都」を意味するアル＝カーヒラ（カイロ）にしたことと、シーア派イスマーイール分派のために新しいモスク、アズハル・モスクを建設したことで歴史に残ることになる。征服地は北アフリカ、シチリア、エルサレムをふくむシリア、メッカとマディーナをふくむヒジャーズ地方まで拡張し、一〇五六年―一〇五七年にはバグダードも占領した。交易の重要性を意識していたファーティマ朝は、ビザンティンや西欧へのルートと、紅海を経由する東方へのルートを発展させている。しかし王朝は弱体化、権力を軍部の大臣にゆずる羽目になり、ついに一一七一年、サラディンによってカリフ制が廃止され、正統派の信仰であるスンナ派が復活する。さらに忘れてならないのは、東部のコルドバ首長国で九二九年、アブド・アッラフマーン三世が「信徒の長」（カリフ）を宣言、スンナ派の庇護者としてアッサード朝のカリフにもファーティマ朝のカリフにも反対する立場をとったことである。しかし、このカリフ制は長続きしなかった。九七八年、宰相からカリフの侍従になったアル＝モンスール（西欧ではアルマンゾール）が権力をにぎり、彼は「レコンキスタ」［キリスト教徒のイベリア半島再征服活動］と戦って名をはせている（九八五年にサンティアゴ・デ・コンポステーラを占拠）。一〇〇二年にアル・マンスールが死ぬと、息子たちは権力を維持できず、カリフ制がくずれて、一〇〇九年から一〇三一年までアンダルス地方でフィトナ（内戦）が勃発、一〇八六年までに王朝は小さな王国に分解してしまった。

こうして帝国自体がばらばらになっただけでなく、その精神も分断された。政治的な権力はカリフから離れてしまったのだ。すでにアッバース朝の初期の八〇三年から、仏教徒からイスラム教に改宗したペルシアの都市バルフの一族、バルマク家は国家の最重要職務カリフについていた。その後、五代目カリフのハールーン・アッ＝ラシードが権力を奪回し、アッサード朝の最盛期を築いたのだが、八〇九年に彼が死ぬと、異母兄弟のアミーンとマームーンのあいだで四回目のフィトナ（内戦）になった。前者を支援したのはアラブ人、後者（八一三年に勝利）を支援したのはペルシア人だった。八七四年、一二代目のカリフで子どものムハンマド・アル＝マハディ・アル＝ムンタザルがイラクのサッマーラで「神隠れ」する。これを機に、イランとイラクでシーア派の一二イマーム派が普及した。デイラマーン［イラン］出身のブワイフ家はシーア派をとりいれ、ペルシア西部に公国を創設し、九四五年にはバグダードを支配する。カリフはブワイフ家に「首長の首長」、つまり大首長の称号を授与するのだが、これはすでに九年前、別の首長イブン・ラーイクに軍の権力も財政の権力もふくめて譲渡されていたものだった。もはやカリフには宗教的な権力、正統派の信仰の庇護者としての役割しか残っていなかった――シーア派の人間がスンナ派の精神的権力を守る構図である！　導入されたシーア派の祭事が民衆の反対にあったにもかかわらず（バグダードでは一一世紀初頭に廃止）、ブワイフ家は秩序を守らせ、帝国中部地方の繁栄をある程度復活させている。

後退

一一世紀はイスラム世界にとって危機の世紀となる。国内外で民族移動の激流に襲われたのである。もっとも甚大な被害をあたえたのはバヌー・ヒラル族とバヌー・スライム族の移動だった。ともに活発なこの二つのアラブ民族は八世紀、ヒジャーズとナジュド――アラビア半島――から請われてエジプトへ移住していた。九七三年から北アフリカでイフリーキヤの統治をまかされていたジジ族が、一一世紀の前半、独立の動きをしたとき、上エジプトでバヌー・ヒラル族とバヌー・スライム族を制御していたファーティマ朝はジジ族に対抗するために彼らを「放った」。一〇五〇年に出発した二つの民族は翌一〇五一年にジジ族を撃破、一〇五七年には中心都市ケルアンを掠奪した。その後一世紀をかけてマグレブを荒しまわった彼らの破壊行動を、歴史家のイブン・ハルドゥーン（一三三一―一四〇六）は一四世紀末になっても嘆き悲しんでいる。さらに西では、モロッコの南からニジェール、セネガルまで遊牧するベルベル人がジハードにもとづいた宗教的共同体を創設、攻撃相手は黒人だった。そのときのイスラム教の宗教施設「リバート」の名前から、この共同体はムラービト朝とよばれている。彼らは一一世紀なかばから、北方に向けての拡張を展開、マグレブ西部と中部全体を占領して、首都をマラケシュにした。アンダルシアから救援を頼まれた彼らは一〇八六年、そこも併合している。

いっぽう、西方キリスト教徒の領土拡張活動は、この時期、はからずも三か所で同時に発生している――このことは歴史家のイブン・アスィール（一一六〇―一二三三）によって指摘された――。まず、イベリア半島のキリスト教国の君主たちが「レコンキスタ」［再征服］を開始、一〇八五年にトレドを奪回したが、翌一〇八六年、ザラッカの戦いでムラービト朝に進攻を止められたのは前述のとおりである。次いでノルマン人が一〇六一年、シチリアの征服にとりかかり――九四八年にカリフ制のカルビ朝が権力をにぎっていた――、三〇年後に達成している。そして、シリアのアンティオキアに十字軍が到着したのが一〇九七年である。翌年、都市は陥落し、一〇九六年、十字軍はイスラム教徒の抵抗にあうこともなくシリア西部とエルサレムをふくむパレスティナを征服する。それも半世紀後は逆転するのだが……。実際、シリアとイラク北部は競合するトルコ系の王国に分割され、統一されるどころではなかった。

東では、イスラムの歴史にとって大打撃となるトルコ民族の大移動がはじまっていた。彼らは八世紀からアラブ人を知りつくしていた。奴隷として買われ、兵士や行政で使われていたからである。とくにカリフのムウタフィム（在位八三三―八四二）は彼らを大量に採用――以降、彼らは「マルムーク」とよばれる――、ホラーサーン地方の旧警備隊員と入れ替えていた。トルコ人がカリフの領土に侵入しはじめたのは九七〇年頃だった。最初のトルコ人王朝としてカズナ朝が出現し、スンナ派に改宗する。初代頭首のサブク・ティギーンは、九七七年に帝国の辺境地カズナ（王朝の名前の由来）の総督になった人物である。息子のマフムードはジハードを展開してインドの異教徒を攻撃、戦利品をたっぷり手に入れて、九九七年から一〇三〇年のあいだにホラーサーンやホラズムからインド北部、イラン中部に広がる国家を創設した。いっぽう、別のトルコ民族、オグズ族もスンナ派に改宗し、セルジューク朝支配下のイスラム帝国に移住している。一〇四〇年、彼らはホラーサーンでカズナ朝に勝利、一五年後にはバグダードに侵入してブワイフ家の政権を倒壊した。一〇五八年、アッバース朝のカリフ、カーイムに敬意を表して物品を献上した頭首トゥグリル・ベクは、大首長のみならず、「権力、支配、権威」を意味する「スルタン」と、「東方と西方の王」の称号も授与された。その権力には地理的な制限もないことを示すもので、彼には国の行政官の任命権もあたえられた。たしかに、アッバース朝のカリフは武力で守ってくれるスンナ派の保護者を見つけたのだが、カリフ自身の権力はそれ以下だった。いっぽうセルジューク朝では、初期のスルタンであるトゥグリル（在位一〇五五―一〇六三）やアルスラーン（在位一〇六三―一〇七二）、マリク・シャー（在位一〇七二―一〇九二）――一〇七一年、ビザンティンとのマンツィケルトの戦いに勝利しアナトリアを征服、「地上の神の影」と称された――、そして一〇六三年から一〇九二年まで宰相をつとめたペルシア人のニザーム・ルムルクらが、イスラムの権力と実践法を一新すべく、宗教学と法律学――イスラムの「法律」シャーリアを研究するイスラム法学――を「研究する場」マドラサ学院を創設、行政官養成に大いに貢献することになる。

また、資源の開発により社会と経済が封建化――ここで西洋的な言葉を使うのを許されるならば――、徴税権を地方行政官イクター（非世襲制）に委任するようになり、こうして物々交換の貨幣経済から、領土の大きさにもとづく「封土」経済に移行する。この変化は注目すべきで、それまでの国際交易がとだえることになり、とくに中国との交易――国内事情が不安定だったとはいえ――が痛手を受けている。

一一世紀までは、分断していたとはいえ、イスラム世界はアラブ人のものだった。その文明はあらゆる分野で栄えていたのだが、しかし以降、トルコ人がアラビア語を使用しなくなり――そうしたのはイスラム教徒では彼らが最初――、ペルシア語がふたたび文化の言語になる。いっぽうイスラム法学も変化する。八、九世紀から固定していたのが、法的な問題をシャーリアの枠内で「熟考を重ねて」解決する「イジュティハード」だったのだが、それが「模倣」を意味する「タクリード」の時代に移行、各学派の解決法を無条件に受け入れるようになったのだ。影響力の大きかった学派には、マディーナでは法学者マーリク・イブン・アナスのマーリク学派、クーファではアブー・ハニーファのハナフィ学派、シリアではアル＝アウザーイの学派（これはすぐに忘れられる）、ほかにもアッ＝シャーフィイーのシャーフィイー学派やイブン・ハンバルのハンバル学派などがある。マドラサ学院はイスラム世界全体に普及し、正統派の伝統の中心となる。この伝統は知的な面で神学者、ガザーリー（一〇五八―一一一一）によって弁護されている。彼はイスマーイール派の思弁的な神学や、ギリシア思考的な哲学に反駁し、自著『宗教諸学の再興』に沿って、スーフィズム（スンナ派とは距離を置く神秘主義）に向かうほうが正統派と折りあいがつくと説いている。

それでもイスマーイール派は奮起、神学者ハサン・サッバーフが発起人となって分派のニザール派（西洋ではアサシン派）を立ち上げ、ファーティマ朝のカリフ、アル＝ムスタンスィルの長男でありながら後継者にはなれなかったニザールの支持者を集結している。ニザール派はペルシアと――拠点はアラムート要塞――シリアを舞台に政治的な暗殺をくりひろげ、敵であるイスラム教徒やキリスト教徒を標的にした。彼らの最初の犠牲者になった一人がセルジューク朝の宰相、ニザーム・アル＝ムルクだった。いっぽうのセルジューク朝はいまだ統一されていない。一〇四一年には、ペルシアの南東部のケルマーンから分家が一つ離脱し、一〇七七年には同じ動きがアナトリアで（ルーム・セルジューク朝）、翌一〇七八年にはシリアであり、ついに一〇九二年には王朝の本家自体がイランとイラクに分かれて支配している。しかし、ホラムズのスルタン――初期のスルタンでマルムークのマリク・シャー家出身——が彼らを一一五七年にイランから、一一九四年にはイラクから一掃している。

セルジューク朝が弱体化したことで、トルコ人がシリアへ進出しやすくなった面もある。その一人で士官のザンギー（一〇八四—一一四六）はモスルに続いてアレッポを占拠、住民に対してジハードを再開する。そして一一四四年、彼は十字軍からエデッサ伯国を奪いとっている。息子のヌール・アッディーン（一一一八—一一七四）は一一五四年にダマスカスを奪取して領土を拡大、ジハードを続けていく。ファーティマ朝のカリフ制もますます弱体化、エジプトは十字軍の餌食になったのだが、最終的にはヌール・アッディーンが軍隊を派遣して勝利をおさめている。その軍隊を率いたのがクルド人のシール・クークと甥のサラディンで、後者はまずシーア派のカリフのもとでスンナ派の宰相になり、一一七一年、ファーティマ朝のカリフ制を廃止している。ヌール・アッディーンの死後、サラディンはその遺産を奪って増やし、十字軍に対抗してイスラム世界を統一しようとする。こうして彼はエジプトからシリア、イラク北部、アラビア西部からイエメンまでを統治する。自信にあふれていた彼はエルサレム王国まで襲撃、ヒッティーンの戦いで勝利をおさめ、数週間後の一一八七年一〇月二日、ムハンマドが昇天を体験した記念日にエルサレムに進攻している。サラディンは新しくアイユーブ朝を創設、この帝国は彼の死後、一一九三年に分割されている。

そのあいだ、カリフは衰退する首都にとどまり、スンナ派の最高権威をいちおう保っていたのだが、モンゴル人の侵略によってとどめの一撃がもたらされる。モンゴル人は一二一九年から一二二一年にかけてホラムズ一帯を破壊、ペリシアの奥深くまで侵入する。一二五三年、君主のフレグは中央アジア南部地域の征服に出発、ペルシアとイラクを手中におさめ、一二五八年二月にはバグダードを占領し、アッバース朝のカリフを殺している。一二六〇年、フレグはイルハン朝を創設して新たにペルシアの君主になった。モンゴル人に破壊されたあとのイラクは、宗教的にも政治的、経済的にも重みを失い、残る大国はペルシアとエジプトだけになった。

そのエジプトでは、従来どおりスルタンのサーリフ（在位一二四〇―一二四九）が、自分のためにキプチャクから来たトルコ人で構成された私的な軍を作っていた。黒海からアラル海までの北部に広がる広大な草原から来た彼らは、エジプト遠征で捕虜になったフランス王ルイ九世の釈放条件を拒否、息子で後継者を殺したあと、軍事政権となる新しい政体、マムルーク朝を設立した。一二六〇年、彼らはシリアでモンゴル人に勝利し、一二九一年には最後の十字軍も追いはらった。体制を守るため、新たにスルタンになったバイバルス（在位一二六〇―一二七七）は即位時にカリフ制を導入、アッバース朝の家系から選んだのだが、しかしそのカリフには精神的な権威はいっさいなかった。マムルーク朝はふたたびシリアとエジプトを併合し、以降、中東での主たる「アラブ」政権となった。

いっぽう西では、新たな政治的、宗教的な動きとしてベルベル人の改革派が出現した。母体は「神の単一性」を支持するムワッヒド学派で、彼らが創設したムワッヒド朝は、その後、マグレブとイベリア半島のムラービト朝を征服している。しかし一二一二年にはキリスト教徒に、一二六九年にはマリニッド王朝に敗北、イスラムは細分化して残っていくことになる。イフリーキヤのハフス朝（一二二九年）、マグレブ中部のアブドルワディド王朝（一二三六年）、モロッコのマリニッド王朝（一二五八年）、グラナダ王国のナザリ朝（一二三七年）などである。

一四九二年一月二日、グラナダの最後の君主、ボアブディルがカトリック両王［スペイン王国］に降伏した。一四九八年、ポルトガル人のヴァスコ・ダ・ガマがインドに到着、マムルーク朝との交易海路が短縮された。一五一六年、オスマントルコがシリアに侵略、一五一七年にはエジプトを攻略した。アラブ帝国から生まれたトルコ人の強国はしっかりと生きのび、カリフの体制には変わらぬ威光があった。しかし、オスマンのスルタンがふたたび「信徒の長」の称号を正式に採用したのは一八七六年になってからであり、早くも半世紀後の一九二四年にはトルコ共和国初代大統領のアタテュルクによって廃止される。この廃止はイスラム世界では悪く受けとめられ、メッカの首長フセインや、エジプトの王ファルーク一世らによってさまざまな修正が試みられたのだが、それまでだった。その後、ムハンマドとサハーバの時代の純粋な教えに戻ろうと説くサラフィー派の台頭で、支持者たちはカリフ制の再建を望むようになる。一九五三年には、エルサレムでタクディ・アル＝ナブハニ（一九〇九―一九七七）によってヒズブ・テ・タヒレル派が創設され、現在は中央アジアを中心に活動している。一九九四年にはアフガニスタンでタリバンの首長が「信徒の長」となり、二〇一四年以降はイラクやシリアに世界でもっとも知られた一派が出現［「イスラム国」］、アブー・バクル・アル＝バグダーディーがみずからカリフ、イブラヒーム（アブラハム、啓典の民の始祖）を名のり、ムハンマドの子孫を主張している。

6 モンゴル帝国、見かけ倒しの巨人
──一三世紀─一四世紀

アルノー・ブラン

「最初の段階で、国は拡張の限界に達し、次は相続の段階で狭くなり、あとは崩壊して消滅するだけである」（イブン・ハルドゥーン［一三三二─一四〇六。イスラム世界最大の歴史学者］『歴史序説』）

もっとも有名な「ステップ草原の帝国」は、電撃的な拡張をまのあたりに体験した。それは創設者の天才的な才能と、世界最強といわれる騎馬隊の機動性、そして地方の精鋭を土台にした効率的で独創的な行政モデルがあいまった結果である。

しかし、遊牧文化に固有な派閥間の対立で、帝国は分裂して弱体化、近隣諸国の思うつぼとなり、最後は敵対するトルコが打ち勝った。

13 世紀のモンゴル帝国

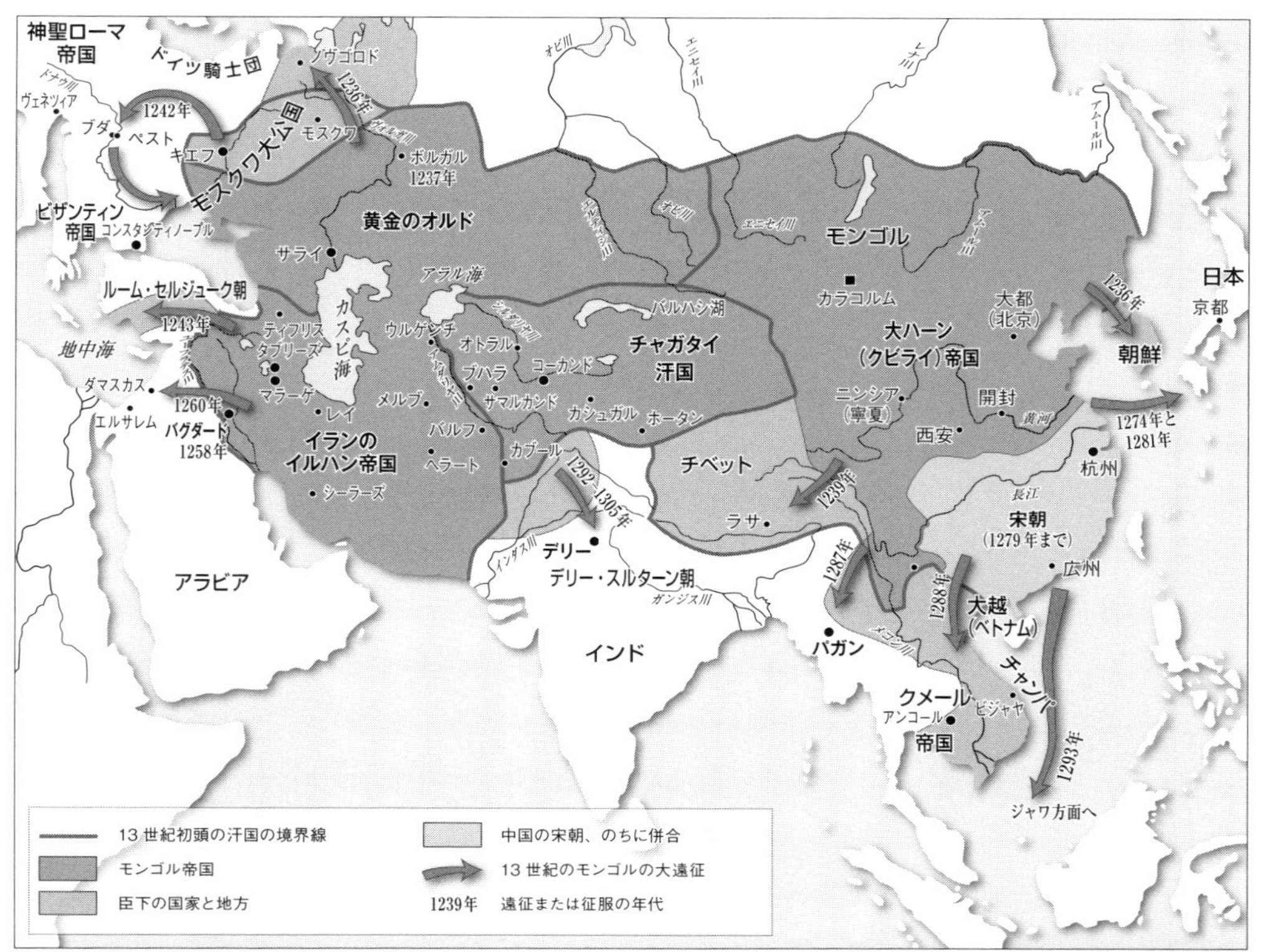

一三世紀初頭にチンギス・ハンによって創設されたモンゴル帝国は、歴史上最大の領地からなっていた――最盛期の総面積は三三〇〇万平方キロメートルで、これは多数の大陸におよんだイギリスの植民地帝国（二つの大戦のあいだ）にほぼ匹敵。古代のアケメネス朝は最大時で約八〇〇万平方キロメートルだった――。古代ペルシアのダレイオス大王のアケメネス朝帝国より、アレクサンドロス帝国より広大で、たとえていうなら、ローマ帝国やカール大帝の帝国など足元にもおよばない広さだった。チンギス・ハンの帝国はまた、歴史上もっともつかのまに終わった大帝国の一つである。このことから、栄華をきわめた時代も、退廃の時代もなかった。しかし短命ながらも、政治や制度の基盤はしっかりしており、本来ならもっと永続したはずだったのだが、そうではなかった。一三世紀の終わりからすでに、敵対する小帝国のよせ集めとなり、急速に崩壊していくことになるのである。この記念碑的な冒険から永続して残るのは、クビライ・カーンによって創設された中国の元朝（一二七一―一三六八）と、バーブルが設立したムガル帝国（一五二六―一五四〇、一五五五―一八五七）の二つのみである。しかし、クビライの帝国は中国人の能力によるもので、彼らは侵略者を吸収したあと、弱体化させて追放した。またムガル帝国も、チンギスの直系子孫、バーブルによって完全に構築されたのだが、厳密にいえばチンギス帝国を相続したものではなかった。いっぽう黄金のオルドやチャガタイ汗国、イルハン朝は、外部からのトルコ人やアラブ人、ペルシア人、ヨーロッパ人の来襲によって火がついた内紛に、活力も才能も使い果たしたのだが、後者の各民族とて同じ紛争に体力を消耗していた。いずれにしろ、モンゴルはもう一つの草原民族トルコ人のせいで消えていった。トルコ人は最初、あわただしく逃走したあと、中央アジア一帯に同じ草原民族よりは何倍も強固な帝国を築きあげるにいたっている。チンギス・ハンの帝国から残っているのは、幻想的で未完の叙事詩のような記憶である。建築のまれにみる大胆さにつきまとうのは、支配した多くの民族を全員皆殺しにしたことはもとより、その驚くべき残忍さである。

一世紀で、四つの時期

モンゴル帝国の歴史はきわめて短い時間空間におさまっていることから、特徴的な段階を簡単に見分けることができる。ある意味、その持続期間は授かった領土の広さにほぼ反比例するといっていいだろう。領土拡張の初期から最盛期まで半世紀もかかっておらず、それは帝国が崩壊するまでの時間とほとんど同じなのである。細分化した帝国が徐々に哀退して離脱していくにはもっと時間がかかるはずだが、しかし、一二〇六年にチンギス・ハンが飛びはねるように動きだしてから二世紀後、この記念碑的帝国で残っているのはわずかな断片のみで、その歴史は個別の四つの時期をへて衰退している。

最初は一二〇六年から一二四一年までで、チンギス・ハンのもとでの帝国創設と、四男トルイ（摂政）と三男オゴデイ——直近の後継者として父の事業を続ける——による最初の拡張段階である。二つめの時期は一二四一年から一二六〇年までで、内紛があっても体裁を保っているなかで帝国に亀裂が生じ、徐々にむしばまれていく段階である。三つめは一二六〇年からの時期になり、帝国が四つの単体に分裂し、それぞれが領土の統合性を守りながら征服を続けていく段階。名目上は統一されていても、実際はそうではなくなっている段階だ。四つめは一三〇〇年頃からはじまる衰退と漂流の段階である。四つの帝国はそれぞれのやり方で細分化に向かい、後退して崩壊する。中国では元朝が一世紀後に崩壊し、モンゴルでも、それまで目立たない存在だった同じモンゴル人のオイラト部族の活躍でチンギス・ハン帝国は消滅する。

こうして、神秘的で驚くべき帝国の出現と、衰退もまた急速で劇的だったことをまのあたりにすることになる。もしかしてモンゴル帝国の崩壊は創設時と同じであるべきだと定められていたのだろうか？　あるいは逆に、一時的な要素がからみあった結果なのだろうか？　それについては、草原帝国の著名な歴史家、ルネ・グルセ（一八八五―一九五二）が「モンゴル国民の傷口は、家族で分配するという慣習だった」と簡潔にまとめているが、はたしてどうだったのだろう？　それでも、チャガタイ汗国と黄金のオルド（またはキプチャク・ハン国）は、その後も政治的、領土的統一性を維持していたことを見ると、細分化はかならずしも宿命ではないことがわかる。論理的に考えれば、細分化による帝国の衰退もまた、そのときどきの状況に応じた出来事である。とりわけ、創設者チンギス・ハンの物語が神話化されたことで恨みをかい、帝国の終わりが早まったのではないだろうか？

チンギス・ハンは完全な帝国を創設

特異な歴史をもち、地政学的な怪物ともいえるこの帝国の大きな特徴は、何もないところからわずか数年で築き上げたその速さである。聖書の宇宙創造のように、モンゴル帝国の創造は超自然的な性格をおび、それは創設者にも子孫にもついてまわった。生涯をとおして、チンギス・ハンは天の力が授けた聖なる使命を信条に内面からつき動かされていた。世界全体を征服する使命である。まわりは、祈祷師もふくめて、だれも彼を思いとどまらせることはできなかった。

現代の歴史編纂家が指摘するのは、社会の底辺での長期にわたる経済的、社会的、文化的激動が歴史の大きな方向を決定づけるということである。また、この大きな流れが目に見えるようになるのは後世で、前もっては予測できず、それが歴史的に正統とされていた骨格を形成していた個人や権力、局部的な出来事を押しつぶすことも強調している。しかし、物事にはすべて例外があり、大きな事例になるのも事実である。それがモンゴル帝国のケースで、底辺の激動らしきものはいっさい存在していなかった。ここではすべてから孤立した一人の男から発生している。モンゴル帝国の設立は一人の個人によるものだったのである。中央アジア一帯にはこの一三世紀の変わり目、ほぼユーラシア大陸全体をなぎ倒すまでになる嵐のような歴史の前兆は何もなかった。

八世紀近く前に帝国を築き上げたフン族と諸国の王、アッティラ（四〇六―四五三）以降、草原の遊牧民の脅威は限定された地域にとどまり、かかわりをもったのはとくに中国やペルシアだった。中央アジア一帯の民族はつねに分断され、統一を欠いた遊牧民をまとめることができた個人はだれもいなかった。貧弱で条件の悪い広大な草原をめぐるけんかに明けくれていた彼らは、それまでは、よくて東や南の定住民国家を――したがって豊か――多少なりとも襲撃しておどすことだけで満足していた。あちこちに文明が出現する兆しがあったのも確かである。イラン人のサーマーン朝や、トルコ人のウイグル族――モンゴル人は後者から筆記言語を借用することになる――などである。すでにアラブ人のイスラム教徒が侵略する前の六世紀、突厥の巨大な帝国がその幻想をいだかせたが、その前に決定的に分裂していた。全体として、この地域は本質的に無法地帯ともいえ、一帯を支配していたのはより強い自然の法則だった。

この不安定な空間では、最強の者でもその地位に長期間とどまることはまれで、紛争はたえずひんぱんにあった。中央アジアではトルコ人が大半を占め、一部は都市化して、荒削りなモンゴル人を彼らよりおとると見ていた。そのモンゴル人自体分断され、組織だってはいなかった。モンゴルを国として統一しようとする先人はいたがすべて失敗し、それはだれが試みてもむりだろうと思われていた。まして、そんなことを一人の無一文の若者が達成できる予兆などどこにもなかった。しかも、部族の長だった若者の父親は敵対部族に暗殺され、以降、彼は追われた動物のようにステップ草原をさまよっていた。家族の生活は彼の肩にかかり、その彼はつねに抹殺されることをおそれていた。

しかし、彼はモンゴル統一の実現にいたり、そこからさらに思いもよらない力を発揮して、まだ定まらない国境の先を見すえることになる。このひ弱な若者はまさに、モンゴル語で「鉄」を意味する言葉から派生した自分の名前「テムジン」に鉄の意志でこたえたのである。この文字どおり無から出発した若者の電撃的な上昇気運をどう説明したらいいのだろう？　なぜなら、アレクサンドロスやカエサル大帝、ナポレオン・ボナパルトのような、多くの歴史的な大征服者と違って、テムジンには特権というべきものは何もなく、跳躍するための足場もなかった。まだチンギスではなかった若きテムジンには、軍隊も国民も、金も権力もなく、保護者さえいなかった。モデルとする人物もおらず、方向性を示してくれる書物もなかった。彼は運命に一人で立ち向かっていったのである。

彼の人生をゆり動かした事件は、若き妻ボルテが目の前で敵対する部族長に誘拐されたことだった。すべてにまさる敵を前に無力だったテムジンは、愛する妻を敵の手に残したまま逃亡した。このときの妻を奪いかえす決断が伝説としての神話作りに役立ち、彼の死の直後、途方もないモンゴル叙事詩が編纂されることになる。『元朝秘史』(モンゴル秘史)のタイトルで知られた書物である。そこにはこのおそろしい決断をした男のすべてが描かれている。自制心、知性、忍耐、強い意志、リスクをおかす強さ。なぜならチンギスは力で奪われた女性を見すてなかった。愛する人をとりもどすため、テムジンは昔からの仲間で将来的には敵となるジャムカと軍隊を立ち上げた。準備が整うと、彼は誘拐者を攻撃してボルテをとりもどし、その部族を皆殺しにした。彼は容赦しなかった。彼はいっさい、だれも放棄しなかった——身近な人間だけでなく敵もふくめてである。ボルテは生涯、彼の側にいて冒険を見守り、主たる助言者となっていく。後継者問題をとりしきるのは彼女である。モンゴルの社会では女性が大きな立場を占めている。多くの女性が帝国の中心で権力の手綱をにぎることになるのである。

しかしボルテの誘拐はまた、帝国崩壊——いろいろな意味で——の種をはらむものになる。中央アジア一帯では、妻の掠奪は誘拐者との強制結婚を意味していた。ボルテは敵の部族長の妻になったのである。問題は、彼女が最初の息子、ジョチを出産したのがちょうどチンギスにつれもどされてから九か月後で、そこから子どもの父親にかんする思惑や噂が立ったことである。その噂は、ジョチをふくむおもな当事者が死んだあともふくらむ一方で、子孫はその正当性をめぐって苦しむことになるのである。

この劇的な事件からすべてがつながっていく。小さな軍隊と勝利の威光は彼の性格の強さを示すもので、テムジンは名前をいつわって地方の権力者になり、その政治的な知力で、みずから部族の長を名のることに成功した。それから、予期せぬ出来事をさまざまへたあと、友人だったジャムカを戦ったすえに抹殺し、モンゴル民族の長に選ばれた。一二〇六年のことである。身分が変わったところで、テムジンはチンギス・ハンになるのだが、名前の由来については「強者」「ゆるぎない」「海洋の王」などいろいろあり、確かなことはわかっていない。そのとき彼は四〇歳か少し上、もう若くはなかった。中央アジアの忘れられた草原の外では、まもなく大陸じゅうを震えさせることになるこの男のことはだれも知らない。しかしそのうち、彼について語られるのを耳にするようになる。『元朝秘史』によると、彼は「炎のような目と、輝く顔」をもつ男で、母親に似ていた——現在、チンギス・ハンの生前の肖像画はなく、（あったとして）知られているのはすべて死後に描かれたもので、なかでは孔子のように穏和な顔で白い長い髭をたくわえた中国画が有名である。他方、ルネ・グルセによる精神面の描写からは、彼の性格の一面がわかりそうだ。「われわれから見るとチンギス・ハンは冷静で、しっかりとした良識をもち、すばらしいバランス感覚があり、聞く耳をもち、友人を信じ、厳しくとも寛大で情愛深く、行政者として真の素質がある。ただしそれは遊牧民族の行政をつかさどるという意味で、定住民族のそれとは違う」

彼の成功は、出だしからは時間を置いているが、しかしそれからは加速度的に成功し、雪だるま式に領土が増えて、モンゴル軍はさらに遠くをめざし、より強くなっていった。たしかに、ユーラシア大陸は戦略地政学的に不安定で、当時は政治的にも細分化されていたが、これが草原の征服者たちに利益をもたらすことになるのである。しかし、この状況はモンゴル軍の成功を説明する一端にしかならない。チンギス・ハンの戦略は彼の策略にもとづいている。まず敵を分断して、分散させ、孤立化させたところで襲撃に出て、各部隊を一つひとつ撃墜していくのである。負けそうになると見るや後退し、力をたくわえてから戻っていく。この行きつ戻りつは数年がかり、一〇年がかりのこともよくあり、そのいい例が中国の征服だろう。チンギスのはじめたことが孫のクビライによって達成されている。モンゴルの伝説で「蒼い狼」を先祖にするチンギス・ハンには、草原の文化につきものの狼信仰が浸みこんでおり、彼の策略は広大な草原を群れる動物たちに着想を得ている。たとえば、犠牲となるものを見分け、綿密に襲撃の準備をし、都合のいい瞬間を忍耐強く待ちつづけて、いざというときに全力で敵に飛びかかる。しかし伝説では、チンギスには母方の先祖から受け継いだ「野生の鹿」の血も流れている。捕食者が襲撃する先をいき、失敗したら逃げる…動物的感覚だ。この二面性は彼を象徴するもので、ある意味でモンゴル軍の戦略の特徴ともなり、徹底的な攻撃と戦略的な防衛戦を混ぜあわせる能力がその強みとなっている。

一般的にいって、モンゴル軍が――モンゴル人と同じくらいトルコ人も編入していた――その時代の敵軍よりすぐれていた点は、その質素さと簡潔さ、機動性、集中力、順応性に見てとることができるだろう。トルコ・モンゴル系の戦士を前にすると、ほかの軍はすべて――西洋人、イスラム教徒、東洋人――動作が鈍く見え、彼らが得意としている分野でもすきが多く――鎚矛や、弓矢による接近、遠距離戦――、結局は負けてしまっていた。

帝国は徐々に築かれていった。チンギスはまずモンゴルの国境地帯を征服し、そこが強固になったところで、少し遠くへと狙いを定めた。どの遠征も周到に考えて準備され、偶然にまかせることはいっさいなかった。チンギス・ハンが創設した情報機関も現在のそれに匹敵するほどのものだった。軍隊には失脚した敵の要員を採用して組み入れ、征服した地域の技師や建築家を国や軍の業務にあたらせた。モンゴル人は敵から軍事技術——攻囲戦など——を横取りするのが得意だった。政治的な権力はチンギス・ハンの一族がにぎっていたとしても、他方でモンゴル軍は精鋭主義だった。チンギスの優秀な将軍たち、ジュベ、ムカリ、とくにスブタイは一兵卒の出身だった。スブタイは草原の人間でも、モンゴルの貴族でも、騎士でもなかった。ふつうの蹄鉄工の息子で、その知性と戦士としての才能で階級を登りつめ、モンゴル軍の戦略家として君臨し、チンギス・ハン亡きあとは作戦のおもな司令官になった。

チンギスの死後、同族支配の政権と精鋭主義の軍隊との落差がある種の不均衡を生むようになる。政権側は退廃的になり、いっぽうの軍は手段をたっぷりと所有していた。いずれは政権の凋落が軍隊にも影響をおよぼすことになるだろう。なぜなら、モンゴル軍の能力がチンギス・ハンの死後も増強していったとしても、帝国の運営はすぐに大きな限界にぶつかることになるからだ。

この政治的な欠陥はおそらく、モンゴル帝国が「遊牧民の帝国」で——ベルギーの地政学者、ジェラール・シャリアンによる表現——、つねに動きまわる民族によって設立されたことで説明できるだろう。彼らにとっては、定義上、恒久不変なものは何もなく、生と死の境目もはっきりしていなかった。事実として、チンギス・ハンは帝国の偉業を示す建築物は何も残さず、首都だったカラコルム

（バイカル湖の南に位置していた）も生きながらえなかった。決して破壊されたわけではないのに——心ない異郷人によって破壊されたペルセポリスのように——、自分自身で消えていったのだ。ゴールド・ラッシュにわいたあとのカリフォルニアの幽霊都市のように、現在はまれに残る廃墟で存在したことがわかるだけで、記念碑的な帝国の中心だったことを思わせるものは何もない。

その最盛期でさえカラコルムには、帝国を築いた男たちのように不安定でかりそめのイメージがあった。教皇の特使として大カーンのグユク（オゴデイの息子）を訪問した修道士、ジョヴァンニ・デ・プラノ・カルピーニと、フランスの聖王ルイに派遣された修道士、ギヨーム・ド・ルブルックは二人そろって、この町の質素な見かけに驚き、皇帝の住む都市というより陣地のように見えたと、それぞれの旅行記に記している。宮殿の前にあるのは、場ちがいな銀製の木が一本だけと、その足元に牝馬の乳を飲む四頭のライオンの彫刻が置かれていただけだった。統一されて分裂した帝国を象徴するような彫刻だが——これはパリの金銀細工師による作品で、ハンガリーへ遠征したときにもち帰ったもの——、ここの住人の資質を雄弁に語っており、壮麗さに欠けるものだった。

建築は、どんな長文の概論よりもその国の特徴と状態を語ってくれる。ヨーロッパの二人の特使の驚きがすでに、帝国に内在する弱点を示していたのである——それでも軍事的に敵対する相手はいなかったのだが。ローマからの特使が帰った少しあと、中国を征服したクビライは、首都を大都［現在の北京］に移して（銀の木もいっしょに）本格的な皇帝の都市を造ることにし、カラコルムは消えていくことになる。草原の男が通過した跡が残っているのはそこである。しかし、口承の伝統の跡が首都にも色濃く残るステップ草原の文化のなかで——各国民は七世代前までの先祖の名前を知っていなければならない――、『元朝秘史』に文字できざまれたチンギス・ハンの叙事詩は特筆すべきことである。おかげで後世、何世紀にもわたって歴史家たちが帝国の始祖の輝かしい足跡をたどることができている。紙に書かれていても口承の特徴が強くにじみ出たこの物語が、創設者の死と後継者の登場で終わっているのも偶然ではないだろう。この重い征服の遺産を受け継いだオゴデイは、新しく急転換するか、さもなくば新しい顔を残すことになる。

後継者戦争

チンギス・ハンが亡くなったのは七〇歳に近づこうとする一二二七年だった。彼は信じられないほど広大な土地を征服しただけでなく、本物の帝国を築きあげていた。傑出した通信網が交易ルートを開通させて安全を守り、おかげで中央政権は効果的に権威を発揮できていた。とくに彼は領地全体に法体制を構築していた。権力はモンゴル系の貴族に厳重に保持されていたが、行政の官僚はウイグル族の体制をモデルに地方のエリートにまかされていた。拷問や、誘惑の策略などもすべて廃止されていた。外国の全権代表や使者は外交特権をもち、国民は信仰の自由を謳歌した。チンギスは繁栄して強固で活力のある帝国を残したのだが、しかしそれは絶対的な権力をもつ、閉ざされた中央政権の上に成り立っていた。この安定したピラミッドの頂上から、この見事な帝国がむしばまれていくことになるのである。

創始者の死の直後は水平線上に雲一つなく、後継者選びは妻のボルテが事前に決めていたこともありつがなく行なわれた。帝国の未来は、直近の子孫である皇帝夫婦の四人の息子が決めることになった。あとになってふりかえると、帝国の分割は避けられなかったとしても、後継者を決める創設者の考えは大帝国のままだった。人生の終わりに拡張の真っ最中にあったのだから、彼がそう思うのもむりはなかった。統一を維持しつつ、各自の自立への欲望を満たすため、チンギスとボルテは帝国を連邦制にすることにし、各後継者に自治の一部をまかせることにしたのである。このとき四人のカーン［モンゴルの君主］からなる家族会議で大カーンが選ばれた。正当性があるのはチンギスの直系で、ジョチ家との関係が問題にならざるをえなかった。しかし、この時点ではゆらかされている。

続く数世紀のあいだ、ジョチの直系者としての正当性の疑念は、地政学的に不安定な中央アジア一帯で重くのしかかり、チンギス・ハン帝国が消滅したあとも続くことになる。モンゴル帝国から台頭したティムール（在位一三七〇―一四〇五）が巨大な帝国を建国したときも、チンギスの直系ではなかった彼はあえて大カーンの称号をつけず、かわりにチンギスの子孫の一人を名義人として上に置いて、彼自身は「大首長」を名のった。いっぽう、チンギスとティムールの双方の家系を受け継ぐバーブル［ムガル朝の創始者］は、ティムールのほうが文化的に近いにもかかわらず、正当性をチンギスに求めている。

こうして、チンギスの直後の後継者はさしたる問題もなく決められた。彼が高齢で亡くなったことと、皇帝夫婦が情愛よりも理性的な基準に沿って指名したからなおさらだった。さらに、状況も複雑ではなかった。長男のジョチがチンギスより早く亡くなっていたからだ。次男のチャガタイは後継者に不適格と両親から判断され、最高権力は三男のオゴデイにゆだねられた。四男で末っ子のトルイは摂政となり、後継者を正式に選ぶ会議をまかされた。ある意味で、ボルトが描いた帝国の未来は、夫が造り上げたものより、息子たちが受け継ぐものを重要視していた。ジョチ家とチャガタイを最高権力から距離を置かせたかわりに、チンギスとボルテはその埋めあわせに彼らに自治の特権をあたえた。いずれ、この自治の特権が独立の欲望に変化し、将来的に大帝国を崩壊に導くことになるのである。

オゴデイが受け継いだチンギスの帝国は、朝鮮半島の辺境からカスピ海まで広がった。すでに巨大な帝国になっていたのに、まだまだ拡張の真っ最中、その時点でまだだった中国南部（宋）やペルシア、ロシア、ウクライナも、創設者の死後の数十年で征服されることになる。いまやモンゴル軍は、大規模な作戦を同時に複数の戦場で展開できるようになり、東と西、南の前線で活発に動きまわっていた。こうして彼らは朝鮮やチベット、インド北部を視野に入れて進攻、のちに日本も射程範囲に入れたのだが、ここでは二度も気まぐれな天候異常の犠牲になっている。

傑出した軍人スブタイと、ジョチ家の二代目バトゥに後押しされたモンゴル軍は一二四〇年、ヨーロッパの征服に出発、その行く手をはばむものは皆無に見えた。ロシアを壊滅したあと、スブタイは自軍を二つに分け、一つはポーランドに、もう一つはハンガリーに向かわせた。一二四一年の四月九日と一一日、二日の間隔を置いて、チンギスの孫、バイダルの軍はポーランドに打ち勝ち、スブタイとバトゥの同盟軍はハンガリー人をみごとに手玉にとった。まさにヨーロッパを沈没させる準備ができていたそのとき、スブタイはオゴデイが死んだ知らせを受けとった。モンゴルの伝統では、このような非常事態にはカラコルムに皇帝の家族全員がそろう必要があり、結果としてほぼ全部隊が帰還、一部の征服地を管理する少数部隊だけが残った。あらゆる予想に反し、ヨーロッパは間一髪で救われた。スブタイは彼の部隊を現地に残さないことにしたのだった。おそらく彼はあとで戻り、つねに魅惑されていたこの西洋の征服を続けようと考えていたのだろう。しかし、その機会は訪れなかった。ヨーロッパはといえば、その後、この小柄ながらもおそるべき騎馬兵たちにその地をふみにじられることは二度となかった。

しかしながら、軍事上誇らしい成功をおさめたこの遠征は、結果として将来的に面倒な事態をひき起こし、公然とした戦争となる原因になった。ヨーロッパ前線で輝かしい勝利をおさめたバトゥが力をつけて台頭し、オゴデイの息子、グユクとの緊張が頂点に達したのだ。この紛争を受けて、バトゥは最初に政治的な独立を果たすことになる。あらゆる手段を使ってグユクが最高位につくのをはばんだのだが、むだに終わり、彼は自分自身の帝国「黄金のオルド」——バトゥは黄金に魅惑されていたことからの名称——を創設することになったのだ。ジョチの息子として、正当性に異議がとなえられていたバトゥは、おそらく一人での道を選んだのだろう。将来的にはこの判断が正しいことになる。しかし、最初の軋みが大帝国の分解を早まらせ、その後、四つの帝国が生まれることになる。この相続の分断で、全部を自分たちのものにしようと夢見ていたグユクとオゴデイ家はいずれ除外されていくことになる。

ヨーロッパ遠征による別の結果は、長期にわたる男たちの不在で女たちが帝国をとりしきるようになったことである。男性が不足したことからはじまった職務を真面目に行なっていたのである。しかし彼女たちの立場が上向くにつれ、影響力を競う激しい戦いがはじまり、これもまた全体を内部から弱体化させていくことになる。これらの政争から、オゴデイの妻、トレゲネは夫の後継者を選べる立場になった。また、四男トルイの妻、ソルコクタニはモンゴルと中国北部で一家の基盤を安泰にし、のちに子孫が最高位を奪えるまでに力をつけた。いっぽうチャガタイの妻、エブスクンもまた一家の未来と、中央アジアの残りを支配する立場を安定させた。こうして権力争いは二つの場で平行して起きていた。戦場を舞台にした男たちの争いと、政治を舞台にした女たちの争いである。それぞれが最高権力を狙った結果、この権力は徐々に四つの家系に分極し、同時に恨みつらみの山を築くことになる。

こうして、オゴデイの後継者問題はチンギスのとき以上に問題をはらむものになっていく。二代目大カーンの死後、彼の兄弟は全員がすでに亡く、第三世代の最高位継承主張者が多くあらわれて、相続が複雑になったのだ。このとき、オゴデイに後継者として指名されていた孫の一人は、息子のグユクの意によって排除されてしまった。

モンゴルでは社会に根づく伝統により、祭事が大事に扱われ、同時にアルコールの消費量も高くなっていた。祭事で飲まれるのは馬乳から作った馬乳酒で、アルコール度も危険なほど高いものが多かった。ところで、この度を越えたアルコールの飲酒量が君主たちの健康に悪い影響をあたえないはずはなく、相続の速度が目に見えて早まり、帝国のありさまにも悪い影響をあたえるようになった。権力が移行するたびに、さまざまな継承主張者のあいだで激しい戦いになり、その調停は摂政をつとめていた女性たちにゆだねられ、すでに見たように、自分たちの家系に都合のいいように決められた。

この相続戦争にともなってさらに、軍隊でも陰謀がまかりとおってそちらに力が消耗され、戦線への投入は麻痺状態になり、それが慢性化するようになる。こうして、オゴデイの相続の決着に五年もの年月を要することになり、そのくせ後継者になった息子のグユクが権力を維持していたのはわずか二年（在位一二四六―一二四八）、四二歳で自然死するまでだった。その後、グユクの後継者の調整に三年もかかり、次にトルイの息子、モンケが最高位についたのが一二五一年。オゴデイが亡くなったのは一二四一年だから、その一〇年間で帝国に最高位の君主がいたのは二年間だけということになる。

これらすべての権力争いで戦略的な勢いが息切れしたのにくわえ、首都をとりまく郡団にただよう沈滞した空気が軍の兵士に悪い影響をおよぼし、当然のことながら、彼らも馬乳酒を度を越えて飲むようになった。ピラミッドの頂上では、陰謀が渦巻いて遠くを見すえようとする者はだれひとりとしておらず、底部では兵士たちの熱意が少しずつなくなっていった。政権内部の弱体化にともなって軍隊の能力もおとろえた結果、政治的な権力も細分化していく。最高位を狙う候補者とその支持者たちや、醜い争いをまのあたりにした若手の野心家など、あちこちに不満をもつ者が増え、チンギス・ハンと最初の後継者のように方向を維持することがむずかしくなった。

こうしてモンゴル人がみずからのまちがいで衰退の道に入りこんでいたとき、同じステップ草原の仲間、トルコ人が上昇気運にのっていた。マムルーク朝にくわえ――トルコ系でも主としてキプチャク人とクマン人――、将来のオスマン人は――モンゴル人に消滅されるのを避けてステップ高原から逃げていた――、まもなくアナトリアに帝国を築こうとしていた。

終わりのはじまり

一二六〇年に出現した残り四つの帝国は、その時点ですでにチンギスとボルテの息子たちのものではなくなっていた。というのも、うち二つはトルイの息子、クビライとフレグに管理されていたからだ。二人は同盟を組んでもう一人の兄弟で、やはり最高位継承を主張するアリクブケと戦っていた。そしてクビライはフレグの支援を受けて、ペルシアにイルハン朝――イルハンはペルシア語で「部下のカーン」の意味――を設立している。あと二つの帝国はジョチ家とチャガタイ家出身の子孫が作っていた。結果としてオゴデイ家は息子グユクの死とともに消え、さして激しい抵抗もなく排除されていた。

一見したところ、急速に大制覇をなしとげると、衝撃への耐性や安定性に悪い影響をあたえると思われがちだ。しかし実際のモンゴル帝国は、さまざまな理由で、むしろ強いことがわかる。一つは、帝国が絶頂期のあいだ、モンゴル軍の優位性は特別な状況を除いて変わりなく、どんな軍隊も民族も抵抗できなかった点である。もう一つは、チンギス・ハンが確立した行政体系は獲得した人やものを保証した点である。さらに、この帝国が極端に短命だったことで、帝国がふつうに衰退していく過程がなく、チンギスの子孫が退廃や怠惰、ぜいたくに溺れることがなかったこともある。ただし、アルコールの度を越した消費が君主の健康に悪い影響をあたえたことは、あらためて否定できないのだが。

したがって、モンゴル帝国の弱点はほかで探さなければならないことになる。それは二つの要因によるもので、これはすでに述べたことから容易にわかるだろう。一つは、紛争が文化と生活の一部になっていたような状況では、避けられない権力闘争を管理するなどとうてい不可能だったということだ。もう一つは、これだけ広大で強い帝国において、権力を正当化する体制がうまくできておらず、最高位の君主が皇帝の家族という閉ざされた場で選ばれたことである。結局そこでは、モンゴル民族の統一を何世紀ものあいだはばんでいた古き体制を維持したのである。チンギス自身は伝統からそれをとりいれた。おそらく彼もその弱点を利用して権力を手にし、敵を抹殺したからだろう。彼の後継者もこの方法を受け継ぎ、その恩恵に浴したのだが、しかし、そこで逆の影響が働いた。というのも、そのことで輝かしい創設者が苦労して築き上げた帝国の形を無にしてしまったからである。オゴデイが受け継いだ半連邦制の政権は、たしかにその欠陥をとりつくろうためのものだったが、しかし、最初の台風にあらがうには十分に根づいていなかった。

こうして、帝国を維持できる体制を設置できなかったことがチンギスの大きなまちがいだったことになる。先祖代々の体制を変える能力のあった彼がそれをしなかった。しかし、彼にはその意志があったのだろうか？　大陸を奪った男だったが、しかしおそらくは伝統を破る勇気がなかったのだ。この視点から見ると、彼こそ自身の帝国崩壊の――それは彼の死後数十年後としても――主たる責任者でその要因だったと見ることができるだろう。たしかに二代目の後継者は可能性として方向を改めることができただろう。しかし、チンギス・ハンが再現して確立した慣習は時間とともに固定し、その可能性はますます不可能になった。

遊牧民の帝国が終焉を迎えたのはいつなのだろうか？　初期に早くあらわれたとしても、それでも帝国の最盛期は一二五五年頃だったといえるだろう。チンギスとオゴデイの成果の後を継いで、モンケが精力的に統治していた時期である。しかし、帝国の領土の拡張が最大になった一二六〇年頃は、すでに政治的には後退期の段階に入っている。この後退は、同時期に初の軍事的敗北を喫していたぶん、厳しいものだった。この後退と敗北には当然、密接な関係があり、後者が前者の結果であることはいうまでもない。

実際、大カーン、モンケの急死〔一二五九年、中国遠征中に悪疫にかかって死去〕によって大惨事をまぬがれたのはヨーロッパだけではなかった。数年後、エジプトのマムルーク朝がモンケの突然の死を利用して攻撃陣を撃退、この予想外の出来事がなければエジプトにとっては宿命的な結果に終わるところだった。事実、一二六〇年九月二日のアイン・ジャールートの戦いは、モンゴルにとってははじめての厳しい一撃となった。フレグが「クリルタイ」（最高意志決定会議）出席のために本国に帰還したことで――モンケの弟で、後継者になる可能性のあるクビライからの帰還命令で――、彼の部隊の大半も帰還してしまい、マムルーク軍の打破を命じられたモンゴル軍にはかつての勢いはなくなっていた。

それでも、この戦争の結果はなによりマムルーク軍が選んだ戦略によるところが大きかった。モンゴル軍を待ち受けるかわりに迎えに行き、相手が得意とする接近戦をさせないことに成功したのだ。結果として、遠距離から弓を射ることでは敵よりすぐれていたマムルーク軍の弓兵は、モンゴル軍の騎馬弓兵隊にその実力を見せつけた。次々と飛んでくる弓矢にモンゴル軍は消耗し、バタバタと倒れていったのである。司令官のキト・ブカも戦死し、モンゴル軍は突然すべての手段を失って、派遣軍が到着したにもかかわらず敗走せざるをえなかった。
堂々の会戦での初の敗戦は、その後に起こるいくつかの敗戦の前兆でもあった。どうみても格上のモンゴル軍が、おそるべき一人の将軍にひどい辱めを受けたのだった。その将軍は、のちにマムルーク朝の五代目スルタンとなるバイバルスで、その英雄的行為はいまだに語り継がれている。あとになってふりかえると、この戦いはあきらかにイスラムを救い、モンゴル帝国の歴史において逆戻りできない転回点になった。

矛盾するようだが、チンギス・ハンの子孫のなかでもっとも有名なクビライが権力の座に登りつめた一二六〇年こそ、偉大な帝国が最後の輝きを放つ口火となった年だった。この年、クビライは違法なやり方で最高位の権力を近親者から横取りし、興味の対象を東洋に固定して、残りにかんしては徐々に無関心を決めこんでいる。絶対にあきらめられない中国を征服することに専念したクビライは、神聖不可侵の規則にあえてそむき――大カーンの死去にさいしては、後継者を主張する者と選挙人は全員、カラコルム最高意志決定会議に大急ぎで出席しなければならないという決まり――、会議をほかの場所で開催した。この運命的な決断が、彼の運命をも早めることになる。この決断で、彼は事実上、帝国の未来より中国の征服を上に置いたのである。実際に、アグリブケとクビライは兄弟ながらそれぞれ別に大カーンを選ぶ最高意志決定会議を開いた。クビライはライバルに少し先んじ（一二六〇年六月一四日）、しかしアグリブケは、会議を従来からの伝統的な場所カラコルムで開いたことで正当性を主張、クビライが大カーンに選ばれたのは中国のザナドゥ［上都］だった――現在の内モンゴル自治区。一門が二つに分かれたことで戦争が勃発、辺境地の支持者もふくめ一族郎党をまきこんで対立した。こうして、未来の二人のカーン、フレグ（イルハン朝）とベルケ（黄金のオルド）――ジョチの息子でバトゥの兄弟――も、前者はクビライ側につき、後者はアグリブケ側について西部前線に参入、この戦争は後継者紛争をはるかに上まわるものになった。後継者紛争にかんしては、主役二人のうち一人が勝利するまで三年もかかった。結局、中国侵攻で百戦錬磨のクビライの部隊がアグリブケの部隊より格上だった。アグリブケは敗北を認め、それとひきかえにクビライは彼の命を救った――彼はその数年後、一二六六年に亡くなった。

それでも、この勝利は政治的な視点から見ると得るものが少なく、その影響はすぐにあらわれた。クビライが最高位に登りつめたとき、彼はすでに後継者闘争で消耗しており、そしてジョチとチャガタイの後継者は一人立ちしていた。頭脳明晰なクビライのこと、おそらくは帝国の運命がどうなるかを理解していたはずで、歴史の歩みをさえぎるつもりはなかった。彼自身は自分の運命を自分で切り開き、新しい領土を征服したいと思っていた。いずれにしろ、彼は根は草原民族といえども精神は定住型で、自分には合わない伝統を守ることはできなかったのだ。不屈の支持者たちから変わらぬ支援を受けて最高位についた彼は、彼らにその褒美としてよりいっそうの自治権をあたえるのが正当な義務と感じ、まずフレグにあたえた。

多くの大草原征服者と同じように、彼には都市化された文明への憧れがあり、いちばん大きいのは中国だった。彼が「インペリウム」（命令権）の一部を放棄してこの至宝に飛びついたのはもっともである。しかし、それまでの推移は自然に行なわれたわけではなかった。オゴデイ家の五男、カイドゥがチンギス帝国の伝統の再現に意欲を示し、クビライの最高位に最後まで反対し、これがまた崩壊を加速させることになった。カイドゥを排除したクビライは、そのとき細分化した帝国を立てなおすこともできたのだが、しかしモンゴルの黄金時代をとりもどすのは幻想にすぎず、クビライは心をとらえて離さない中国の安定化に集中して励んだ。したがって、彼とともに偉大な帝国は終わりを告げたことになる。それでも、チンギス帝国の冒険は完全に終わったわけではなかった。

残った帝国の難破

したがって、一二六〇年は転換期だった。しかし、偉大な帝国から分割して出現したモンゴル帝国は一時は維持され、領土の拡張では成功したといえる国もあった。まずあげられるのはクビライの場合で、彼は中国の統一に成功して元朝を設立、歴史に名をきざむことになる。いずれにしろ、中国やペルシアなどしっかりした文明につけくわわった形の草原型帝国政権は、永遠に権力を維持するすべを知らなかった。文明の魅惑的な華やかさを前に、遊牧民の戦士は翻弄され、太陽に近づきすぎて墜落死したイカルスの運命をたどった。最後は国内勢力にしめつけられ、それに対して抵抗できなかったのだ。

トルイの息子、フレグが設立したイルハン朝はチンギス帝国では最初に沈没した。まだ海の者とも山の者ともわからない若い頃、最初にアイン・ジャールートの戦いで（前述）大敗していた彼は、その失敗から立ちなおることができず、時間とともにそれが決定的になっていったのだ。いっぽうマムルーク朝はいくつかの敗戦も影響はなかった。モンゴル人ゆえにあたえられた影響力を失うことは決してなく、一二八一年一〇月二九日のホムスの戦いで二度目の勝利を祝った。対する相手は同盟軍で、モンゴル軍にくわえ、第二軍はアルメニアやグルジア、セルジューク朝のトルコ人、フランク人の騎馬隊で構成され、陣頭で指揮したのはアルメニア王のレオン二世と、グルジア王のデメトリオス二世だった。この混成軍は善戦し、最初は第八代スルタン、カラーウーン率いるマムルーク軍を打倒した。しかし後者は力を盛り返し、前線に集中していたモンケ・テムル将軍率いるモンゴル軍を逆襲、後者はあえなく敗退した。いっぽう、戦争中は引っこんでいたフレグの息子、イルハン朝のアバカは復讐を決意、新しい作戦にうってでた——しかし、彼は亡くなり、計画を実行することはできなかった。その息子で後継者のアルグンは逆に、外交交渉によって問題を解決しようとした。その後イルハン朝は一時、地域での地政学的均衡をとりもどしたかのように見えた。とくにアルグンの息子、ガザンは一二九五年にイスラム教に改宗し、積極的に活動した。しかし、帝国はすでに弱体化しており、ガザンが亡くなると内部から崩壊し、一三三五年頃に消滅した——この廃墟からその後、ゆっくりと時間をかけてペルシア帝国の流れをくむサファヴィー朝が誕生する——。チャガタイ家（イルハン朝）とジョチ家（黄金のオルド）の敵対関係がほかの強国に優位に働き、崩壊につながったのは確かである。

クビライの元朝は別の運命をたどったが、やはり悲劇的な結果に終わっている。中国でのモンゴル人は本質的に植民地的だった特徴を隠すことができず、一見うまくいっているようでも、その正当性は武力の上に成り立っていた。中国社会での武装化は、以前は中間的なものだったのがいつのまにか方向転換し、指導者に対する過激分子が地方に出現してゲリラ活動をするようになった。その上、激しい内戦が中央権力を徐々にむしばみ、さらには、一三五一年の黄河の大氾濫で痛手を受けた何千人という農民たちがゲリラに加担した［紅巾の乱］。これらすべてが反乱側に有利に働き、一三六八年、彼らはついに皇帝軍を撃退した。抵抗のすべを失った最後の元朝皇帝、トゴン・テムルは一三七〇年五月二三日に死去、息子はカラコルムに逃亡せざるをえなかった。

いっぽう遊牧民または半遊牧民のままでいたモンゴル帝国は、また別の運命をたどっている。ロシアでのモンゴルの支配は、侵入者と隷属化した人民の力関係に終始し、統合や吸収といった現象はみられなかった。黄金のオルドとチャガタイ家の汗国はロシアと中央アジアで権力を維持していたのだが、それも一四世紀の終わりにチンギス帝国の再現をめざしたティムールが進攻してくるまでだった。黄金のオルドでは、チンギス・ハンの直系の子孫、おそるべきトクタミシュが、最初はティムールの加護を受け、一時は分裂していた国の再統一に成功していた。彼には広大なモンゴル帝国を再建する能力も意志もあったのは確かで、当時はそのような試みが可能な時代でもあった。トクタミシュは軍事的にも政治的にもすぐれていたにもかかわらず、無敵のティムール軍のほうが格上だった。かつて保護した若者が力をつけて台頭したのを脅威に感じたティムールは、黄金のオルドが不死鳥のようによみがえるのをさまたげた。

一四世紀のなかば、チャガタイ汗国は二つに分裂し、一つはマー・ワラー・アンナフル地方（現在のウズベキスタンあたり）、もう一つはムグーリスタン汗国（現在のカザフスタンとキルギス、新疆ウイグルス地区にまたがる地方）を統治していたのだが、それもティムール軍に支配されるまでだった。半都会化したトルコ人のティムール（一三三五―一四〇五）は、チンギス・ハン帝国の一部を再現するにいたったのだが、しかし次世代の子孫にはその勢いを維持する能力がなく、それよりは芸術や科学の振興に力を入れた。こうしてサマルカンドとヘラトを中心に一時、ティムール文化が花開いたのだが、一五〇七年にはウズベク人のシャイバーニー朝に消滅させられた。いっぽう、黄金のオルドは、一三九五年にトクタミシュが大敗を喫した結果、細分化されて滅亡に向かい、一八世紀の終わりに消滅している。その頃ロシアは、最後の分身であるクリミア汗国を併合している（一七八三年）。後者はその前の二世紀にわたってオスマン帝国にスラヴ人の奴隷を提供していたことで知られている。ロシア人は、二世紀も不当な権力を濫用されたモンゴル人に対して恨みをいだいており、その復讐ができて大喜びしたのだが、それもソヴィエト連邦が誕生するまでだった。小国ムグーリスタン汗国はというと、ティムールの侵略時代はなんとか生きのびたが、徐々に弱体化し、一七世紀の終わりには完全に消滅している。

これらの帝国の崩壊は、別の民族に空いた領土を支配する機会をあたえた。こうして、チンギスに権力の座を追われていたモンゴル人、オイラト族（またはカルムイク族）は、元朝が栄えて西側が手薄になったのを利用して復讐を仕掛け、征服にのりだしたのだが、このときはモンゴルのステップ草原までだった。この帝国の最盛期は一四五〇年頃で、その後は自滅している。チンギスの世界をモデルにした国は、同じ問題で苦しんだのだった。いっぽう、クビライの直系の子孫、ダヤンの名のついたダヤン帝国は、そのオイラト帝国が崩壊したのを利用してとって代わった国である。彼は類いまれな女性、マンドゥフイに後押しされ、彼女の保護下にあったあと権力の最高位についた。この帝国もまた偉大な帝国の再現を使命にしていた。ダヤンの統治は長期にわたり（一四七九―一五一九年）、国を安定させたのだが、その領土は彼の死後、後継者闘争のなかで急速にくずれさり、規模は小さいとはいえチンギス帝国の歴史を再現している。

こうして帝国再現の最後の最後まで、草原民族の上にはチンギスの影がつきまとっていた。しかし彼らは、仕事の規模の大きさと伝説の重みにつぶされ、次々と自滅して沈んでいった。空しくもつかのまだったこれら征服の試みには、内なる問題がつきまとっていた。強固な定着地点がなかった遊牧民族の帝国は、長続きするようには作られていなかったのだ。大地を震えさせることはできても、アッティラもチンギスも、後世のティムールも、永く存続する国を築くことはできなかった。この失敗はあくまでも政治的、領土的な意味の耐性においてなのだが、それでもその驚くべき成果は認めざるをえない。突然あらわれた草原の軍隊が、何十という民族と国家を征服したのである。チンギス・ハンの子孫にかぎっていえば、彼らが風穴を開けたことでペルシアの国は活気をとりもどし、ロシア民族には死にものぐるいのエネルギーを提供し、国家として成り立たせた。ほかでも、モンゴル軍はときに驚くべき変化をひき起こしていた。悪名高き暗殺教団（アサシン、ニザール派）をいとも簡単に消滅させたことである。二世紀も前から中東を中心に猛威をふるっていたこのテロリスト集団は、それまでだれも撃退できなかったのだ。

モンゴル帝国がふたたび世界の片すみに閉じこもってから六〇〇年後の現在、帝国の輝かしくも混沌とした歴史には、征服の普遍的な法則にそむいているぶんよけいに魅せられる。こうして、草原の兵士たちが作った辺境の歴史は、わたしたちの意識のなかにその足跡を永遠にきざみこんでいる。現在、ものや人の安全と権力の均衡の上で生活して優遇されているわたしたちには、数千平方キロメートルの地に分散していた何百万もの人々が、あっというまに、どこからともなく来た人間に支配されたときの感情を想像するのはむずかしい。しかし、これら根っからの戦士による比類のない征服と、やすやすと獲得したものを維持できなかった彼らの能力のなさにはやはり驚かざるをえないのである。前述の歴史家ルネ・グルセは、遊牧民を駆りたて、結局は定住民族に制圧されてしまった草原の法則について次のようにまとめている。「それはまったく別の――反対の――法則である。対するのは、侵略者の遊牧民が古くからの文明国に徐々に吸収されていく法律である。そこには二重の現象があり、一つは人口にかんするものである。広大な地に散発的に、毅然と独立していた蛮族の騎馬兵たちは、人間が密集した、太古からのアリ塚にのみこまれてしまった。次は文化的な現象で、中国もペルシア文明も、最初は敗北してもそのあとで荒々しい勝者を征服している。彼らを酔わせ、眠らせ、消滅させている。征服から五〇年後には、すべてが何事もなかったようになることはよくあることである」

7　コンスタンティノープルの五五日間
――一四五三年

シルヴァン・グーゲンハイム

「こんなことが突然起きることは決してなかった、これ以上おそろしい出来事からは決して生きのびられないだろう」（クレタ島のアルカディ修道院の記録から）

ローマの普遍性という想像の産物を相続する千年をへた帝国、ビザンティンは、じつはほぼ永続的に戦争状態にあった。イスラムとの敵対関係にくわえ、正統派の教会分離によってキリスト教世界が屈辱的に分断するのは、十字軍の失敗が物語るとおりである。類いまれな君主と将軍が続いたことで栄光は保たれ、生きのびることはできたが、それもオスマン帝国があらわれるまでで、最後は攻囲戦で陥落した。まさに世界の歴史の転機を画する出来事だった。

14–15 世紀のビザンティン帝国

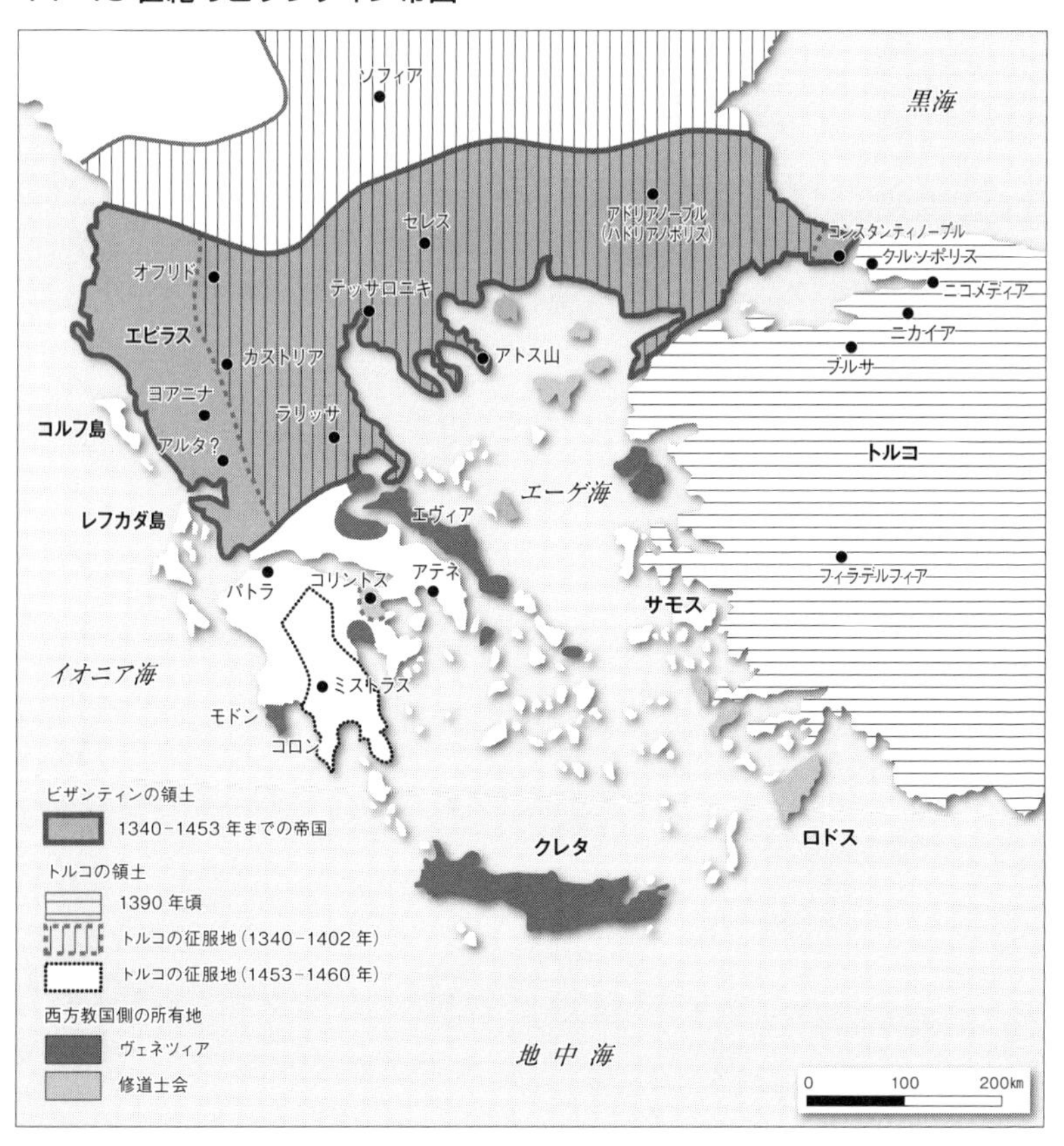

一四五三年五月二九日、足かせをはめられた男と女、子どもの長い列が、金角湾に錨を下ろした何隻という船に乗りこんでいた。その数五万人近く、広大なオスマン帝国で人生を終える定めになった新しい奴隷たちだった。彼らの背後には、スルタン、メフメト二世の「パディシャー［皇帝］」軍の兵士一群に走破されて荒らされた都市があった。道には何千という死体がちらばり、水面に浮いているものもあった。「運河に浮かぶ腐ったメロンのようだった」と、攻囲戦で生き残ったヴェネツィア人、ニコラ・バルバロが書いている。コンスタンティノープルがトルコ人によって陥落した瞬間だった。千年の歴史をもつビザンティン帝国は何十年も苦しんだあと、ついに力つきた。

予期せぬ攻囲戦のことは、多くの目撃証言のおかげでよく知られることとなっている。教皇特使でキエフのイシドールス枢機卿がニコラウス五世とギリシア人古典学者ベッサリオンに宛てた詳細な手紙、ミティィリーニのジェノヴァ人大司教レオナード・ド・キオスによる日記、そしてロシア人、ネストール＝イスカンダーが書いた『コンスタンティノープル崩壊時のロシアの物語』、フィレンツェの商人ヤコポ・テダルディの報告、イタリアの詩人ウベルティーノ・プスクロによる見識豊かな詩などである。皇帝コンスタンティノス一一世の友人の特別官僚で、税務と外交をまかされていたジョルジュ・スプランツも短文を残している。同じ名前で一五八〇年頃にモネンバシアの大司教マカリオス・メリシノスによって書かれた第二版も流通している。

同時代の語りもくわえるなら、さらに多くの物語に挿入されている。古典学者のラオニコス・チャルココンデルスは著書『歴史』でオスマン勢力の台頭を詳細に語り、トルコ人に近いギリシアの歴史家、ミカエル・クリトヴォロスはメフメト二世に二つの陣営の情報を記録した文書を献じ、ギリシア

コンスタンティノープル

とローマ教会に好意的な歴史家ドゥーカスは、一四世紀と一五世紀について詳しくふれた著書『歴史』を書いている。トルコの年代記作家ではとくに攻囲戦を目撃したトゥルスン・ベイとサーデッディン（一五三六―一五九九）をあげることができるだろう。

したがって、ビザンティンの歴史の最後の幕は首都陥落について語ることになり、その後のメフメト二世によるアテネ（一四五六年）やコリントス（一四五八年）、ティーヴァ（一四六〇年）のあと、一四六〇年のペロポネソス半島やミストラス専制公領などの征服についてはあえてふれないでおこう。日付はきちんと確認されている。あとは元東ローマ帝国が消滅した致命的な仕組みの原因を明らかにするだけである。

しだいに衰退

弱体化の過程は一一世紀末から読みとることができる。マズラギルドの戦いで、二代目スルタン、アルプ・アルスラーン率いるトルコ軍に敗北、皇帝ロマノス四世が捕虜になった（一〇七一年）のが最初の大きな警報だった。一二世紀はコムネノス朝の皇帝で力を回復したが、一二〇四年にはコンスタンティノープルが十字軍に掠奪され屈辱感を味わった［東西のキリスト教徒による戦いで、悪名高き十字軍として知られる］。一二六一年には、ビザンティンのギリシア人がヴェネツィア人とその同盟によって設立されたラテン帝国［十字軍国家の一つ］の排除に成功したのだが、パレオロズス朝による再建は絵空事だった。文化的には成功したのだが、政治は崩壊、領土も細分化して意味がなくなっていた。

帝国はもう普遍性を主張することはできなかった。領土的にも文化的にも縮小し、構成要素はギリシアのみになった。一四世紀初頭に維持していたのは、小アジアの沿岸地方とエーゲ海の島々、トラキアとマケドニアの一部、そしてペロポネソス半島だけだった。モレやアテネの公国は独立し、トレビゾンド［十字軍帝国の一つ］は「帝国」を名のった。そのあいだ、イタリアの都市国家も金角湾対岸のペイオールやキオス島（ジェノヴァ人）、モドンやコロン（ヴェネツィア人）などの一大商業地域を掠奪し、一三〇二年にはヴェネツィア共和国の船隊が金角湾に侵入した。

一四五三年の攻囲戦まで、歴代の皇帝は迫りくる最期を遅らせることしかできず、敗戦や屈辱的な取引をくりかえしていた。内戦、さらには皇帝をめぐる内紛で第二の強国になりはてたビザンティンは、領土を敵国にゆずるばかりだったのである。いっぽう、一四世紀の前半に最盛期を迎えたセルビア王国は、南へと拡張していた。一三四五年、彼らはマケドニアのハルキディキとアトス山を掠奪、王のステファン・ウロシュ四世ドゥシャンはみずから「セルビアとギリシアの皇帝」を宣言した。一三四七年にはテッサリアとイピロスを征服、セルビア王国はその地方でもっとも繁栄する国家になった。

トルコ人はといえば、一三世紀終わりにオスマン家の支配下に集結し、領土拡張を加速していた。次々と勝利を重ね、ギリシア人やブルガリア人、セルビア人を支配下に置いた。一三二六年にはブロウサを掠奪、一三二九年にはニカイア――かつて全教会会議が開かれた場所――、一三三七年にはニコメディアの戦いに勝利して、コンスタンティノープルから八〇キロの地点に陣地を張った。そして一三五四年、ゲリポル半島のガリポリを占拠、アジアとヨーロッパの通路を制覇したことで賽は投げられた。ビザンティンは海の支配権を失ったのである。

対外政策はオスマンの台頭で改革を余儀なくされた。皇帝になったヨハネス六世カンタクゼノス（在位一三四七—一三五四）は、セルビア人との戦いにトルコ人の援助を求め、トラキアへの移住を許可した。それをいいことにスルタンは一三六五年、エディルネ［のちにオスマンの首都になる］を掠奪した。五年後、セルビア人はマリツァ川の戦いでムラト一世率いるトルコ軍に劇的に敗退した。セルビア人はオスマンの臣下になり、いっぽう、ビザンティンと西ヨーロッパの陸路は遮断された。

スルタンの臣下

一三七三年、ヨハネス五世がムラト一世とかわした条約は、毎年の年貢と、息子のマヌエルをオスマン宮廷の人質にすることを受け入れたもので、皇帝にとっては屈辱的なものだった。ある意味でスルタンの臣下になったのだ。帝国の境界を放棄するまで身を落とすことなど決してなかった一〇世紀や一二世紀の君主たちとはほど遠かった。逆に、彼らの足元にひれ伏していたのはほかの君主たちだった。一四〇〇年、マヌエル二世はヨーロッパをかけめぐり、イタリアやフランス、イギリスに援助を求めたがむだだった。力も威光も失った帝国はもはや生きのびるしかなく、自分の運命を決める状況にもなかった。

トルコ人はあらゆる前線で勝利していた。一三八五年にはブルガリアのソフィア、一三八七年にはテッサロニキが陥落した。二年後、セルビアとの「コソヴォの戦い」に勝利したことで、ビザンティンを西方キリスト教国から孤立化させた。バヤズィト一世が権力の座につくと（一三八九年）、コンスタンティノープルはオスマンから公然と標的にされた。一三九四年、スルタンはマヌエル四世とバルカンのキリスト教国の最後の君主たちを召喚、文字どおり震えあがらせた。西側がたまに派遣した十字軍の試みもことごとく失敗、最後は一三九六年九月に実施されたものだった（ニコポリスの戦い）。ハンガリー王ジギスムントが率いた同盟軍には多くのフランス人が参加、そのうちのブルゴーニュ公フィリップ大胆公の息子であるジャン一世無怖公は捕虜となり、フランス提督ジャン・ド・ヴィエンヌはドナウ川沿いのニコポリスで十字軍の目の前でバヤズィト一世によって殺された。そのときオスマン軍を支援していたのは臣下になったセルビア人君主、ステファン・ラザレヴィチだった。翌年、スルタンはコンスタンティノープルの攻囲戦を開始したのだが、このときコンスタンティノープルは、一四〇二年にティムールがオスマンに進攻したことによって救われた。急遽、アナトリアに向かったバヤズィト一世はアンカラ近くの戦いで敗北し、ビザンティンは一息ついた。一四〇三年、ヨハネス八世とスレイマン（バヤズィトの息子の一人）によってかわされた条約で、年貢とビザンティンの従属は廃止されたのだが、しかしティムールの攻撃をおそれたトルコ人は急遽、アナトリアから海峡を越えてヨーロッパ側へ移動している。

緊張はふたたびすぐに高まる。一四一一年と一四二二年、コンスタンティノープルはまた攻囲された。このときは攻囲に必要な重装備が足りず、トルコ軍は引き上げざるをえなかったのだが、しかし、その防衛体制を知ることができた。一四二四年二月二二日の条約で、帝国は首都と郊外の一部を献上したうえに、一〇万ドゥカート金貨の年貢をおさめ、帝位をスルタンから授かることを認めさせられている！　おそらくこの日に帝国はほんとうに死んだのだろう。一四四四年、教皇エウゲニウス四世からの十字軍の要請にこたえたハンガリー軍とヴァルナで戦い、勝利したトルコ軍は、一四四六年にコリントス地峡を占拠、モレス専制公領を掠奪して、六万人の奴隷を奪った。二年後、彼らは二度目のコソヴォの戦いでふたたび摂政フニャディ・ヤーノシュ率いるハンガリー軍に勝利し、バルカン半島全体を手に入れたのだが、アルバニアだけは例外で、そこは伝説の王、スカンデルベグが守りきった。以降、トルコ人に戦争を挑む者はだれもいなくなった。

東西キリスト教会の統一が不可能になったことで、ビザンティンと西方キリスト教国との軍事同盟はさらに遠のいた。ヨハネス八世は一四三八年から翌年にかけてフィレンツェの公会議におもむき、再統合の合意をもとめたのだが、東方教会の総大主教とコンスタンティノープルの住民に拒否されていた。宗教的視点から見ると避けられないことだが、これは軍隊の自殺行為に等しかった。教会分離が続くかぎり——東西教会の決裂は八六七年からはじまっており、一〇五四年の「分裂」は小さな出来事にすぎなかった——、ヨーロッパの王国からの援助は期待できないのだった。西ヨーロッパにとって、コンスタンティノープルはその時点で見放された。町自体、いつわりの永続性の象徴、不屈のイスラム帝国にとり囲まれたキリスト教の小島になり果てていた。良識を保つためにすがっていたのは、巨大な城壁でどんな襲撃にも耐えられるという、ただの幻想だった。

首都の亡霊

一五世紀の前半はまた、帝国内部には陰鬱な空気がただよっていた。ペストが猛威をふるい、権力者が乱立して治世が悪化、地方の紛争もくわわって、国は弱体化していた。貴族はオスマンの征服によって基盤となる地所を失い、農民は貧困にあえいでいた。ビザンティン専門の歴史家、ジャック・ルフォールによると「農村経済の崩壊」である。

貨幣の鋳造も衰退し、分散した。格調高いビザンティンの貨幣は信用を失い、市場をイタリアの貨幣にゆずっていた。一四五三年、コンスタンティノス一一世には都市の防衛に出資する資金がなかった。国庫を空にした彼は、有力者に支給の支援を依頼したのだが、ノタラス大侯爵（海軍の司令官）やビザンティンの貴族は彼らの財産を手放さなかった。大司教レオナード・ド・キオスが告発している。「おお、不信心者のギリシア人、祖国の辻強盗、けち！　無一文になった皇帝が、目に涙して軍を立ち上げる援助を求めているのに、彼らは厳しい時代のせいで破産したと誓った。そのあと敵は彼らの家で山のように青銅貨を見つけた」。帝国崩壊の要因の一つは、大衆の貧困と富裕層のあいだで大きくなった格差にあり、後者は公益のために何もしなかった。隠した所有者は救われなかった。町が陥落した数日後、スルタンの命令でノタラスと息子たちは首をはねられた。

政治と経済の悪化は精神にも深い影響をあたえ、人々はこの世の終わりが来たと信じこみ、ついに神に見すてられたと嘆き悲しんだ。多神教への回帰や、占いに熱狂する者、トルコ人が支配する地域では、しいたげられた状況への不安からイスラム教に改宗する者が増えた。フランス人歴史家のマリー＝ヘレーヌ・コングルドーにいわせると、ビザンティンの人々は「アイデンティティの危機ともいえる精神的な危機」におちいっていた。
　このときのコンスタンティノープルは自身の影でしかなかった。イギリス人歴史家のスティーヴン・ランシマンによると「憂鬱で死にかけている町」である。同時代の旅行者の証言も一致している。一四三七年、スパイン人の旅行作家、ペドロ・タファは、人の住まない地区の多さと人口密度の低さに驚愕している。その頃の人口は推定で五万人、一二世紀はその一〇倍だった。正統派キリスト教徒の大聖堂アヤソフィアは保存され威厳を保持していたが、皇帝の旧宮殿や競馬場は半分廃墟となり、聖使徒大聖堂は見るも無惨な状態だった。もっともにぎやかな地区にはヴェネツィア人やフィレンツェ人、カタルーニャ人が住んでいた。

「トルコ人は彼らの所有するものは無とみなしていた。なぜなら、彼らはつねに彼らにはないものに憧れていたからである」（クリトヴォロス［ビザンティンの政治家、歴史家］）

　マヌエル二世の息子の一人で、のちに皇帝になるコンスタンティノス・ドラガゼスは、一四二七年から一四三三年にペロポネソス半島の奪回に成功、一四四四年にはギリシア中部もとりもどしたのだが、一四四六年にムラト二世に敗北してしまった。兄ヨハネス八世の死後、彼は皇帝になるのだが（一四四九年一月六日）、同時代の外交官、スプランツの言を信じるなら、スルタンは大使を派遣して承諾をあたえたそうだ！　彼に軍事的資質があるのは確実で、外交手腕も悪くなかったものの実際の力はなく、軍隊も（ビザンティンにはその名にふさわしい海軍がなかった）、お金もなかった。しかし、トルコ人の脅威におびえる教皇側と共同で、ついに東西教会の新たな統合にいたった彼は一四五二年一二月一二日、アヤソフィアで厳かに宣言している。無意味で手遅れな統合に、住民の受けはかんばしくなく、彼らは埋めあわせに西側から援軍が来るのを空しく待つのみだった…。

いっぽうオスマンでは一四五一年二月三日、メフメト二世が一九歳で権力の座についた。文化にかんして造詣が深く――数か国語に堪能だった――、信心深かった彼は、即位早々に戦略的な資質を発揮した。彼はムラト二世が完ぺきにしたすばらしい軍隊を受け継いでいた。なかでも精鋭だったのは近衛歩兵だった。彼らはキリスト教徒の家庭からつれてきた少年を厳しく教育した成果のたまものだった。イスラム教に改宗した彼らは、過酷な規律のもとに特権をあたえられ、どこへ行ってもおそれられていた。

若きスルタンはコンスタンティノープルを重要な目標に置いた。もっともらしいのは、同時代の歴史家クリトヴォロスが彼のものだとする演説でその野心を吐露していることだ。コンスタンティノープルを制御しなければ、オスマン帝国は反乱をあおるギリシア人から安全ではおれず、西方キリスト教世界からの遠征軍からも安泰ではおれない。くわえて町は、将来の征服のための「アクロポリス」、出発基点となる。それを所有することで、トルコ人はアジアとヨーロッパを同時に統治できるだろう。いまが好機だ。ビザンティンは衰退し、孤立して包囲されている――というものだ。

一四五一年、メフメト二世はコンスタンティノープルからの大使を迎え、彼らを安心させた。条約を守り、首都の保全につくすと誓ったのだ。しかしそのかわり、バヤズィトの後継者を主張し、ビザンティンに人質になっていたオスマン帝国のオルハン公子のための生活費の支給を止めてしまった。その年の暮れ、コンスタンティノス一一世は支給の再開を懇願したが、それに対してスルタンは、支配していた多くの町からギリシア人を追放してしまった。戦争は避けられないものとなった。

一四五二年の三月から八月まで、メフメト二世はボスボラス海峡のヨーロッパ側、ルメリ・ヒサルに小さな町ほどの要塞を建設し、近衛歩兵の駐屯部隊と屈強の砲兵隊を配備した。七月、コンスタンティノープルが彼に大使を派遣し、要塞は攻撃の前ぶれではないかと確認したとき、スルタンは彼らを処刑してしまった。事の危険性を察知したのは、微力な援軍しか派遣できない教皇だけだった。一〇月二六日、キエフのイシドールス枢機卿率いる二〇〇人の男たちがコンスタンティノープルに到着した。メフメト二世は海峡を通過する船舶すべてに貢物を課した。それに従わなかったヴェネツィアのガレー船は沈没させられ、水兵は全員打ち首、船長は串刺しにされた（一四五二年一一月）。反撃するには弱すぎたヴェネツィアは、交易での損害を望まず、そのまま引き下がった。

一対二〇の戦い

コンスタンティノープルの形はほぼ台形で、長い底辺は西の陸地側になり、ブラケルナエ宮殿とマルマラ海沿岸の小基地「黄金門」を結ぶ線になっている。そこが全長約二五キロの巨大な城壁になっており、さかのぼること四世紀末にテオドシウス大帝によって創設され、少し前に修理されていた。しかし大砲を配備するには脆弱で、それが攻囲戦での防衛の弱点になりそうだった。

海沿いの城壁はやや簡単な造りだったが、マルマラ海の浅瀬と金角湾を横断して張られた鉄の鎖によって守られ、とくに城壁のある西側から町の安全を保証する全体の防衛は壮観だった。まずあるのが深さ一八メートル、幅五メートルの壕で、その先には峡間のある柵が切り立っている。次いで一二から一五メートルの回廊があり、それは最初の城壁の足元で終わる。これは高さ約八メートルで五メートルの厚みがあり、五〇から一〇〇メートル間隔で塔が立っている。その後ろはまた幅一二から一八メートルの空間になっていて、次に内側の城壁がある。これは高さ一二から一五メートル、厚みは約五メートル、これも側面に高さ約二〇メートルの塔がならび、そこからは外側の城壁までが一望に見渡せた。防衛軍は長いほうの内側の城壁に配置されたのだが、兵員の数の少なさを考えたら正しい判断ではなかったかもしれない。もっとも守りが弱い地点は、アドリアノープル門と聖ロマノス門の中央にある、リュコス渓谷の窪んだ部分だった。その上流にメフメト二世はテントを張り、コンスタンティノス一一世はそこを見張りの場に選んでいた。

兵員数の差は話にならないほど大きかった。トルコ軍にかんしては正確な情報はないにしても、年代記作家のドゥーカスや歴史家のチャルココンデルによると四〇万人、クリトヴォロスは三〇万人、ニコラ・バルバロ――おそらくもっとも現実的――は最高で一六万人。対する防衛側は――皇帝に調査をまかされたスプランツによると、ギリシア人四九八三人とジェノヴァ人約二〇〇〇人、ヴェネツィア人とカタルーニャ人をくわえて最大で八〇〇〇人――、大ざっぱにいって一対二〇で闘ったことになる。トルコ側は二〇〇隻近い大船団で海上を支配し、ビザンティンとイタリア側は金角湾を鎖で封鎖し、三〇隻以下の大型船で守った。海上戦はそれでも、水準の高い海兵と船をそなえたギリシア側に優位に推移した。

　ヨーロッパからの援軍はいっさい来なかった。ただ一月二六日に到着したジェノヴァ人司令官、ジュスティニアーニ率いる七〇〇人の熟練兵士の部隊は例外で、皇帝は彼に地上の要塞での指揮をまかせた。フランスとイギリスはそれぞれの戦争に没頭し、動く気配はなかった。ヴェネツィア人とジェノヴァ人は状況がまったくつかめず、艦隊を派遣したらオスマン帝国との交易に不利になるのではないかと心配した。それでもヴェネツィアは援軍を決意したのだが、遅すぎた。四月末に出発した艦船隊はエヴァ島の先へ行くことができなかったのだ。もし彼らがまにあっていたら、「疑いもなく、町は救われていた」とフレンツェの商人ヤコポ・テダルディは断言していた。

　メフメト二世の砲兵隊は有名だ。ハンガリーの技術者ウルバンが皇帝のために作ったのは長さ八メートル、重さ五〇〇キロ近くの砲身で、直径八七センチの砲弾を飛ばすものだった。砲身が過熱するので、いったん回復させなければならなかった。見た目の壮観さはなかったが、しかし「ガンマ［ギリシア語のアルファベット第三文字］の形をした」（クリトヴォロス）砲身はもっとも効果的と思われた。つまり、放射線を描いて放たれた巨砲は城壁の上を通過するか、あるいは船団に命中して砕けたからである。

　バルバロによると、ブラケルナエや聖ロマノス門、ペゲ、アドリアノープル門を目がけて一〇隊ほどの砲兵隊が配備され、そこから連続して爆撃していた。たしかに、発射速度に難があり、最大の砲弾となると一日に七発しか飛ばせなかった。しかし毎日、一〇〇個ほどの巨砲が城壁を襲撃し、城壁面や、さらには塔に損害をあたえた。トルコ人の歴史家サーデッディンは、その光景にコーランの一節が現実化されたのを見ている。「彼らを石でたたきのめせ、石はたどり着いたところで判決をくだす」（コーラン要約、第四章「石打の刑」）。

それでも専門家の意見では、この砲兵隊は物体より精神的な面で威力があったのは確かである。とくに防衛する側は、破壊された部分や土地に木の防衛柵を張りめぐらし、砲弾の衝撃を緩和して損害を分散させていた。


「スルタンは大地を海に変えた」（ドゥーカス）

メフメト二世は精鋭部隊を聖ロマノス門の前に配備した。「その軍隊は、城壁の一方の岸からもう一方の岸まで、砂浜のように広がっていた」（スプランツ）。ブラケルナエ宮殿の前には傭兵からなる補充兵が野営し、アナトリアから来た部隊は南部のマルマラ海近くまで占拠していた。ペラの先の金角湾沿岸をまかされたのは宰相ザガン・パシャの部隊だった。彼はイスラム教に改宗したアルバニア人で、メフメト二世の有力な助言者になっていた。「強制的に改宗させられて」軍に入隊したキリスト教徒（セルビア人、ハンガリー人）もかなりの数にのぼり、あるイスラムの長老はスルタンに宛てた手紙で、彼らは宗教心が薄く、戦利品の分け前だけを期待して燃えていると嘆いている。

いっぽうのビザンティン側は、皇帝の右腕、ジュスティニアーニがアドリアノープル門を引き受け、最北部はジェノヴァ人のボッキャルディ兄弟に、ブラケルナエ宮殿周辺はヴェネツィアの移民を指揮するジロラモ・ミノットにまかされた。残りの要塞の防衛はギリシア人、ヴェネツィア人、ジェノヴァ人、カタルーニャ人が分担して行なった。全員がトルコ軍よりもすばらしい甲冑を装備していた。双方の戦士とも、武器として刀剣や無数の投げ槍などの飛び道具、細身の長砲や鉄砲をそなえていた。

最初の襲撃があったのは四月一八日の夜。しかしトルコ軍は、数時間後には何百人という死者を残して退散していた。多くは攻撃を受けて死んだのだが、壕に埋まった者や、仲間に放り出されて土や木の下敷きになった者もいた。砲弾を受けた城壁の後ろでは、投石や、樹脂に火をつけて燃やしたものなど、あらゆる武器を使って防衛したギリシア軍は歓喜にわいていた。「中で死んだのが一人なら、外で死んだのは一〇〇〇人だった」（ヤコポ・テダルディ）

四月二〇日、ジェノヴァの船三隻と、ビザンティンの大型船一隻が金角湾を強制的に封鎖、七五隻の船に攻撃されながらも成功した。この失敗で、スルタンの頭に驚愕的な計画が浮かんだ。彼は二日をかけて、対岸のペラを迂回する丘陵に約四キロの丸太の道を造設させた。二二日から二三日にかけての夜、八〇艘近くの小型船団が――櫓が一列だけの小型船フステ――漕ぎ手が位置についたまま、帆を拡げて丸太の道をすべり、音楽と怒号が響くなか金角湾になだれこんだ。恐怖をいだいた防衛軍は、海側の北部の手薄な警備隊よりはるかに多くの兵士が分散するはめになった。トルコ軍にとってはこの作戦が唯一優位に進んだ。なぜなら、キリスト教徒の大船隊には対抗できていなかったからだ。夜間にトルコ側から火事を起こす試みも、おそらくは裏切りで後手にまわり、失敗していた。

五月前半の三週間、トルコ軍はあらゆる手段を使って交戦した。しかし、火坑を掘って火の海にしたら、防衛軍に裏をかかれ、そこらじゅうの攻城塔［木造の移動式櫓］に燃えうつって火事になった。

五月七日と一二日の襲撃も失敗だった。防衛軍はそのつど対策を講じてきたのだが、しかし武器を使い果たし、食糧も不足して、疲労は頂点に達していた。仲間うちのギリシア人、ヴェネツィア人、ジェノヴァ人のあいだでけんかが勃発し、それを抑えるのに皇帝は苦労した。五月二三日、ヴェネツィアからの援軍を迎えに二〇日前に出発した小帆船が手ぶらで戻ってきた。船員たちは戦場に戻って戦死するほうを選んだのだ…。この日、住民の気力はくずれ落ちた。吹き荒れる嵐のような異常事態は、神が町への懲罰として遠ざかった印のように思われた。五月二五日の儀式では、なにかの予兆のように聖母のイコンが落下した。

その二五日、メフメト二世は皇帝に選択を迫った。町を放棄して年貢を支払うか、それとも、襲撃を受けて掠奪されるか？　住民はイスラム教に改宗すれば救われるというものだった。防衛軍にスルタンを信用する者はだれもおらず、皇帝はその地位を放棄することを拒否した。翌日、メフメト二世は長い演説をし、ムハンマドの言葉とコーランが予告したように成功をとげると断言した。二七日から二八日にかけての夜、トルコ軍は城壁をとりまく壕を埋めつくし、たえまない音楽と、何千という炎で陣地を照らして、敵の眠りをさまたげた。二八日、キリスト教徒側はカトリックと正統派で共同のミサを行ない、お互いの攻撃を許しあったあと、荘厳な儀式を行なった。そこでコンスタンティノス一一世は軍の司令官や有力者に向かい、信仰とコンスタンティノープルの過去の栄光のため、古代の英雄たちにふさわしく死ぬべきであると説いた。同時代の歴史家ウベルティーノ・プスクロはその場面を、全員が自由を守るために死と向きあう覚悟ができていた、と書き残している。

「それはアレス［ギリシア神話の軍人の神］**の日だった」**（チャルココンデルス）

アレスはギリシア神話の戦争の神である。それも多くの死者を出す荒れ狂った戦争だ。古典学者のラオニコス・チャルココンデルスが選んだ表現は正しかった。その日、夜までは何も起こらなかった。午前一時頃、最後の攻撃が開始した。それに先行して、イスラム教を公言する騒々しいどよめきがあった。「おお、もし天に向かって叫ぶこの声があなたに聞こえていたら、きっと身動きできなくなっただろう。『*Illala Mahomet Russullala*』とは、つまり『神はもっとも偉大であり、ムハンマドは奉仕者』という意味である」と、レオナード・ド・キオスは書いた。トルコ軍はシンバルや角笛、太鼓の音を轟かせていた。戦士のどよめきに負傷者の呻き声が混ざりあい、導火線の騒音にキリスト教徒を鼓舞する鐘の音が重なって、すべてが一体となって耳をつんざくようなすさまじい音になっていた。武器から出る煙で視界はさえぎられ、灼熱の暑さに戦士は死んでいった…と、ロシア人、ネストール＝イスカンダーは報告している。

メフメト二世は、敵を分散させ、城壁の中央に増援部隊が来られないよう、四方八方から部隊を放った。襲撃は休みも、休息もなく続いた。「弾丸の山が雪の小片のように彼らの上に降りそそいだ」（クリトヴォロス）。しかし、防衛軍は二度の攻撃を押しのけ、相手を死なせた。トルコ軍の目的は彼らを疲れさせることにあり、後者には前者と違って交替要員がいなかった。明け方、四時間にわたる休みなき戦いで、数百人、いやおそらくは一〇〇〇人もの死者を出したあと、精鋭の近衛歩兵隊が疲労困憊した男たちを襲った。ボスボラス海峡まで聞こえる音を響かせ、彼らがゆっくりとした歩調で近づく光景は、血を凍らせた。しかし、身体と身体をぶつけあって一時間後、彼らもやはり防衛軍の驚くべき抵抗力と勇気に手こずった。そして突然、すべてがくずれた。

歴史は社会の底辺にある動きと、何百年もの長い推進力によって作られる。歴史はまた、ささいな事実によって流れが速まることもよくある。コンスタンティノープルはおそらくメフメト二世からはのがれられなかっただろうが、しかし、五月二九日のおそろしい戦いでは、同時に起きた二つの出来事がトルコ軍に勝利をもたらすことになった。一つは、カリスマ的な力をもつジュスティニアーニが傷を負い、皇帝の懇願をふりきって戦場を離れ、キオス島へ行く船に乗りこんで、そこで死んでしまったことである。彼が離れたことで、それまで模範的だったジェノヴァの戦士も逃亡してしまった。さらに、ブラケルナエと要塞のあいだ、ケルコポルタの忍び戸が半開きになっているのに気づいた近衛歩兵部隊が、そこから中へなだれこんだ。いったん二つの城壁のあいだに入った彼らは、ギリシア人をめった切りにした。コンスタンティノス一一世と側近は打つ手もなく死んだ。「ヘレナの息子、コンスタンティヌスが創設した都市は、もう一人のヘレナの息子、コンスタンティノスの下で消えていった」と、イシドールス枢機卿は悲嘆にくれた――コンスタンティノス一一世は実際、セルビアの王女、イェレナ（ヘレナ）・ゴラガシュの息子だった。

城壁の頂上に掲げられたトルコの旗を見た者たちは動揺した。数秒間で、だれもがこれまで生きてきた世界がなくなったことを理解した。防壁はくずれてしまった。ほかの戦区にいた戦士たちは背面攻撃を受け、降伏するか、宙に飛び出した。「町が奪われた！」叫び声が響き、パニックになった。

必死の逃亡で、一五隻ほどの船に乗りこむことができた者たちは、金角湾の封鎖を越えることができた。ほかの者たちは教会に逃げこんで、天使が敵をコンスタンティノープルの円柱の前で止めてくれるのを待った。殉教の苦しみがはじまった。

「そこは巨大な血の海だった」（クリトヴォロス）

掠奪は三日続いた。年代記作家もキリスト教徒、イスラム教徒も一致しているのは、住民は（老人、病人、子どもたちも）虐殺されるか、奴隷にされたということだ。「一日じゅう［二九日］、トルコ人は、あらゆる地区で、キリスト教徒を大虐殺していた。血が地面の上を雨が降ったように流れ、川となっていた。遺体は海にすてられ、潮に流されていた」と、バルバロは報告している。

女性や若い少年への暴行は数えきれなかった。クリトヴォロスは明け方に突然住民を驚かせた激しい恐怖をこう表現した。「清純で、処女の輝きをもつ若い女性たちが、住まいから暴力的に離され、乱暴に外につれだされたかと思うと、ほかの女性たちはまだ眠っていたときに、悪夢のように、武器を手にした血だらけの男が猛り立ってあらわれた…」。逆に、オスマンの歴史家、トゥルスン・ベイは有頂天になっている。「彼らはギリシアやフランク、ロシアの美女たちを道に引っぱりだした（…）、思春期の男女なら心をときめかせる、天国のような出会い（…）、琴座の星のような若い女性、ふっくらとした胸、いたずらっぽく、もの憂げな目…」。一部まぬがれた地区を除き、いたるところで家や教会が荒らされ、本は破られて廉価で売られ、イコンも破壊された。そのなかには聖ルカが描いたといわれるコーラの聖母もあった。一つの文明が消滅した。

アヤソフィア教会に入ったメフメト「征服王」は、生き残った何人かに特赦をあたえ、それからイスラム教の導師が信仰の公言を発した。そのとき「イスラムの輝く光が、悪意に満ちた暗闇を晴らした」（サーデッディン）。アヤソフィアはモスクになった。

戦利品が分けあたえられた。メフメト二世は多くの若い女性と少年を自分のものにした。彼は贈り物として四〇〇〇人の子どもをエジプトのスルタンや、チュニジアやグラナダの王に送った。イタリア人やカタルーニャ人の捕虜は処刑され、多くのギリシア人有力者も殺された。特別職の高官、スプランツは一八か月間奴隷になったあと、身代金を払って釈放され、彼の息子と娘たちはスルタンのハーレムで亡くなった。

新しい世界

コンスタンティノープルは陥落したが、すべてはそれよりずっと前に終わっていた。ビザンティン帝国はすでに死んでおり、一部くずれかかっていた首都も運命は宣告されていた。メフメト二世はそんな町の亡霊を奪い、さらにはふたたび人を住まわせることに専念し、捕虜になったほかの地方出身のギリシア人を定住させて多くのトルコ人を引きよせた。西方キリスト教徒が危険に気づくのが遅すぎたことで、町の陥落で大きな断絶が生まれたのだが、それはエピローグでしかなかった。利益を守ろうとしたヴェネツィア人、ジェノヴァ人、フィレンツェ人、カタルーニャ人はスルタンと交渉した。ヨーロッパは無力感に襲われたままで、一部の専門家はトルコ人にトロイア人の子孫を、コンスタンティノープルの崩壊にトロイアを掠奪したギリシア人の償いを重ねている。この視点はチャルココンデルスとも同じくするものだ。西側では教皇庁以外、町をとりもどそうとする動きはいっさいなかった。神聖ローマ皇帝でのちに教皇ピウス二世になったフリードリヒ三世の書記官、古典学者のアエネアス・シルウィウス・ピッコローミニが空しく涙を流すのみだった。「ホメロスとプラトンの第二の死である」

断然があったとしたら、ヨーロッパ人がすぎさりし古代の象徴――古典学者が関心をいだいていた――が消えたのを見て、ついにトルコの覇権に気づいたことだった。町を失い、トルコ人に征服されたことでギリシア人の精神構造もまた変わった。政治的に無になり、その後四世紀近くも植民地状態に置かれたギリシアは教会の影に隠れ、言語と正統派教会への忠誠心のみが生き残りの条件のようになった。そこから、神話化された過去が国民の意識をつなぎ止める役を果たし、その力があらわれたのが一八二一年から一八二九年にかけての血みどろの独立戦争だった。

一〇九九年のエルサレム陥落に匹敵するコンスタンティノープル陥落は、世界の新しい秩序のはじまりで、既存状態を認め、何百年と続く過程に終わりを告げた。それによる影響はとくになかった。トルコはすでにドナウ川まで来ていたからである。しかし、すべてが変わったともいえる。なぜなら以降、トルコ帝国はコンスタンティノープルという「都市」から国を統治することになるからだ。その変化は精神面だけでなく、バルカン半島と地中海地方の政治全体に影響をあたえた。コンスタンティノープルはふたたび首都としてよみがえったのだ。黒海と地中海を結ぶ海峡を支配する、ヨーロッパとアジアの新しい帝国の首都である。トルコのイスタンブール――ギリシア語で「町へ」を意味する「イス・ティン・ポノン」から派生した言葉――は、オスマン世界の中心として拡張を続けていくことになる。一四六一年にはギリシア最後の領土「トレビゾンド帝国」が陥落した。これにかんしては、コルディリネ城を守った勇敢な若い女性の物語が小説として残っている。コソヴォとヴァルナで勝利をおさめたあとのコンスタンティノープルの奪取は、これ以上ないほどトルコ軍の能力を見せつけるものとなり、一五二一年にはベオグラード、一五二二年にはロドス島を占拠、七年後にはウィーンを攻囲した。

世界の均衡と、政権の中心と方向性は別のものに変わった。トルコがギリシア人にとって代わったことで、はからずも、ヨーロッパの東に位置するロシアが新時代に突入したのである。すでに一四五八年、モスクワのギリシア正教大主教は「コンスタンティノープルは正統派を裏切ったゆえに陥落したのだ」と無慈悲にも宣言していた。一五一一年、ロシア正教会の修道士フィロフェイは、ツァーリ、ヴァシーリー三世に宛てた手紙で普遍性の歴史を要約し「二つのローマは陥落した。しかし三つめはまだ存続しており、四つめはもうないだろう」と書いた。以降、ロシアは正統派のキリスト教を守りつづける唯一の国という宗教的な意味で「第三のローマ」とよばれるようになる。

8　一つの帝国から別の帝国へ
——メキシコ人からスペイン人へ
——一五一九—一五二一年

ジャン・メイエール

　アステカ帝国について語るより、メキシコ帝国、より正確には「クルフア〔都市国家〕・メキシカ」について語るほうがふさわしいだろう。また、一部の専門家が連邦と形容しているものを帝国とよんでいいかについても考えてみることができる。実際、アステカ三国同盟（アステカ、テスココ、トラコバンの三国）なるものが存在していたとしても、一五一九年に主導権をにぎっていたのはメキシコ・テノチティトラン〔メキシコシティ〕で、この連邦は一〇〇年前から結成されていたものだった。二五万平方キロメートルに数百万人が住む連邦は、考古学者がメソアメリカ〔中米の文化領域〕とよぶ四倍は広い領域の中心にあって支配していた。現在のメキシコ中部と南部、グアテマラ、エルサルバドル、ホンジュラス西部、ニカラグアにわたる世界には、たしかに文化的な均一性がある。言語や民族には統一性がないが、「母なる文明」とオルメカ文化（前一五〇〇—後六〇〇年）を母体にし、都市国家テオティワカン（二五〇—七五〇年）の影響を深く受けていた。メキシコ人はこの世界に遅

アステカの拡張

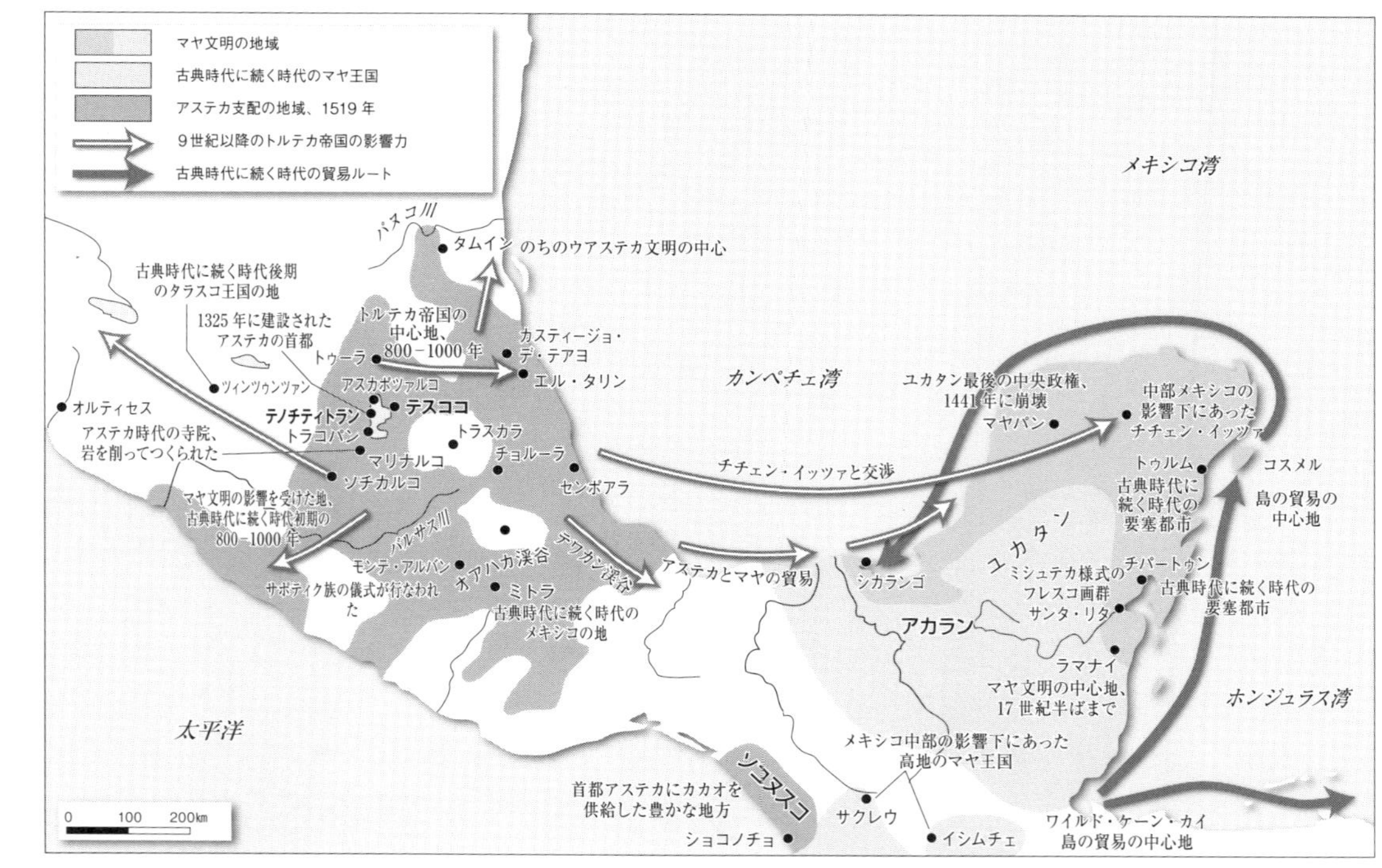

マヤ文明の地域
古典時代に続く時代のマヤ王国
アステカ支配の地域、1519年
9世紀以降のトルテカ帝国の影響力
古典時代に続く時代の貿易ルート
メキシコ湾
パヌコ川
タムイン のちのウアステカ文明の中心
古典時代に続く時代後期のタラスコ王国の地
1325年に建設されたアステカの首都
トルテカ帝国の中心地、800－1000年
トゥーラ
カスティージョ・デ・テアヨ
エル・タリン
ツィンツゥンツァン
アスカポツァルコ
テノチティトラン
テスココ
トラコパン
オルティセス
アステカ時代の寺院、岩を削ってつくられた
マリナルコ
トラスカラ
チョルーラ
センポアラ
ソチカルコ
カンペチェ湾
ユカタン最後の中央政権、1441年に崩壊
マヤパン
中部メキシコの影響下にあったチチェン・イッツァ
チチェン・イッツァと交渉
トゥルム
古典時代に続く時代の要塞都市
コスメル
島の貿易の中心地
マヤ文明の影響を受けた地、古典時代に続く時代初期の800－1000年
バルサス川
モンテ・アルバン
オアハカ渓谷
ミトラ
テワカン渓谷
サポティク族の儀式が行なわれた
古典時代に続く時代のメキシコの地
アステカとマヤの貿易
シカランゴ
ユカタン
ミシュテカ様式のフレスコ画群
チバートゥン
古典時代に続く時代の要塞都市
サンタ・リタ
アカラン
ラマナイ
マヤ文明の中心地、17世紀半ばまで
ホンジュラス湾
太平洋
メキシコ中部の影響下にあった高地のマヤ王国
首都アステカにカカオを供給した豊かな地方
ショコヌスコ
サクレウ
ショコノチョ
イシムチェ
ワイルド・ケーン・カイ島の貿易の中心地
0 100 200km

れて登場した。一五一九年一一月八日、スペイン人エルナン・コルテスが征服のためメキシコに到着したとき——君主モクテスマ二世に会うために——、まさにその価値を認められたのである。

若い帝国

三〇〇〇年もの長い期間、よく知られていなかったこの中米文化圏はその後、二つの矛盾に苦しみつつ複雑な社会改革をしていくことになる。統一と、違いの確認である。歴史家は、考古学者に続いて、古典期に先立つ形成期と（紀元前三〇〇〇年—西暦二五〇年）、古典期（二五〇年—九〇〇年）、そしてスペイン人の到着で終わるポスト古典期を区別している。二五〇年から七五〇年までは最盛期の宗教都市テオティワカンに全体が支配されていた。「神々が住む」という意味の巨大な都市で、巨大な太陽と月のピラミッドで有名だ。その崩壊後、高原一帯に都市国家が出現している。そして一四二八年から一五一九年にかけて、メキシコ帝国が形成されていくのである。

何世紀ものあいだに、チチメカ族とよばれる蛮族が北から周期的に南下し、中部の都市化した農耕文明と接して定住化していった。そして一三世紀の終わり頃、最後に南下してきたのがチチメカ族の一派、「アステカ」ともよばれるメシカ族である。伝説によると、彼らは古代イスラエル人のような放浪民族で、一一一一年頃に動きだし、一二七六年に現在のメキシコ渓谷に到着したとされている。先住民に嫌われた彼らは一三一九年に打ち負かされ、一三二五年に大きな湖の真ん中にある小島テノチティトランに閉じこめられた。その後、許された彼らは傭兵として雇われ、一三五七年、隣りの小島に都市国家トラテロルコを設立する。湖の西岸に位置する都市国家アスカポッツァルコの強権王、テソソモクは彼らを征服地に併合し、テノチティトランとトラテロルコを領主の地位に引きあげた。メキシコの貴族は婚姻関係を認められ、その結果、一四一七年に一二歳で王になった彼らの君主、チマルポポカはテソソモク二世の孫になった。彼は先人を見習い、拡張の第一段階を主導する。征服のはじまりは、都市国家メキシコ・テノチティトランとテスココ、トラコパンのあいだで三国同盟が結ばれた年、一四二八年とすることができるだろう。

一四三〇年から一四五〇年にかけてメキシコの湖畔盆地はすべて征服され、メキシコ人は周囲の山なみもすでに越えていた。一四四〇年から一四六九年まで統治したのが偉大でおそるべきモクテスマ一世で、ナワトル語の称号「トラトアニ」は皇帝という意味だった。それは帝国といっていいだろう。なぜなら武力による征服で敗者を支配し、政治的組織の上に皇帝がいるからだ。「トラトアニ」は戦士から選ばれ、政治的な面もふくめて第一に武力の素質が優先されることから、すぐに遠征して勝利をおさめることが義務づけられていた。権威の移行は一門の世襲制ではなかった。

モクテスマ一世の治世は、初期に何年も干ばつが続き、とくに一四五〇年の干ばつではひどい飢饉と無数の死者を出したことで知られている。中米の社会ではどこでも生贄が行なわれていたのだが、メキシコではこの悲劇以来、規模が大きくなった。大地の神トラロックを満足させて、ふたたび干ばつに襲われるのを避けたいという願いからだった。こうして一四八七年、大地の神トラロックと、メシカ族の神ウィツィロポチトリに捧げる大寺院が完成したときは、二万人から八万人の犠牲者が生贄にされたという…。メキシコの一年は一八か月と二〇日で、二〇日ごとに上質な生贄、たとえば戦争の捕虜などを捧げなければならなかった。それが高じて、将来のために犠牲者を集めるのが拡張と「帝国主義」の動機になった。そのいい例が「花の戦争」とよばれる儀式化された戦争で、その目的はただ一つ、生贄の犠牲者となる戦士を捕虜にすることだった。決められた場所と時間に行なわれ、遠方にいる君主を相手に、征服をしない戦争だった。すでに征服した地からは捕虜を獲得できないからだった。

征服は徐々に進み、東は大西洋、南は太平洋までいった。目的は帝国の安全を確保するというよりは、新たな貢物を集めるためだった。こうして君主アウィツォトルの治世下では、メキシコ人はオアハカに次いでソコヌスコ、太平洋沿岸に沿ってグアテマラまでの周辺地、高原と大西洋の中間にあるウアステカを支配している。そのかわり、西方への動きは、現在のミチョアカン州周辺でタラスコ族に手ひどく抵抗され、試みを阻止された。一五〇二年、アウィツォトルが亡くなって選ばれたのがモクテスマ二世だった。メキシコ人と同じ言語を話すトラスカラ「共和国」との戦争や、彼らが三国同盟とは別にウエホツィンゴ、チョルーラと同盟を結成したことで、伝統の「花の戦争」は姿を消し、本当の戦争になった。一五〇〇年から一五一五年頃、ウエホツィンゴとチョルーラは敗北し、メキシコ人の支配下になったのだが、しかし、トラスカラ「共和国」では——その政治形態を共和国制と思ったのはスペイン人——四人の領主がたえず戦争を行なっていた。そこにスペイン人の征服者、コルテスがあらわれたことは、彼ら「共和主義者」にとっては思いもかけない幸運で、スペイン側と同盟を組んだ。彼らがいなかったら、コルテスは決して勝利できず、彼らの国も決して「征服される」ことはなかっただろう。

スペイン人の上陸を知ったとき、モクテスマ二世はトラスカラを攻撃し、キッシュとカクチケル（現在のグアテマラ）を支配する準備をしていたところだった。

モクテスマ二世の統治

一五〇二年、メキシコの九代目の君主に選ばれたモクテスマの時代に、中米の歴史はかつてない局面を迎えた。歴史上はじめて、二つの大洋にはさまれたメキシコ中部がほぼ統一され、一人の皇帝に支配されたのである。支配は多数の民族とさまざまな領土に拡張していたが、しかしだれもがメキシコの優位性を認め、貢物を払っていた。どの帝国でもそうだが、そこでも構成要員は統一されておらず、住民の条件も不平等だった。支配するのはメキシコ人でも、同盟関係もあり、臣下だけではなかった。帝国の中心となるメキシコの湖の周辺の住民は、一五〇〇年で二五万人から一〇〇万人以上になり、首都には一五一九年で二〇万から三〇万人が住んでいた。年に三回収穫できる集約農業と、四方八方から集まる貢物のおかげだった。一年間の貢物は数十万トンの食糧と一〇万着の綿の衣類、三万袋の羽根、宝飾類、めずらしい動物たちもモクテスマの動物庭園を豊かにした。それとは別に、湖で大工事が行なわれるときは、労働力としての徴集兵がメキシコに来た。堰、堤防、運河、橋、島と陸地を結ぶ土手道の工事などである。

コルテスが到着したとき、帝国——または同盟——は管理でき、開発できる範囲の拡張に達しており、約二五万平方キロメートルに多様な立場の地方が組織されていた。メキシコは同盟国に強い影響力をもち、三国同盟ではテスココだけが少し抜きんでている状態だった。帝国は戦争のおかげで一世紀もへずに生まれたのだが、しかし外交のおかげでもあり、メキシコ人は征服した地の風習や慣習を尊重する術を心得ているところがあった。古代ギリシアの歴史を知っていれば、複雑な要素が大きいにもかかわらず、状況はそれほどむずかしくないことがわかる。高原の中部全体は、ギリシアの都市国家のように、多くの独立した小国に分かれ、それぞれの領地は政治的に同じ体制をとっていた。選ばれた君主は一人か数人の助言者に支えられ、そのまわりに軍事と行政をつかさどる高官がいた。同盟国であろうと、三国同盟の支配下にあろうと、自分たちの制度と自治を維持していた。しかし貢物を拒否したり、抵抗しようとするとたいへんで、厳しい懲罰が待っていた。

メキシコ軍の遠征はその強さで目をみはるものがあるが、一五、六世紀のヨーロッパの遠征とはまったく異なり、共和制や皇帝ローマとも完全に違っていた。常備軍がなく、精鋭の騎馬戦士が軍の序列と宗教によって二つの集団に分かれていた。鷲の戦士とジャガーの戦士で、頭部の動物のかぶり物ですぐにわかる。おそるべき捕食動物の鷲とジャガーはメキシコ人が崇拝する動物トーテムだった。この精鋭軍団になれるのは多くの手柄をあげた者のみだった。メキシコ軍はローマ帝国のように征服した地方に駐屯部隊を配備せず、退役兵のための植民地などもってのほか、地方総督もいなかった。貢物が払われてさえいればよかったのだが、しかし、こういう条件だと地方の権力者は、新参者や荷が重いとえてして拘束をはらいのけようとするものだ。支配されたばかりの臣下は同化できず、独立していた時代を思い出し、征服されたことの厳しさや重い貢物を忘れることができない。徴収者の権力はメキシコに力があってこそで、臣下に対する恐怖心はうまく維持されていた。地方の権力者は首都で行なわれる多くの大祭に招かれ、生贄にも参列しなければならなかった。断わったり、一回でも参加しないと即、宣戦布告になった。さらに、メキシコの中枢部は交渉にたけ、これらの有力者を招き入れる術を心得ていた。同盟国はつねに戦利品の分け前を受けとり、招待客は山のような贈り物を積んで帰り、なかにはさまざまな任務とひきかえに貢物を免除されるケースもあった。たとえば国境の警備などである。

これらすべてにお金がかかり、三国同盟の要求を満足させ、地方の有力者の忠誠を保持するためにも戦争しなければならなかった。こうしてコロンブスが新大陸を発見したとき、偉大な征服者で八代目君主のアウィツォトルはオアハカの征服を終え、太平洋のアカプルコに拠点を置いていた。征服の試みはますます遠方になり、むずかしくなっていた。西ではタラスコが道路を遮断し、メキシコから一二〇キロの地点ではトラスカラがまだ抵抗していた。

歴史では敗者はつねにまちがっていたことになる。このことを念頭に置かなければいけないのが、一六世紀から現在までの歴史家が書いた本を読むときだ。それによるとたとえば、最後の皇帝モクテスマ二世は真の政治改革を行ない、自分の権力を「絶対的」なものにしていた。そして極端に信心深く、それと同じくらいに権力を愛していた。たしかに、戦士と聖職者に頼り、帝国にとって重要なメキシコの大商人をかえりみなかったところはある。たとえばまた、イギリスの著名な歴史家ロバートソンが、一七七八年にフランスで翻訳された『アメリカの歴史』で書いている文を引用しよう。「彼は野心から現地の古い憲法を壊し、かわりに完全な独裁制を導入した。彼はもとからあった法律をないがしろにし、現地人の特典を侵害し、臣下を奴隷にした」。この著者はなにあろう一六世紀のスペインの歴史家の文を引用しただけである。帝国で中央集権化が進んでいたことには同意できるが、それは君主の意志によるものではなく、地方の有力者にまかせていた結果だった。

モクテスマ二世の遠征は各方面で成功したのは知られているが、しかし、トラスカラ人だけは追いこむことができなかった。すでに述べたように、花の戦争を終わらせ、本格的な遠征をすることになった相手である。一五一五年、メキシコ軍は手ひどく負けてしまったが、トラスカラも三国同盟にとり囲まれた状態にだんだんと苦しむようになっていた。こうして膠着状態になっていたのが、エルナン・コルテスが到着する少し前だった。

帝国の弱点

コルテスが征服しなかったら、モクテスマ二世と帝国はどうなっていたのだろう？　たしかに、将来のことはわからず、帝国は弱く、飢饉や非支配者による反乱がたえず、むずかしい時期にはあった。その時点では――まだ――モクテスマは帝国を絶対的に支配しているとはいえなかった。なぜなら彼はまだ若く、そんなことを考えられる状態ではなかったからだ。数百人にのぼる地方の大小領主は自治権をもったままで、巧みなコルテスがあらわれたら方向転換することは大いにありえた。前述のロバートソンが書いたように、「多くの首長や有力者は嫌悪感をもって拘束に従っていた。それをふりはらってもとの権利をとりもどしたいと願い、彼らはコルテスに保護を求め、地域の対抗者と戦うために外国の敵のもとに結集した」。そうして帝国は崩壊した。

帝国の「弱点」がコルテスにマキャベリ的な勝利をもたらしたのである。しかし、彼が来なかったら、帝国は成熟の域に達していただろう。若く、成長の真っただなかにいると、ふつうは弱いものだ。いずれにしろこの統一化の過程での抵抗が、助言を受けていたコルテスの最大の武器になり、トラスカラ人はスペイン人以上に、絶対的優位に立つメキシコの破壊者になった。メキシコとトラスカラの死闘がメキシコ人をコルテスの餌食にしてしまったのだ。ビザンティンとブルガリアの死闘で前者がトルコの攻撃に落ちてしまったのと同じである。

不規則な気候もモクテスマ二世の統治に影を落としていた。なぜなら、人口が高原の中心と、さらにはメキシコやトルーカ盆地で急速に増え、トウモロコシの生産が少しでも減ると打撃になったからだった。一部の人口統計学者によると一五一九年は、大陸の面積の二パーセント、五〇万平方キロメートルに人口の四〇パーセントが生活していた。それも弱点となって、スペインの征服ではペルーよりメキシコの人口のほうが早く急減している。

年代記作家が強調するのは、メキシコ人、とりわけモクテスマを不安におちいらせた縁起の悪い前兆だった。また、待ちこがれていた伝説の英雄、ケツァルコアトルの再来神話もあった。国を創設した英雄は白い顔で髭をたくわえているとされ、この神話から、コルテスは最初にケツァルコアトルと思われてしまったのだ。これに似た話は、のちにアメリカ先住民や侵略者によって作られた本によく出てくる。たとえば、同時代のフランシスコ会士で情報提供者のベルナディーノ・デ・サアグンは不吉な前兆を八つあげており、それがすべてモクテスマに報告されて彼を動揺させていた。とくに一五〇九年の彗星と、テスココ王、ネサウァルピリが一五一五年に亡くなる前に崩壊を予言していたことだ。いずれも謎の外国人が海からやってきた知らせがとどく少し前だった。一五一七年から一五一八年にかけて、スペイン人は手はじめにユカタン半島とカンペチェの沿岸を探検していた。中米の偉大な文化には、時代が周期的にめぐってくる概念があり、悲観的な部分があるのは確かである。生と死の二元性や、五二年を一つの周期として最後に最悪の事態が待ちかまえているというものだ。コルテスが到着したのはまさに周期の終わりで、彼は新しい時代の主導者、希望の担い手として迎えられたのである。

世界戦争

帝国はあと一歩で栄華にたどり着くところまで来ていた。メキシコ国民は好戦的で積極果敢、君主の権威は大きく、収入も無制限にあった。もし、武力で一時でも軍が団結し、モクテスマがまだ未開の沿岸にいるスペイン人を襲っていたら、後者は勝ち目のない戦いで死ぬか、征服の試みをあきらめていただろう。悩める君主の迷いが、コルテスに策略家の才能を発揮させてしまった。その空いた時間を利用してコルテスは内戦をあおり、それが彼に勝利をもたらしたのである。

コロンブスがヨーロッパ人を率いて新大陸を発見してから二六年の歳月が流れていた。一四九二年のグラナダ陥落でレコンキスタ［キリスト教徒の再征服］が完了し、彼らはふたたびイタリアやアフリカ、アメリカにエネルギーを投入していた。征服を導いたのはゆるぎない理念と、みなぎる気力だった。スペイン人は一四九三年から一五一一年には大アンティル諸島を占領し、一五〇九年から一五一四年にはダリエンとパナマに上陸していた。一五〇三年から一五二〇年にかけてはセビーリャに一五トンの金が到着し、冒険をめざす者たちの渇望をかきたてた。一五一七年と一五一八年の二回、キューバから遠征隊が出発してメキシコにかんする情報を集めた。これらすべてがメキシコ人の知るところとなり、前兆が形になった不安をまきちらした。

いっぽうスペイン側は、レコンキスタを終了した傲慢さも手伝って、金を見つける希望につき動かされていた。神から福音の使命を授けられたと感じ、戦いの途中にスペインの守護聖人、聖ヤコブが馬に乗ってあらわれて、コルテスを勝利に導くだろうと信じていた――ペルーとチリの征服者にも――。征服は公と民が混在した計画だった。というのも、国王が許可して、戦利品の分配にあずかり――獲得したものの二〇パーセント――、成果に課税できたとしても、実際には人々の集団――軍人や資本家、首長やその集団――が作戦に出資し、利益を分けあっていたからだ。行動して占領し、国王の名のもとに原住民と交渉するのは彼らだった。

二つの世界は戦争に対する概念が違っていた。スペイン人の戦争はヨーロッパ風に「現代的」で、砲兵隊を使って敵を完全に打ちのめすことができたのに対し、メキシコ人は生贄のための捕虜を作るために戦い、したがって戦争は多くこなせばいいだけのもの、戦場では人を殺さなかった。それゆえ、技術的にどちらが優位かという問題以前に、スペインの小軍団は敵に一〇倍も一〇〇倍もまさっていた。

エルナン・コルテス

メキシコに上陸したときのコルテスは三三歳だった。同じ征服者で、『メキシコ征服記』の著者、ベルナル・ディアス・デル・カスティリョは、彼をこう描写している。「その視線にはやさしさと同時に威厳があった。顔には濃いまばらな髭があり、同じ色の髪は当時流行の髪型だった。胸幅が広く、いい肩付きで、体形は痩せ形、腹部もほっそりして、足腰も丈夫だった」。彼はまだルネサンスの香りのする近代的な男性で、スペイン人の母親は激動の歴史をまのあたりにした世代の女性だった。当時、世間を騒がせたカスティーリャ王国のイザベル女王と、アラゴン王国のフェルナンドの結婚で両王家が融合し、それに続いてアンダルシアでイスラム教徒に勝利、一四九二年にはイベリア半島に唯一残ったイスラム教国グラナダが陥落していた。コルテスが身につけていた文化的な知識は、彼の成功に決定的な役割を演じた。彼はサラマンカ大学でラテン語を勉強したのだが、しかしとくに身につけたのは、カスティーリャ＝レオン王国のアルフォンソ一〇世（一二二一—一二八四）が編纂した『七部法典』［スペイン史上もっとも重要な法典の一つ］だった。法律を徹底的に知っているわけではなかったが、適宜に異論の余地のない引用をし、必要不可欠な基本法を設立する能力があった。こうして上陸後、時をへずしてメキシコ湾岸に市を建設し、「聖十字架の豊かな町」を意味するビリャ・リカ・デ・ラ・ベラ・クルス（現在のベラクルス市）という名前をつけた。あとのことも予想がつくだろう！

実務的な直感力にすぐれていた彼は、ユリウス・カエサルの本を愛読し、それは彼が神聖ローマ帝国の皇帝でスペイン王でもあったカール五世に送った真の政治的宣言『物語の手紙』でも証明されている。ちなみにカール五世には手紙とともに大量の宝飾も送られ、破産寸前のハプスブルク家の王は当然のごとく受けとっている。コルテスを現代の英雄扱いするつもりはないが、彼が遠大な計画を立てていたことは認めなければならないだろう。メキシコを足がかりにして、なんと…中国への福音伝道を考えていたのだ。いずれ世界を支配すると予想していたのである。彼はそこまで遠くへは行かなかったが、しかしメキシコの計画がとてつもない規模だったのは明らかである。彼はすぐにメキシコを「ヌエバ・エスパーニャ」、つまりニュー・スペインと名づけ、そこに新しい社会を作る仕事にとりかかった。スペイン人と原住民貴族との結婚による、混血の上に成り立つ社会である。人類学者のクリスチャン・デュヴェルジェは、彼が中米文明の多くを保存しようとしていたことを明らかにしている。こうして彼はこれらの社会をスペインの君主制と合体させ、スペイン大公になったメキシコ人もあらわれることになった。別の言い方をすれば、彼はペルーの征服者やアレクサンドロスのような野蛮な人間ではなく、調停によって統一する視点をもっていたということだ。ヌエバ・エスパーニャに自分の名を捧げたコルテスは、愛してやまないその地に、死後は埋葬してくれるよう頼んでいた。

メキシコへ

すべてはささいなこぜりあいと、たんなる儀式からはじまった。コルテスはタバスコの森の沼地で靴を片方失くしたというささいなことから短い戦争に勝ち、国王陛下の名のもとにその地方を手に入れた。そのとき贈り物でもらった二〇人の若い女性の奴隷のなかにいたのがマリンチェで、すぐに彼の愛人兼通訳になった彼女は、政治の助言者として驚くべき価値を発揮することになる。彼女は洗礼を受けてマリナという名になった。そうしてベラクルス市に戻ったコルテスは、浜辺で四〇〇〇人の戦士をともなったモクテスマの大使団の訪問を受けた。彼らの使命はコルテスに帰国を説得することで、そのために山のような贈り物をもってきた。それを見たほかのスペイン人は、それまで聞く耳をもたなかったコルテスの計画が、自分たちを世界一の金持ちにしてくれることにようやく気づいた。

コルテスは最大の礼儀をつくしてメキシコ人と交渉にかかり、まず騎兵隊や砲兵隊、鉄砲隊の任務を見せ、それからミサにも参列させた。そうしておもむろに、皇帝陛下の使節としてモクテスマ大王に謁見したい旨を伝えた。そんなとき、センポアラという国の君主の使節団が彼を訪れた。帝国に貢物をおさめている地方の領土で、メキシコ人ではない者たちだった。彼らはコルテスに対メキシコとしての同盟を申し入れた。マリナはすでに彼に、多くの臣下がモクテスマをおそれて憎み、拘束に耐えられず苦しんでいることを説明していた。それを確認した彼はセンポアラに行き、小さな部隊（三、四〇〇人の兵士と、一五頭の馬）を原住民の軍で補強した。ベルナル・ディアス・デル・カスティリョはそのときの君主のようすを「涙を流し、ため息をついて、いかにメキシコ人が彼らを服従させているかを訴え、毎年、生贄のために多くの若い男女を捧げ、家や畑の仕事にも何人も送りこんでいると言った。それがあまりに多かったのでもう思い出せないほどだ」と語っている。

一五一九年八月一六日、コルテスはトラスカラに向かった。センポアラの君主がメキシコ人とトラスカラ人の死闘を話してくれたからだった。同盟は可能なはず、とマリナは確信していた。トラスカラではコルテスを敵視する戦いは続いていたが、メキシコ人に対する憎しみのほうが外国人へのおそれよりまさり、「元老院」は同盟を選んだ。「町に入ると、われわれを見に集まった原住民の男女が顔を輝かせて待っていた。その数あまりに多く、道からも、家のテラスからもあふれていた。われわれが入った年は一五一九年、月は九月、日にちは二三日だった」

コルテスは誠実な口調で解放の日がやってくると説得し、偶像は尊重するが生贄はいけないとして、キリスト教の供物台を設置させた。

トラスカラと強固な同盟を結んだことで、コルテスは勝利をおさめることになる。彼女、マリナなしには、彼は成功しなかっただろう。彼に新しい社会の計画を着想させたのも彼女だった。彼女はまた彼に、トラスカラの「裏切り者」には注意するように言い、かつてトラスカラの同盟国で少し前にメキシコ人に服従した、チョルーラを経由して行くよう助言した。一〇月一一日、コルテスは六〇〇〇人の同盟軍をともなってチョルーラに入った。一見、歓迎されたように見えたのだが、なにか異変を感じた彼は一八日、虐殺を命令する。二時間で三〇〇〇人が死んだと彼は書き、それから掠奪と破壊が行なわれた。動機がはっきりしない血なまぐさい事件を起こしたコルテスは非常に批判された。

いっぽうトラスカラ人は、これはメキシコ人がチョルーラでコルテスを罠にはめた事件だと主張、彼ら自身も元同盟国がメキシコに服従したのが許せなかった。ついにコルテスはメキシコ人を恐怖におとしいれようと思えるようになった。この事件を間近に見ていたベルナル・ディアス・デル・カスティリョは、コルテスとトラスカラの同盟軍が正しいと主張した。彼によると、モクテスマがスペイン人を罠にはめていたのは確実だった。それでもモクテスマはコルテスがメキシコへ来るのを受諾し、チョルーラ事件を謝罪――このことから、彼が罠にはめたことが明らかになる――、彼に案内役を派遣した。警戒したコルテスは別の道で行くことにしたのだが、おかげで高みから巨大な都市国家のすばらしい光景を見ることができた。「まさに『ガリアのアマディス』［スペイン人騎士の物語］に出てくるような、この世のものとは思われないものだった。大きな塔やピラミッド、建築物が水上にそびえ立ち、兵士たちはこれは夢か現実かと思っていた（…）、コンスタンティノープルやイタリア、ローマにいたことのある者たちは、これほどしっかり、正確に建設された場所は見たことがないと言っていた」

一五一九年一一月八日、コルテスとモクテスマがはじめて会った。そのときの会話は情報提供者のベルナディーノ・デ・サアグンによって報告され、モクテスマは驚きの叫び声をあげている。「いいえ、いいえ、それは夢ではありません。わたしは眠ったままは起きません。そんなことは夢では見ない、わたしは夢を見ない…わたしがあなたを見て思うのは、あなたの顔をしっかり見て言います…。あなたは疲れています。あなたの町メキシコへ、ようこそ。あなたは王座に座るためにやってきた。あなたのために用意しておきました。五日前、一〇日前、わたしは恐怖にさいなまされていました。そしてあなたが雲と霧のなかからやってきた…さあ、お休みください」

至上の喜びから大惨事へ

三、四〇〇人のヨーロッパ人が三〇万人のメキシコ人に囲まれていた。数千人ほどのトラスカラ人はモクテスマのもてなしをまったく信用していなかった。コルテスは彼の話を聞き、九月一四日、皇帝を軟禁した。彼はモクテスマを非常に友好的に、敬意をはらって扱ったのだが、しかし宮殿からつれだし、人質として彼と一緒にいさせた。何事もなく六か月間がすぎた。そのあいだ、コルテスはナワトル語をはじめ多くのことを学び、友情や同盟関係を築いた。そのなかの一人が隣りの都市――トルテック族の時代に建設された――テスココの王子イシュトリルショチトルで、彼は母親を悲しませながらも洗礼を受けた。

ところが、メキシコとトラスカラが敵対して内戦になったのと同じように、今度はスペイン人同士の敵対関係ですべてが水の泡になりそうになる。コルテスがその権威を認めなくなった上官、キューバの総督が、謀反を起こした彼を逮捕するか殺すために遠征隊を派遣したのである。一八隻の船が一〇〇〇人の兵士を運んでベラクルスに到着した。コルテスを檻に入れてキューバまでつれていく任務を負った司令官パンフィロ・デ・ナルバエスは、モクテスマにコルテスは王位簒奪者で、だから救いに行くと伝えることに成功した。時は一五二〇年五月。どうしたらいいのだろう？　この軍隊の到着をメキシコで待つと負けるのは確実だ。しかしナルバエスに向かっていくと、帝国の首都を失うことになる。コルテスは大胆な賭けに出た。メキシコに一五〇人の兵士を残して、その指揮を中尉のペドロ・デ・アルバラードにまかせ、ベラクルスに向かった。彼は同伴した二〇〇人ほどの兵士でナルバエスと戦わなければならなかった。コルテスは有能な密使を派遣して、敵軍からかなりの数の兵士に持ち場を離れさせ、そして五月二〇日、奇襲に出て敵に勝った。彼はナルバエスをキューバに送り返したが、負かしたスペイン軍の大半を自分の側につかせ、いっしょにメキシコに戻った。

しかし、同じ頃にメキシコでは大惨事が起きていた。コルテスが不在のあいだに、凶暴なスペイン人に対するメキシコ人の不満が増大していた。彼らはモクテスマが軟禁されていることに屈辱感を感じており、スペイン人同士が戦っていることも知っていた。そこに反乱の予兆を読みとったアルバラードは、大寺院で行なわれる厳粛な祭事を利用、丸腰の六〇〇人の貴族の虐殺を命令した。「良心の呵責を感じたペドロ・デ・アルバラードは、コルテスに虐殺を行なった原因として、彼が祭りとダンスのあとウィツィロポチトリとテスカポリトカの神々の生贄になると予告され、戦士がそのような戦争を彼に仕向けてきた…と言った。それを聞いたコルテスは、それは悪いことで、大きなまちがいであり、真実とは思えないと、苛々して答えた」とベルナル・ディアスは報告している。そうして町じゅうに暴動が広がり、その結果、スペイン人は攻囲されてしまった。予告どおり、六月二四日に新しい軍隊と、数千人のトラスカラ軍とともに帰ってきたコルテスは、町には問題なく入れたのだが、彼らもまた攻囲され、許しがたい状況でモクテスマも命を落とすことになる。じつはコルテスは皇帝に住民を鎮静化するよう頼んだのだが、六月二五日、皇帝は投げられた石にあたって重傷を負い、ここで生き残るのを潔しとせずに治療も食糧もこばみ、二九日に亡くなったのである。

六月三〇日の夜は「ノーチェ・トリステ」、「悲しき夜」として歴史に残ることになる。激しい雨の降るなか、夜の脱出は大惨事となった。メキシコ人の執拗な攻撃で、七〇〇人（一三〇〇人中）のスペイン人と、四〇〇〇人のトラスカラ人が死に、捕虜は生贄にされることになった。コルテスは生存者とともになんとかトラスカラまでたどり着いた。

メキシコ・テノチティトランの終わり

トラスカラ人の忠誠心がなければ、コルテスは死んでいた。彼は忍耐強く、あきらめずに首都の再征服を準備した。このすばらしい都市を破壊することなく新しい社会を作る夢に向かって、外交交渉を重ねた。メキシコの次の皇帝はモクテスマの弟、クィトラワクになったのだが、彼はすぐに亡くなり、そのあとをモクテスマの若き甥、クアウテモクが継いでいた。メキシコ人は新しい皇帝に熱狂し、コルテスの交渉には聞く耳をもっていなかった。彼らはコルテスが作った大同盟軍に単独で立ち向かうことになる。そのコルテスは一五二一年の春、組み立て式の部品をメキシコの湖まで運び、一二メートルの船を一三艘建造した。四月二八日、彼は六〇〇人のスペイン兵士と一一八丁の鉄砲、三台の大砲と一五本の細身の長砲を点検し、船に積みこんだ。トラスカラ軍とメキシコ盆地のすべての都市国家は彼に協力し、五万人から一五万人の兵士を提供した。メキシコの奪取は原住民の戦争であり、コルテスの同盟軍の復讐でもあった。五月一五日、最後の交渉のあと攻囲戦がはじまった。湖の中央で、コルテスは若きクアウテモクと会った。このとき二人が何を話したかはわかっていない。

町全体が封鎖され、飲料水の導水路が遮断されたことで、厳しい戦いのさなかに飢饉と疫病が蔓延した。八月一三日、クアウテモクが拘束された。彼の名は「落ちる鷲」という意味だった。抵抗はすぐに終わった。コルテスの記録によると、六万七〇〇〇人のメキシコ人が戦争で死に、五万人が飢餓で死んでいる。

道をたどると、折れた投げ槍
散乱した髪
屋根のない家
炎で赤くなった壁
ウジがそこらじゅうに
壁には脳みそのシミ
水は赤く
それを飲むと
硝石を飲むようだった
(…)
泣くがいい、わが友よ
わかるがいい、このことで
われわれはメキシコの国を失ったのだ

これは「哀歌」の一つで、テノチティトランが崩壊したあとに作られたものである。同時代人でコルテス側についたアルバ・イシュトリルショチトルの「目撃談」は、まさに訴えているようだ。「この日、不幸なメキシコ人は、この地上でかつて起きたことのない残忍な出来事に苦しんでいる。女、子どもの涙は、男たちの心臓が砕けてしまったからゆえのもの。トラスカラ人とほかの国民は過去に対して残酷な復讐をし、すべてを掠奪した。コルテスと同盟を組んだテスココの王子イシュトリルシヨチトルも、彼の仲間も、それが自分たちの仲間、自分たちの両親のように、彼らを憐れみ、ほかの者たちがこれほど残酷に女や子どもたちを扱うのをさまたげた。そしてコルテスとスペイン人たちも彼らの側につくよう努力した。（…）こんなメキシコ人を見るのは驚くべきことだった。戦争好きの民族が混乱し、悲しみ、テラスの壁にもたれて消滅した町を見つめている。子ども、老人、女たちが泣いている。君主も貴族も、全員が混乱している…。メキシコの貴族はほとんどが死に、何人かの子どもと、ごく若い者だけが生き残った」

新しい帝国

メキシコ・テノチティトランは、当初、コルテスにゆだねられた。彼は、淡水と海水の混ざった二つの湖の真ん中にある「巨大な石の花」を破壊するつもりは決してなかった。もしメキシコ人が、大寺院の虐殺に反抗してあそこまで激怒しなかったら、ここまでのことはしなかっただろう。八月一三日、コルテスがその亡骸を受けとったとき、町は「みごとに荒らされて、破壊され…石の上に石が残っているだけだった」

皇帝の都市が崩壊したことで、勝者のまわりにそれまで無関係だった臣下や、まだ独立している領主たちが集結した。コルテスと仲間はヌエバ・エスパーニャに定着したが、しかし征服はそこで止まらなかった。スペイン人はそこからメキシコ人がなしえなかったことをなしとげた。一五二二年、先の敗者を合流した軍隊とともに、コルテスは戦いせずしてタラスコを降伏させて西側の沿岸まで行き、さらにカリフォルニアへ上ったあと中米まで戻るのにそう時間はかからなかった。電撃的な速さで征服を果たしていったのだ。

短期間で「五〇〇」の小貴族の頂点に立ったエルナン・コルテスは、スペインに二つの帝国と――メキシコとタラスコ――、一二の公地と領地、それとは別に救世主の同盟国、トラスカラ「共和国」をあたえることになった。一〇〇万平方キロメートルに住む住民はスペイン本国よりも多かった。ある意味で、メキシコ帝国は終わったあとすぐに第二の勝利を果たしたことになる。新たな章が幕を開けた。人間と動物、植物のまれに見る異種交配で、エコロジーはかつてない速さと深さで進化するのである。宗教による教育が普及し、それを原住民が驚異的な能力で吸収して実を結んでいく。原住民の支配階級は驚くほど順応し、一六世紀は「二つの社会と文化の好ましい融合」といわれるようになる。スペイン人がナワトル語を、原住民がスペイン語やラテン語を書くようになったのだ。庶民のなかには疫病や隷属の犠牲になった者もいたが、それはまた別の歴史である。一七世紀になると、生活条件も向上し、そのいっぽうで原住民の貴族はますますスペイン化していった。原住民の集落「プエブロ」もスペイン式権利をみごとに使いこなし、原住民とヨーロッパが混成するなかで権利とアイデンティティを守っていく。原住民が旧制度の敵、現代化と自由主義の最初の襲撃にみまわれるのは、メキシコが独立（一八二一年）してからのことである。

9 予告された死の年代記
——神聖ローマ帝国の最期——一八〇六年

ミシェル・ケローレ

歴史上に存在する帝国のなかでも「ドイツ国民の神聖ローマ帝国」にはまず、注目すべき特徴がある。その持続期間がとりわけ長いことである。この名称になったのはすぐにではなく一五〇〇年頃からだが、誕生した年代、九六二年は確実で、消滅した日にち、一八〇六年八月六日もわかっている——最後の皇帝、ハプスブルク＝ロートリンゲン家のフランツ二世によって作成された公式な死亡証明書に記載されているからだ。帝国にとどめの一撃をあたえた者もやはりわかっている。その罪に値するのはナポレオン、彼自身が凱旋門でそれを自慢している。「ここにオーストリアの勝者が声明する。ドイツ帝国は陥落した」。しかし、この死の前に長期にわたる衰弱期間があり、「終わりのはじまり」は何十年も前、いや何世紀も前にさかのぼる。

非常に特殊な帝国

まず、この帝国がほかの帝国といかに違っているかを問いなおしてみるのが正しいだろう。ヴォルテールは『諸国民の風俗と精神について』で、神聖ローマ帝国はずっと以前から「神聖でも、ローマでも帝国でもない」と驚いて書いている。これはおそらく中世の終わりと現代にはあてはまるだろうが、最初の数世紀はそうではなく、その後を理解するためにも簡単にふりかえっておくべきだろう。

帝国の概念として一般的に結びつくのは、一つの民族がほかの複数の民族を、多少とも同意のもとで支配することである。たとえば古代ローマ帝国や植民地帝国、オスマン帝国、ロシア帝国、アメリカ帝国がそうである。また、八世紀終わりのカロリング帝国もそうで、フランク人がガリア、ドイツ、イタリアを支配している。しかし後者はたんなる力関係によって生まれただけではなく、四世紀前にくつがえされてもなお鮮明に残っていたある思想の表明でもあった。ローマ統一の郷愁の上に成り立つキリスト教の普遍性で、八〇〇年一二月二五日、ローマでのカール大帝の戴冠式で高らかに表明されたものである。この場合、「帝国」という言葉はそれなりの意味をおびていた。帝国は一つしかなく――すくなくとも西側で――、再建されたこのローマ帝国は、全世界のキリスト教徒をふたたび集結する使命をもっていた。

たしかに、西ローマ帝国はその後、ヴェルダン条約(八四三年)で三つの王国に分割され、皇帝の称号は徐々に意味を失って、九二四年に［最後の皇帝ベレンガーリオ一世の死で］消滅した。それでも四〇年もへずして復活し、九六二年、勝利を重ねたドイツ王［東フランク王国］、オットー一世のためにローマで教皇ヨハネス一二世によって戴冠式が行なわれた。しかし同時代人にとって帝国はつねに存在し、一時すたれて復活しただけだった。この考えは集団の意識のなかに永続し、一九世紀初頭の神聖ローマ帝国消滅のさいは、千年の歴史をもつ帝国の崩壊と語り、オットー一世よりはカール大帝の戴冠をよりどころにしている。いずれにしろ、起源となったのがカロリング帝国だったがゆえに、この帝国は「神聖なローマ」とよばれているのである。

それでも、何世紀かのあいだにこの神聖な概念はすたれていき、いっぽうで帝国は徐々にドイツ王国と混同されていく。初期の時代の皇帝は、彼らに課せられた普遍的な使命を確信し、キリスト教徒の庇護者、「教会の訴訟代理人」としてふるまい、教皇庁のうしろだてとなった。さらに彼らにはほかの君主たちへの影響力が歴然としてあり、八四三年に誕生したドイツ王国の国境を越えて支配を拡張することができている。ロタリンギア領域全体が徐々にドイツに併合され——ロレーヌ、ブルゴーニュ、ドーフィネ、プロヴァンス、イタリア北部——、こうして「フランス」と「ドイツ」の国境はマース川とローヌ川になった。したがって、初期の頃の帝国は現実として帝国だった。皇帝は教皇に聖別されたので神聖であり、イタリアを支配していたからローマであり、ドイツ語の皇帝「カイゼル」は古代からの継承であるのは明確だった。それも支配する意味においての帝国だ。というのも、カロリング帝国ほど拡張はしていなかったが、ラテン語から派生した言語とドイツ語の民族を共存させ、ドイツとガリアとイタリアの三つの大書記官府からなっていたからである。ただし、事実上は中心がドイツだったから「ドイツ」ではあった。「ドイツへの力の移転」が理論化されるのはもっと後世である。

この現実は予想外に早く痛烈な打撃を受ける。宗教的に独立しつつイタリアでの世俗権も守ると解釈する教皇庁が、この二つを巧みに混同し、最後は数百年も続くことになる教皇と帝国の紛争にまでもっていくのである。ちなみにフランス王は、皇帝の優位性を象徴的なものとしてのみ認めている――「王はみずからの支配域内における皇帝である」と宣言して、皇帝と王を同位にしたのは、フィリップ八世の法律家だった。さらに皇帝選出の悪習や、ドイツ公国間の敵対関係、イタリアの内乱で皇帝は弱体化、その権限もドイツ圏に限定されていった。皇帝の称号も過去の遺物に近くなり、ドイツを統治する君主につけられる名誉的なものになった。「ローマ人の王」を選出するのは七人の選定侯で、教皇による戴冠は形だけでお金のかかる無意味なものになり、ついに無視するようになった。最後にイタリアで戴冠したのは、一五三〇年のカール五世だった。その後、戴冠式の場はドイツになり、選出のあとかその場で――多くはフランクフルトで――、マインツの大司教によってとり行なわれた。

したがって近代になると、神聖ローマ帝国はドイツ王国に伝統的につけられる名前以上にはなっていない。そうして一五一九年、神聖ローマ皇帝マクシミリアン一世の死去にともなってフランス王フランソワ一世が後継者候補に名のり出ると、選定侯には礼儀知らずと受けとめられ、一票も得られなかった。一六五八年のルイ一四世のときも真面目には受けとられなかった。それでも小規模な多様民族国家の君主として皇帝の称号は消えることはなかったのだが、フランスが帝国西側の領土を少しずつ奪っていくにつれて後退していった。フランスにはシャルル五世の時代にドーフィネが併合されたのを皮切りに、ルイ一一世の時代にはプロヴァンス、アンリ二世の時代はロレーヌ司教領、ルイ一四世の時代はフランシュ＝コンテとアルザス、ルイ一五世の時代にはついにロレーヌが併合されて、スイス小郡も次々と独立していった。一八世紀の終わりには西側はもとの帝国の原形をほとんどとどめず、リエージュ司教領とモンベリアル伯爵領だけになった。イタリア側は生き残りが多く、封建制を維持していた――しかしイタリア北部の国々は帝国の政治には参加していなかった。

そのかわり、近代の初頭にはもう一つの帝国が出現するところだった。ハプスブルク家が皇帝の称号の世襲制に成功し、婚姻関係によって一族の領地が増えたときである。一六世紀、フランスとの従属関係から脱出してゆるやかな併合を求めたブルゴーニュ公が、フランドルに次いでスペインとイタリアの多くをハプスブルク家に提供した。同時期、別の婚姻関係でボヘミアとハンガリーもハプスブルク家にくわわった。こうして、もし教会分離がなかったら、フランスのカペー朝に匹敵する上昇気運がドイツでもみられたはずだった。ルターの宗教改革が、ただでさえ外部からヴァロワやオスマンの脅威にさらされていた組織を徐々にむしばんでいったのだ。ハプスブルク家のカール五世は、武力を使って帝国内での宗教的な再統一を試みたのだが、むだに終わっていた。一五五五年のアウクスブルクの和議でルター派の信仰が認められ、大公は自分の選択で宗派を選ぶ権利がある――臣下も同様――ことが認められた。宗教紛争は一時的には鎮静化したが、さらに激しくなって再開し、外部からの介入にかきたてられた。一六一八年から四八年の三〇年戦争［プロテスタント対カトリックの宗教戦争］はドイツに激しい被害をもたらし、皇帝の敗北を認めることになった。ウェストフェリア条約で神聖ローマはついに最後の立て直し段階に入るのだが、それも一八〇六年の消滅に向かわせるものだった。

動きがとれない帝国

ドイツが外の舞台では弱く見え、内部も麻痺状態なのに、これから帝国について話すのは皮肉めいている。さらに悪いことに、統一されている風でもなかった（ドイツ語は積極的に話しているが）。表向きは威厳のある君主制なのだが、実態は一種の貴族政治的な共和制で、構成員は帝国の政治に参加しつつ、自分たちの領地は「領邦主権」の名のもとに大幅な自治権を所持していた――皇帝からの税制はほとんど存在していなかったのである。全体で約三〇〇の「帝国等族」［領土内で皇帝と同じ権力をもつ諸侯］がいて、各諸侯は帝国議会の議員であり全員が皇帝直々の臣下、ただし力関係には大きな格差があった。そしてさらに皇帝を選出する選定侯がいた。その数はフランス大革命前までは八人で、特別な権威を享受し、しばしばヨーロッパの君主の家系と婚姻関係を結んでいた。世襲制または教会が授与する大公や伯爵で、一部は大きな権力をもっていた。そして皇帝直轄の都市（帝国自由都市）の数は五一。さらには一五〇〇人の「帝国騎士」［大公、公爵、伯爵］も皇帝直轄の臣下だったのだが、しかし帝国議会の議員になれる政治的身分はもっていなかった。彼らの小領地はドイツ各地にちらばっているうえに飛び地が多く、地図上では錯綜していた。権利は分割され、境界線をめぐる紛争も多かった。

こうして皇帝はあらゆる反抗勢力と妥協し、つねに交渉しなければならなかった。たしかにハプスブルク家は皇帝の称号が世襲制で保証され、例外は一七四二年から七五年までだけなのだが、しかし、「本家オーストリア」の実際の権力は「世襲国家」（オーストリア、ボヘミア、ハンガリー）でもっていた。その勢力圏は一七世紀の終わりから目に見えて拡大し、イタリア（ミラノ、トスカーナ）やハンガリー、そしてオスマンが後退したバルカン北部にまで広がっていた。オーストリアはヨーロッパの強国だが、しかしローマ皇帝の称号は外交でしか特権をもたらさなかった。それでも無視はできず、地球と双頭の鷲の徽章（きしょう）は皇帝が一人しかいなかった時代のヨーロッパでは強い影響力をもっていた。

いずれにしろ皇帝だけの権力では、ハプスブルク家がドイツを自由に統治するには不十分なのは確かだった。逆にそれがヨーロッパでも帝国内部でも、嫉妬がからむ疑念を生むことにもなった。ウェストフェリア条約［三〇年戦争の講和条約］は、国際的な外交道具であると同時に、ドイツの基本法でもあったのだが、外部でも内部でも警戒心が強まって、皇帝に足かせをはめることになった。帝国内で起きることはすべて、スウェーデンとともに条約で共同保障国に指定されたフランスが厳しく監視し、ときに「ドイツの自由」を維持するためを口実に、その権利を自国の利益のために行使することもあった。逆に、ドイツの諸侯には外国の強国と同盟を結ぶ権利もあった——理論上の条件下でだが。その上、彼らの多くは同時に帝国外の君主でもあった。ブランデルブルクの選定侯は一七〇一年からプロイセン王、ハノーファーの選定侯は一七一四年からイングランド王、ホルシュタイン公はデンマーク王、ポメラニア公はスウェーデン王、ザクセンの選定侯は選出されてポーランド王（一六九七年から一七六三年まで）といった具合である。ハプスブルク家自身は、帝国外ではボヘミアとハンガリーの王でしかなかった。

帝国の制度については、基本は一四九五年と一五一二年に決められた改革案までさかのぼるのだが、三〇年戦争を教訓に一六四八年以降、再々度見なおされた。重要な点は、宗教的な平和を保証するために、異なる宗教の権利を保護していることだった。いっぽうこれは、新たな絶対主義的な動きを予防する面もあった。また皇帝は選挙のさい、選ばれた時点でいくつかの契約をし、それを「選挙協約」という文書にして署名しなければならなかった。これは皇帝の統治権を制限するためのものである。それから皇帝は帝国議会とともに統治したのである。後者は皇帝よりも国家の持続と一体になっていた。そして皇帝と帝国議会が共同で意志を表明するときに使われるのが「皇帝と帝国」という表現だった。一六六三年以来、原則として終身制の議会は帝国自由都市の一つ、レーゲンスブルクの市庁舎で開かれていた。選挙制ではないが一種の連邦会議で、帝国構成員からなる終身制の代表が集まった。議会は三つの部会に分かれ、いずれも全決定に合意が必要だった。選定侯の部会と、諸侯の部会——これはさらに世俗議席と聖職者議席に分かれていた——、そして都市代表の部会である。審議と投票までの過程は複雑で長く、くわえてプロテスタントとカトリック双方の同意が必要で、それぞれに拒否権があたえられているからなおさらだった。したがって、一八世紀に議会が法律を制定したことはめったになく、対してさまざまな国家が独自に権利を設定する傾向が強くなった。また、皇帝の提案で戦争を宣言したり、必要な財源——「月決めの軍事費」—を決めるのは帝国議会の責任になっていた。こうして議会はフランスに対する宣戦布告を一六七四年、一六九三年、一七〇二年、一七三四年、一七九三年に発表している。

このような状況下で、ドイツ人としてのアイデンティティは帝国全体でも各地域でも強くなっていった。諸侯は変わらず帝国裁判所に従属し、最高裁で判定がくだされていた。それは扱う事件によって、一般の場合は帝国最高法院、宮廷の問題は帝国宮内法院だった。判決までに時間がかかるのは知れわたっているのに、帝国裁判所は威厳を保っていた。裁判所では諸侯を解任することもでき、その意味で抑制する役割を果たしていたのは事実だった。それだけではない。行政制度としてマクシミリアン一世が一五一二年に設定した「帝国クライス」は、細分化した「帝国等族」をいくつかのクライス［ドイツ語で「円」の意味］に分けて統治するもので、共通の利害がからむ事柄を扱うものだった。また「軍隊クライス」の枠内で戦争時は徴兵を行ない、臨時の税金の徴収も行なった。

したがって、偶然に帝国となった「ドイツ国家」は古代の制度や象徴のいくつかを体現していたことになる。皇帝や帝国議会、クライス、裁判制度、郵便もそうだ。しかし、それらは必要でも、いまやすぎさった過去の様相を呈していた。時代はいたるところで啓蒙思想が進化しており、古風なドイツ基本法や、外部からの攻撃の守備体制が弱いこと、もっと深刻なのは国内の扇動者への対処を告発する声がだんだん大きくなっていったことだった。一四九五年の改革案から帝国の構成員に対する暴力が禁止され——必要に応じて、裁判で決定すれば「処刑」ができる——、一六四八年のウェストファリア条約で国内の治安を保証しなければならなくなった。しかし一八世紀になると内戦の兆しがふたたびあらわれる。スペイン継承戦争［スペインの王位継承をめぐってフランス、イギリスの対抗を軸とした大国間戦争。一七〇一—一七一四］のさい、バイエルンとケルンはフランス側につき、帝国のほかの諸侯と対立したのである。とくに、一七四〇年、プロイセン王のフリードリヒ二世がハプスブルク家に挑戦状をつきつけて勝手に占領したシュレージエンを、帝国の抗議を無視して七年戦争［プロイセンとオーストリアの対立。一七五六—一七六三］中も手放さなかった件では、法律より武器のほうが優位だった。

また、オーストリアとプロイセンの対立は、ドイツの政治の新たな要因となって持続することになった。一七七八年、バイエルンの継承をめぐってふたたび戦争になり、一七八四年―八五年と一七九〇年は寸前で避けることができた。いまや事実上、二人の皇帝がいた。プロイセンのフリードリヒ二世は晩年、オーストリアの書記官カウニッツに言わせると、一種の対立皇帝になっていたのである。こうして帝国の制度は麻痺し、国内では敵対する両勢力をめぐってひいき筋が対立、口先だけで「ドイツの自由」を守り、どちらが得点をあげるかに躍起になっていた。オーストリアは伝統的に「小国」である都市や騎士団、一部の世俗の諸侯などを基盤にしていたのだが、そのうちの一つで、聖職者が領地を所有する特殊な機関「ゲルマニア・サクラ（帝国教会政策の一環）」は、有力な諸侯によって世俗化されるのではないかとおそれていた。プロイセンはオーストリアの野心に気づくとすぐに告発、プロテスタントの保護を訴えたが、たいていの場合、選定侯の大司教のなかに賛同者を見つけていた。要するにオーストリアとプロイセンは競って戦利品を分けあい、それが相手より実のあるものでなくとも気にしていなかった。

新たに深刻な無秩序におちいったことで、一部では神聖ローマの終わりが確信をもってささやかれ、改革を叫ぶ者もいた。ゲーテは『ファアスト』で、ライプツィヒの学生たちに愚弄させている。「ふん、神聖ローマ帝国だって？　どうやってまだ存続しているのだ！」。前世紀の終わりから、法学者のサミュエル・フォン・プーフェンドルクは、ドイツ帝国の法体制についての著書『ドイツ帝国の現状』（一六六七年）で、ドイツの基本法はあらゆる理論的な原則に反していると書いていた。「規則に違反している、怪物のようだ」。一七六五年、七年戦争の教訓を受けたのか、ヘッセンの行政官、フリードリヒ・カール・フォン・モーゼルが発表した小論文『ドイツ国民の精神について』は苦渋に満ちた内容だった。「われわれ国民は、と著者は書いた。われわれ自身の名前と言語をもち、一人の元首を共有し、一つの基本法、権利、義務、国民議会があって、その力をもってヨーロッパ一の国になっている。しかしながら何世紀も前から体質的に謎めいており、隣国の餌食になって嘲弄されている。栄光の歴史を受け継ぎながら、意に反して分裂している。それがわれわれに害をおよぼしているのに、その事実に対して無力で、われわれ自身を救うことができていない。名誉あるわれわれの名に無感覚で、立派な法体制にも無関心である。元首に嫉妬し、お互いがお互いを信用していない。要するに、どこをとっても幸福になれるはずの国民なのだが、しかし現実は嘆かわしい」

世紀末の数十年間、この議論が止むことはなく、しかし、社会改革が進まない複雑な状況もあって、すべてが足止めされたように見えた。ドイツ人はこの時代、自分たちに共通する文化を強く意識するようになっていた。磨きのかかった言語は統一され、新聞は普及し、教授と学生の交流はさかんで、行政官は国境問題などに無関心だった。しかしそれは、沈滞した政治に求めることをあきらめ、かわりに芸術や文学で穴埋めしているようにも見えた。手に負えない難問を解決するには、外部からの激震が必要だった。

フランス大革命の衝撃

アンシャン・レジーム体制の王国フランスはドイツの改革にはあまり関心がなく、旧態依然の神聖ローマとは都合よく折りあいをつけていた。ヴェルサイユの政府はドイツの基本法を知りつくし、国王は力のある諸侯周辺に一二人の大使をそのまま置いていた。王国と帝国の国境は封建制度の名残で複雑になっていた。ヴュルテンベルク公がモンベリアル伯爵領を所有し、多数のドイツ諸侯はアルザスに広大な領地を保持、ストラスブール大司教はライン川右岸にまで進出していた。さらに、アルザス北部のライン川左岸は細分化され、フランスの強い影響下にあった。この無秩序がまた帝国をフランス大革命（一七八九年）の嵐にまきこんでいくことになる。

この大革命はまたたくまにドイツ人の興味を引きよせた。一方では啓蒙思想を熱狂的に支持するカントや詩人のクロプシュトック、ミュラー、シュレーツァーらの一派がパリで「自由の巡礼」に行き、作家カンペのように、フランスで目撃した事件の詳細を雑誌に発表した。他方では、小諸侯たちがバスティーユの襲撃のあとの八月四日の夜に、フランスが封建的特権の廃止を決めたことを知って不安におちいっていた。しかし皇帝もプロイセン王も心配していなかった。両国の敵対関係で帝国は麻痺状態になっており、アルザスの「領土所有者」が封建制廃止を決めたフランスの憲法制定会議の圧力に反対の声をあげても無関心だった。補償があたえられたにもかかわらず紛争は激化、革命をのがれたフランス人がトリーア［ドイツの都市］になだれこんだことによる緊張で事態はさらに深刻化した。ルイ一六世がヴァランスに逃避したことで、マリー＝アントワネットの兄でもある皇帝レオポルト二世は激怒、敵対していたプロイセン王に近づいて、一七九一年八月二七日、フランスに王権復活を要求するピルニッツ宣言を共同で発表した。それを受け、ジロンド派［穏健共和派］が大半を占めるフランス立法議会は戦争に傾き、ルイ一六世やマリー＝アントワネットもふくめて論戦が激しくなった。そのあいだにレオポルト二世は亡くなり、そのあとを「ボヘミアとハンガリーの王」フランツ二世が継いだ。彼がまだ皇帝に選ばれていなかった一七九二年四月二〇日、フランスはオーストリアに宣戦布告し、七月、プロイセンはオーストリア側についた。軍人キュスティーヌ伯爵率いるフランス軍はドイツ領土に侵入、ヴァルミーとジェマプを制圧し、一七九二年の秋、シュパイアー、マインツ、フランクフルトを占拠した。これが八年もかかる戦争のはじまりで、神聖ローマ帝国の屋台骨をゆるがすことになる。

翌一七九三年の戦いでフランスは敗戦し、マインツから後退してライン川沿いの前線は安定したのだが、しかし一七九四年六月二六日、ジュールダン率いるフランス軍はベルギーのフルーリュスでオーストリア軍を撃破した。この時点で、ポーランドをにらむプロイセン王はバーゼルの単独講和を締結した（一七九五年四月五日）。これが重要な瞬間になる——はじめて、ライン川左岸はフランス共和国に残ることが明記され、権利をおかされた諸侯たちへの補償問題への道が開かれた。さらに追い打ちをかけるように今度はドイツ北部が中立を宣言した。こうして事実上、帝国の半分が戦争から抜けたことになり、煮え湯を飲まされたオーストリアはプロイセンの裏切りを誹謗した。バーゼルの単独講和はドイツによって捕捉され（一七九六年八月五日）、前もって賠償がプロイセンの手に落ちる前に明記された——それはとくにミュンスター司教区の国有化だった。少しして、今度はヴュルテンベルクとバーデンがフランスと講話条約を結び、ライン川左岸の譲渡を明記したうえで、国有化する教会区を列記した。

最後はオーストリアだけが戦争に残ったのだが（バイエルンも強制的に残っていた）、イタリアで勝利を重ねるボナパルトを見て妥協せざるをえなくなった。レオーベンで予備交渉が行なわれ（一七九七年四月一八日）、フランスと帝国の敵対関係は中断したが、しかしこの時点ではライン川左岸については何も明記されなかった。一〇月一七日、カンポ・フォルミオ［イタリアの小村］でかわされた条約で、オーストリアはフランスへの譲渡を原則として認めた。しかしライン川左岸全体ではなく、範囲を正確に定めた南の一部だけだった。プロイセンを除外し、ただちに補償問題へ発展させないためだった。オーストリアはといえば、国有化されたザルツブルク大司教領のフランスからの割譲が約束された。こうしてカンポ・フォルミオ条約の内容はバーゼルの講話条約とプロイセンに反するものになった――いずれにしろ、皇帝は一人で決定することができず、フランスと神聖ローマの和平条件をつめるために一七九七年一一月から帝国会議が召集された。

このラシュタットでの会議は、最終的には失敗したにもかかわらず、重要な会議となった。緊張した雰囲気のなかで、とりあえずは将来の平和条約の基本となる部分は事実上決められた。フランスはライン川左岸全体を保持し、そのまま所有することになった。その代償として、所有権を奪われた帝国には左岸の国有化した教会区をあたえることで原則合意された。あとはその範囲を正確にする仕事が残っていた。その間、ボナパルトがエジプトにいるあいだに、ロシアをふくめた新たな同盟が結成され――プロイセンは入らず――、一七九九年四月、会議は突然中断した。ボナパルトが帰還し、マレンゴとホーエンリンデンの戦いで勝利をおさめたことで、皇帝フランツ二世は仕方なくリュネヴィルの和約に署名せざるをえなかった（一八〇一年二月九日）。彼自身の名と帝国の名においての締結だった。条文の前文には「現在の情勢に鑑みて、帝国が議会にはかるには時間が足りないゆえ」と書かれている。

リュネヴィルの和約とその後

リュネヴィルの和約では、イタリアにかんする条項の一部もまた帝国を苦しめた。皇帝直轄領の廃止や、トスカーナ大公国やモデナ公国をフランスに譲渡したことへの補償などである。しかしとくに頭を痛めたのは、ライン川左岸全体をフランスに譲渡するとした第九条と、第七条に明記された「ラシュタット会議で定められた原則にしたがって、ライン川左岸の領地を失う世襲制の諸侯には、それによって生じる損害に対して帝国は責任をもって賠償しなければならない。その取り決めについてはのちに決定することとする」の内容だった。

そのくせ、取り決めにいたる方法についてはいっさい書かれていなかった。最初の段階では、ドイツ人は双方で意見の一致を見いだすべく努力したのだが、オーストリアとプロイセンの敵対関係が災いしてすぐに膠着状態になった。損害の賠償を厳密にして、国有化を最小限にすべきなのだろうか？それともこの機会を利用して全部を国有化すべきなのか？　その上、帝国自由都市も民間にわたすべきなのだろうか？　全体をどう分配すればいいのだろう？　帝国議会は麻痺してしまった。いっぽう、フランスとイギリスが和解したことを受け、ロシアの合意もとりつけたボナパルトは、複雑な情勢を打破すべく積極的に動きだした。パリでは内閣の重鎮、タレーランの指揮のもと、裏工作がくりひろげられた。一八〇二年六月三日に最終案がまとまったフランスとロシアの計画は、八月一八日、レーゲンスブルクの帝国会議に提示された。そこでまた暴力行為や最後のかけひきなど、さまざまな事件をへて、最終的に、帝国会議の特別「代表団」はその案を少し修正して可決した。これは一八〇三年二月二五日に帝国の法律（議事録）となり、四月に皇帝によって公布された。

以降、帝国には聖職の諸侯はいなくなり、マインツとダルベルクの元大司教は帝国大書記長として選定侯にとどまった。帝国自由都市にかんしては六都市だけになり、その他の四五都市は民間のものになった。この再配分でおもに恩恵に浴したのは南部の中国家とプロイセンで、それぞれライン川左岸で失った以上のものを取得した。バーデンは七倍、プロイセンは五倍、ヴュルテンベルクは四倍だった。ハノーファーの選定侯兼イギリス王は、ライン川での損害がいっさいないのにオスナブリュック司教区までもらった。これら数的なものに質的な利点もくわえなければならない。それは複雑に入り乱れていた彼らの領土が丸くおさまり、全体により密になったことだった。プロイセンは遠方にあって細分化したライン地方の領土をミュンスターとパーダーボルン、ヒルデスハイム司教区と交換し、テューリンゲンの多くの都市も交換している。オーストリアも、扱いはよくなかったが、この視点で見ると得をしていた。

こうしてドイツの地図はシンプルに合理的になった。それでも、この国の将来について思い描くことはできるだろう。議事録では新たに四人の選定侯が設定され（バーデン、ヴュルテンベルク、ザル

1800年のドイツ南西部

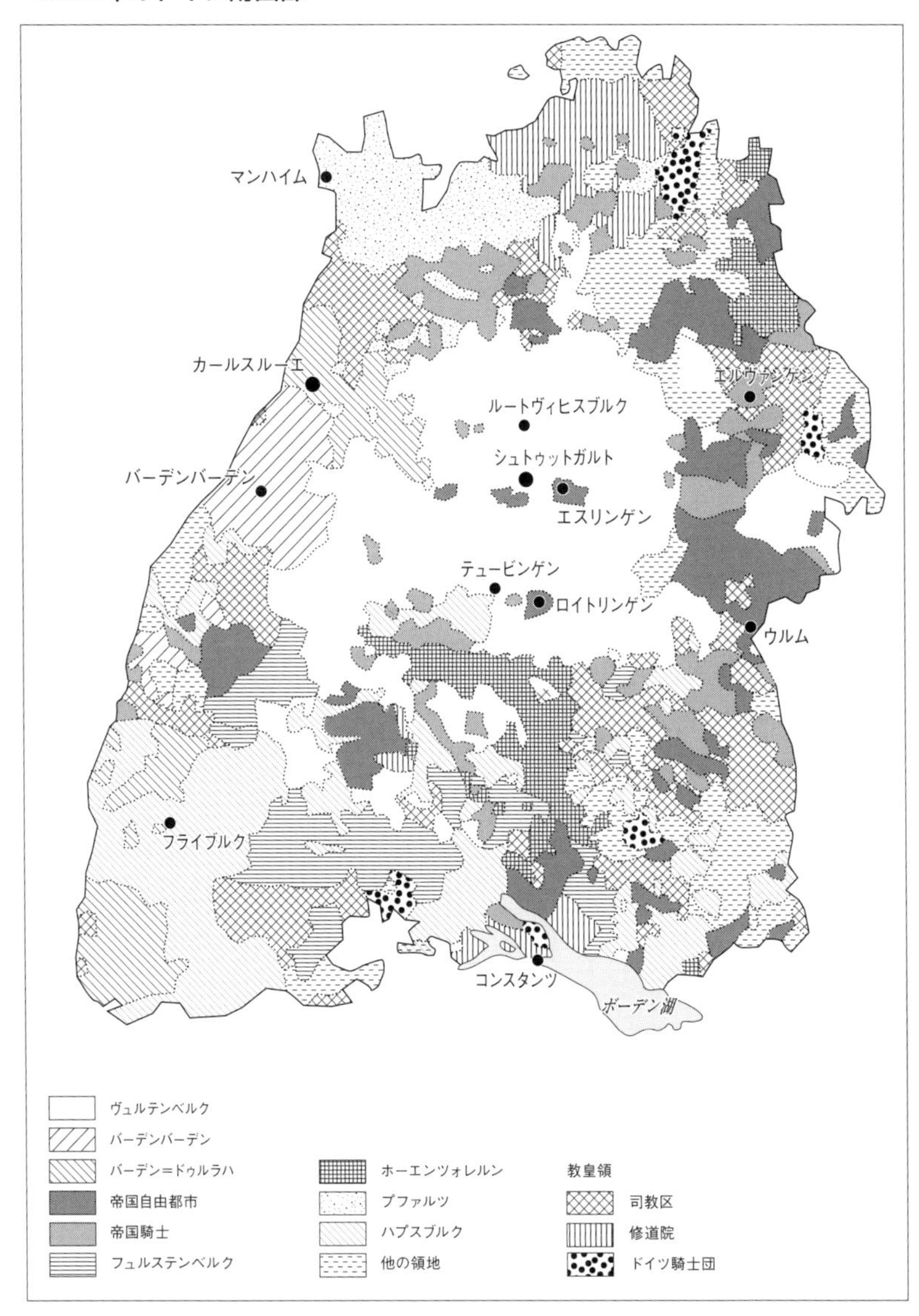

ツブルク、カッセル）、いっぽうでトリーアとケルンの選定大司教はいなくなった。選定侯全体では、六人のプロテスタントに対し、カトリックは四人になった。ハプスブルク家が選ばれるのはもう保証されなくなった。さらに君主の領土体制が強化されたことで、皇帝は都市や聖職者からの伝統的な庇護を奪われた。帝国はもう帝国の形を失い、人々はその余命を数えはじめたのである。ここでふたたび、外部での出来事がその終わりを早めることになる。

ナポレオンと神聖ローマ帝国の最期

一八〇三年五月、フランスとイギリスの戦争が再開し、すぐにドイツに影響をおよぼした。というのもフランスはハノーファー［ハノーファー選定侯はイギリスの王］でイギリスを攻撃し、そこを占拠したからだった。しかし帝国は行動を起こさなかった。一八〇四年、ボナパルトがバーデン領に亡命していたフランスの王政派アンギャン公を誘拐したときも［その後に処刑］、押し黙っていた。しかし、その後すぐに新たな挑戦者があらわれた。第一執政ボナパルトがフランス人の皇帝を宣言されたときである（一八〇四年五月一八日）。いまや西側には皇帝が二人いることになり、しかも新任のほうは世襲制で優位に立っていた。そこで、フランスとオーストリアは双方の称号を同等とすることを認めて合意した。こうしてフランツ二世はローマ皇帝からオーストリアの皇帝になった（一八〇四年八月一一日）。これは奇妙な概念で、同時代の作家ゲンツに言わせると「政治的に誤った使い方」だった。神聖ローマ帝国の一地方になったオーストリアは、そのうちもう一人の皇帝の臣下の皇帝になるのだろうか。さしあたっては、古代の言葉の意味そのままの帝国の再建が、ナポレオン一人の力で実現しそうだと考えることはできただろう。新任したてのオーストリア大使コベンツルが、ナポレオンに真新しい信任状を差し出したのは、カール大帝時代の首都、アーヘンでだった。一八〇四年の八月と九月、ナポレオンがライン川左岸の新しい県に凱旋旅行をしたときは、右岸から多くのドイツ人諸侯がおもねってあいさつに来た。その筆頭にいたダルベルクの帝国大書記長は、神聖ローマが改革を終えたあかつきには、ナポレオンみずから皇帝になってこの国を永続させてくれるのではないかと想像しはじめた。

しかしフランスの皇帝はこの考えにはまったく興味がなかった。彼はドイツをもっと実務的に、その実力と影響力でとらえていた。彼にとっては、プロイセンとオーストリアはできるだけフランスの国境から遠ざけ、そして「三番目のドイツ」は逆にできるだけフランスの勢力範囲に置いて、フランスとほかの二国の緩衝国にすることが重要だった。彼がまずぶつかった問題は、ドイツの諸侯たちが神聖ローマに感傷的にしがみついて積極的ではなかったことだった。しかし一八〇五年の春と夏に、イギリスとオーストリア、ロシアが三回目の同盟を組んだことで、彼らはどちらにつくかを選ばなければならなくなった。オーストリアから脅かされ、フランスからせっつかれたバイエルンとバーデン、ヴュルテンベルクの選定侯は、現在の立場を保証し、戦争に勝ったら将来はさらに…といわれ、震えながらフランスとの同盟を選んだ。アウステルリッツ戦でフランスがオーストリア＝ロシア軍に勝利したことで、彼らは大いに報われた。

一連の条約の締結が終わった一八〇五年一二月、プレスブルクの和約で（一八〇五年一二月二六日）オーストリアは東に追い出され、シュヴァーデン地方に所有していたチロル、リンダウ、フォアアールベルクをあきらめ、しかしザルツブルクをもらった。対してフランスの友好国は拡張に拡張を重ね、なかのプロイセンは中立でいたのが認められ、褒美にハノーファーを授与されていた。ドイツの地図もまたシンプルになった。とくにフランスと同盟を組んだ三人の選定侯は彼らの領土が「在任中の頂点をきわめ、それにともなってあらゆる権限を手にした」ことを認めていた。それにくわえてバイエルンのマクシミリアン・ヨーゼフとヴュルテンベルクのフリードリヒは国王の名誉まで授かった――「ナポレオンの恩恵による王」と人々は皮肉った。それでも彼らは帝国の選定侯のままで、つまり原則的にはドイツ人皇帝の臣下だった。矛盾はあまりにも明らかで、長続きはしそうになく、事実と法律が一致するにはまだ六か月必要だった。

三人の選定侯は、理論的にはハプスブルク家にある宗主権が事実上の支配者ナポレオンにとって代わるのをおそれながら、自由に行動できるあいまいな立場を受け入れていた。そのナポレオンは、ドイツ帝国の皇帝を頑に拒否しつつも、行けるところまで行きたいと思っていた。困難きわまる交渉がまとまった一八〇六年七月一二日、ついに国家連合「ライン同盟」が成立した。ドイツ南部の一六の国が帝国を離れ、帝国議会をそなえてフランスの皇帝に「保護」されるという「特殊な連合」に合体した。さらに、この一六か国に囲まれた元帝国の構成国がすべて、あきらかに干渉された形で一つ、また一つと同盟にくわわった。政治の地図の改革は完成した。

大量の離脱のあと、神聖ローマ帝国はもう存在しなくなり、それを法的に認めたフランツ二世は一八〇六年八月六日、「帝国の長としての責任は消滅した」と考え、皇帝の退位を公表した。この点については法的な議論がある。フランツ二世には退位する権利が明らかにあったとしても、神聖ローマ帝国の最期を一人で宣言できるのだろうか？　おそらくはない。せめて帝国議会にはかるべきだっただろう。伝説ではそんなことを気にした者はだれもおらず、国は無関心のなかで「後悔も演説もなく」消えていった。ここでよく引用されるのが、ゲーテが日記に書いた文である。「われわれにとっては、召使いや御者がベンチでするけんかのほうが、ローマ帝国の分離の話よりよほど面白い」

実際は、だれもが帝国の終わりを予想していたとはいえ、この出来事は多くのドイツ人に激しい動揺をひき起こした。慣れ親しんだ世界が消え、帝国の法廷で仕事をしていた者など一部は職を失った。だれにとっても未来は不確かだった。ドイツは生き残られるのだろうか？　この時代の手紙にはトロイアの崩壊の揶揄がよく引用されている。二か月後、プロイセンがフランスに大敗したことで、世紀末の感情は頂点に達した。作家のゲンツはまだ奇跡を信じ、ドイツが立ち上がれば歴史の流れは変わると思っていた。しかし、画家のフリードリヒは絶望から病気になっている。多くはただ嘆くか、国内移住でどこかへ逃避し、私生活や宗教、文学で気晴らしを求めた。

後年、さらに劇的な出来事が次々に起きたことで、否応なく精神的な衝撃を受けることになった。いずれにしろ一八一四年、フランスで王政復古の時代に入ったとき、人々は神聖ローマ帝国の再建を望まないようには心がけた。ナポレオンが果たした仕事の成果は永続するだろう。そして一八〇六年の分割から新生ドイツの歴史がはじまったのである。「はじまりはナポレオンだった」とは、ドイツの著名な歴史家トーマス・ニッパーディ（一九二七―一九九二）の言葉である。

それでも、過去のローマ的な時代を郷愁から理想化することはある。しかしそれは宗教改革以前の神聖ローマ帝国（旧帝国とよばれることもある）で、ドイツが偉大で統一されていたときにとどめておこう。おそらくはこの理想郷を復活させようとして、人々は一八七一年に第二帝国［ドイツ帝国］、一九三三年に第三帝国［ナチ・ドイツ］を設立したと考えてもいいだろう。一番目と同じように千年続くとみなして…。

現在、ヨーロッパで欧州連合が構築されているいっぽうで、情報の宝ともいえる神聖ローマ帝国によき先例を求める傾向がある。共通の法律を尊重することを基本に、パートナーとは力が異なるにもかかわらず同権で、それで平和が保たれていた。均衡のとれた組織のモデルとして価値を高めているのである。それでも、この帝国の最期の状況からいえるのは、比較の対象をあまり遠くに求めないことだろうか。

1810年のドイツ南西部

10 スペイン帝国の長い衰退期
——一五八八—一八九八年

バルトロメ・ベナサール

スペイン帝国は、まったく異なる二つのプロセスから誕生した。それぞれの影響が積み重なって定型外の政治体制が生まれ、しかしそれが数世紀も続くことになるのである。一つは、スペインのトラスタマラ家とオーストリアのハプスブルク家による政略結婚が早熟な死が続いたことで助長され、ヨーロッパに帝国が形成されたことである。もう一つは「大発見」の延長で、アメリカ大陸の広大なカスティーリャの征服地にアジア（フィリピン）が併合されたことである。この帝国の拡張がヨーロッパで最大限に達したのは一六世紀、くしくもその時代はフェリペ二世が帝国の強化を模索しつつも、深刻な失敗にみまわれていく時期に重なっている。そしてアメリカ大陸での拡大は一九世紀に独立運動が起こるまで続くことになる。

カール5世（カルロス1世）のヨーロッパ帝国

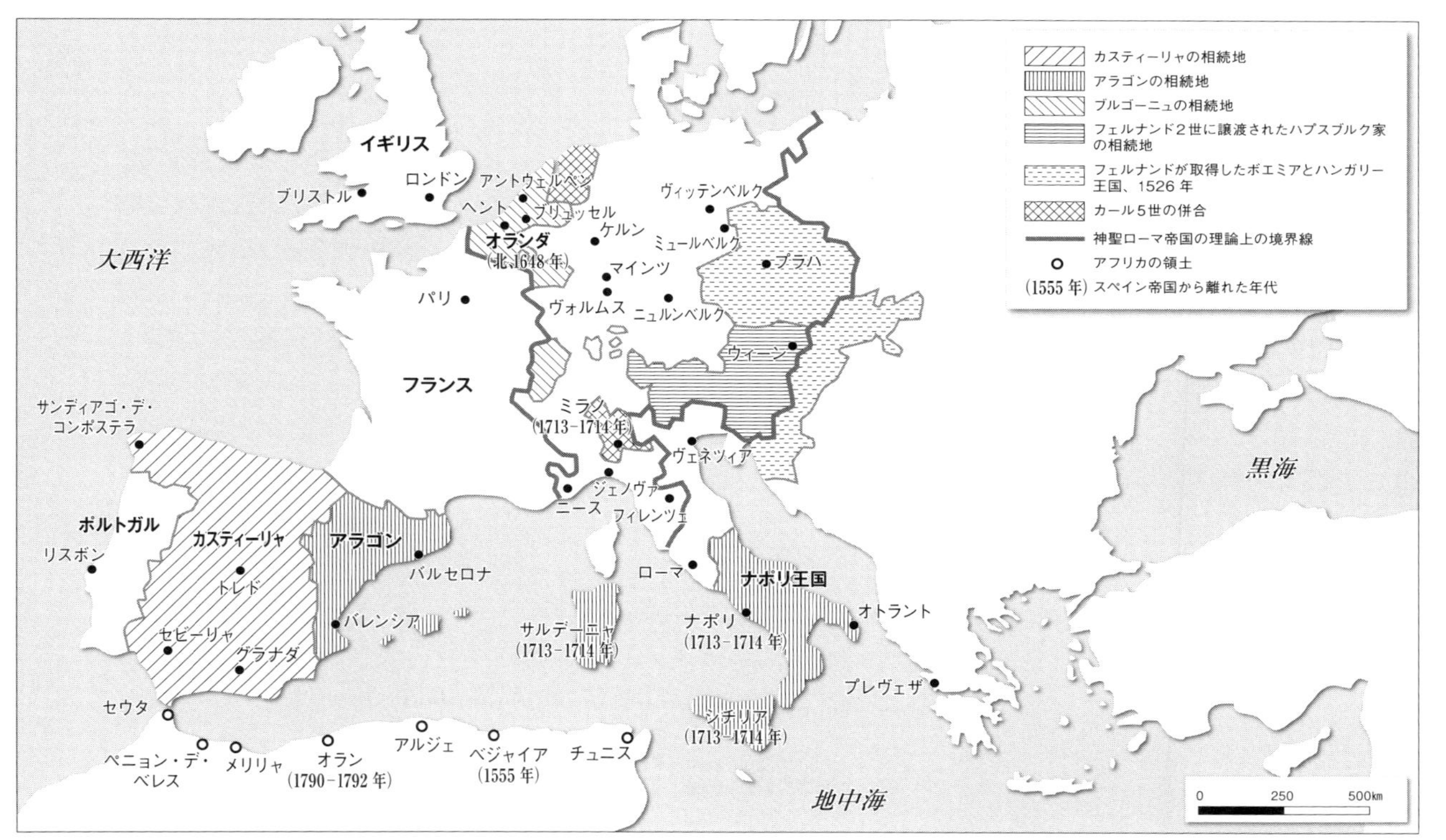

一五八八年のとどめの一撃

一五七〇年代、従兄弟ホーキンスとともにアフリカの奴隷をアメリカに運んでいたイギリスの海賊フランシス・ドレークは、中米にあるスペインの施設を——とくにノンブレ・デ・ディオス——激しく襲撃した。スペインとの関係が悪化していたエリザベス一世が悪名高いこの海の男に正式な私掠(しりゃく)免許状をわたし、遠征隊の司令官をゆだねていたのだ。その主たる目的は、南米の太平洋沿岸にあるスペインの施設を掠奪し、破壊することだった。ドレークが指揮する五隻の船がプリマス港を出発したのは一五七七年。大西洋を横断してパタゴニアのサン・フリアン湾に到着したのが一五七八年五月、そこで越冬し、同年八月二〇日にマゼラン海峡を通過した。航海中は遭遇したスペイン船に乗りこんでは探索、リマやカヤオなど多くの都市でも掠奪を続けた。ドレークが二度目の世界一周を終えた一五八〇年、船上で行なわれた凱旋式ではエリザベス一世みずからが彼にナイトの称号を授与したことが事実として残っている。イギリスはこうしてスペインに対する敵意と危険性を誇示したのである。イギリスは海洋強国として勢いをつけており、スペイン王フェリペ二世にとっては自分の帝国を守るためにも打破すべき相手だった。イギリスへの上陸作戦が決定され、この前哨戦が一五八八年のいわゆるアルマダの海戦で、スペインの誇る無敵艦隊が敗北してしまった。

長いスパンで見ると、悪天候がイギリス艦隊に味方をして敗北につながったことはどうでもよく、重要なのは負けたという事実だった。たしかにその後のイギリスはアルマダの海戦の混乱に乗じて功を急ぎすぎ、失敗も多く味わった。一五八九年にはリスボンで、一五九一年にはアゾレス諸島の手前で、一五九四年にはカナリア諸島とプエルトリコ、パナマで敗北しているからだ。一五九六年のカディス攻撃も半分成功しただけだった。それなのにスペインはイギリスに対してそれ以上の行動に出ることを止めているのである。イギリス船団が強力になっていくのを横目で見ながら、「新世界」の帝国から運ばれてくる貴金属の運搬の安全に最大限の注意をはらうにとどめたのである。これは強国スペインの屋台骨だったのだが、といってイギリスやオランダ、フランスの密輸を妨害することもせず、海洋では私掠や海賊行為がまかりとおっていた。たしかに一七世紀の初めは、ポトシ（現在のボリビア）の鉱山の銀がスペインに到着する量は最大限に達していた。しかし一六二〇年以降は減少に転じ、メキシコの鉱山――とくにサカテカス――の発掘量も減っていた。それでも、膨大な銀の流入は一七世紀なかばまで続き、スペインの政権にとってはもっとも強力な原動力となっていた。

一七世紀初頭の帝国の組織と防衛体制

それにくわえて、スペインはヨーロッパでは特権的な地位を維持していた。イタリアの三か所、ロンバルディアとナポリ、シチリアにテルシオ［軍事編成部隊］とよばれる精鋭部隊を常時駐屯させたいたことが有利に働いていた。原則として、各テルシオは三〇〇〇人の兵士からなる（槍兵と鉄砲兵）一〇隊の歩兵中隊で構成されていたのだが、兵員は流動的だった。アルプスの峠を支配し、中継地点となるフランシュ゠コンテを保有していたおかげで、テルシオは迅速にフランスやドイツ、オランダに介入することができた。とくに後者はスペイン帝国にとって領土的にも経済的にも重要な基地だった。一六二〇年代まで兵士の徴集には大きな問題はなかった。大半を占めていたのはスペイン人で、訓練を受けた職業軍人だったのだが、しかしイタリア人やドイツ人、ワロン人［ワロンはベルギーの南半分を占める地域］も補充要因として重要な位置を占めていた。ところが一六二〇年以降、徴集が加速度的にむずかしくなっていった。イベリア半島の人口が減少したことと、新世界（アメリカ）へ移住する男性が多くなったことが原因で、これによって軍事費がさらに高騰した。

スペインの歩兵隊は、一六世紀と一七世紀の初頭にはほとんど無敵として知られていた。三〇年戦争（一六一八―一六四八年）でもまだ名声を誇り、とくにネルトリンゲンの戦いでは（一六三四年九月）スウェーデン軍に大勝利をあげていた。しかし、兵士が集まらず、給与の支払いも遅れたことが部隊の志気にも影響した。ロクロワの戦い（一六四三年）とランスの戦い（一六四八年）では、さすがのテルシオもフランス軍に敗北し、一六四八年のウェストフェリア条約はヨーロッパでの強国スペインの後退をはじめて印象づけるものとなった。オランダの北部地方がネーデルランド連邦共和国として独立したのである。この後退は一六五九年、ヨーロッパでフランスが優位になったことを示したピレネー条約と、次のナイメーヘン条約で確実となった。この二つの条約で、スペインはルシヨンとサルダーニャを失い、フランシュ＝コンテはフランスに譲渡することになった。こうして一七世紀なかばから、ヨーロッパのスペイン帝国は衰退の道をたどりはじめたのである。

ではこの帝国の最大の特徴といわれる頽廃の風潮が、この時代一六五〇年頃にはじめて深刻にあらわれたのはなぜだったのだろう？　それは領土をただだらだらと、各地方の制度をそのまま保持して積み重ねた結果である。こうしてイベリア半島では本家のアラゴン王国自体がカタルーニャ、アラゴン、「バレンシア王国」、バレアレス、カスティーリャ王国、ナバラ王国、バスク地方で構成され、ポルトガル王のドン・セバスチャンとエンリケ一世があいついで子孫を残さず亡くなったあとの一五八〇年から一六四〇年までは、ポルトガルもくわわっている。イタリアにはナポリ王国、シチリア王国、サルデーニャ、ミラノ公国…、オランダ南部（現在のベルギー）、フランシュ＝コンテ、アメリカ大陸にはヌエバ・エスパーニャ、ペルー、「イスパニョーラ島」（サン＝ドミンゴ）などの島々、そしてキューバ。一五八〇年から一六四〇年までは、ブラジルもくわえなければならない。一六二五年、ポルトガルがバイーアを奪回したあと、オランダに占領されていたブラジルを再征服するときにはスペイン軍の艦隊が援軍していた。アジアにはフィリピン諸島と、太平洋のいくつかの諸島もあった。この時代はこれら王国の所有者もこの多様性については説明していた。たとえば、フェリペ二世（在位一五五六―一五九八）は一五九四年、遺言を述べる日にこう宣言している。「われ、ドン・フェリペは、神の恩寵により、カスティーリャの王、ほかにレオン、アラゴン、二つのシチリア、エルサレム、ポルトガル、ナバラ、グラナダ、トレド、バレンシア、ガリシア、マヨルカ、セビーリャ、サルデーニャ、コルドバ、コルシカ、ムルシア、ハエン、アルガルヴェ、ジブラルタル、カナリア諸島、東西のアメリカ大陸、大洋の諸島と陸地の王として、またオーストリア皇太子、ブルゴーニュ公、ブラバンド公、ミラノ公、ハプスブルク伯、フランドル伯、チロル伯、バルセロナ伯、ビスカヤ領主、モリナ領主…」。これではただ集めた領土と称号をならべているだけで、皇帝の名のもとに年代もさまざまなら、称号が一五九四年の実態と合っていないものもある。エルサレム王やチロル伯などがそうだ。

スペインの君主制はこれら全体のそれぞれの権力者の上に代理人を置くだけで満足していた。たとえば、ナポリやパレルモ、メキシコ、リマ（一時的）、サルバドール・バイーアの副王、ブリュッセルやハノーファーの総督などである。帝国内のさまざまな国や領土がほかの国と戦争になると、兵士や分担金――激しく議論したうえで――、戦略的な中継地を提供していた。税金は各領地の以前の制度のまま徴収され、行政制度も以前のままずえ置かれていた。政治的には巧みな解決法だ！　事実、ヨーロッパでの場合、このような自治には厳格なところがなかったのだが、日々のんびり暮らす住民にはなんの問題もなかった。ヨーロッパのスペイン帝国内部での反乱は、この時代、フランスのような中央政権の国に比べても多くはなかった。もっとも大きな反乱が起きたのは一六世紀のオランダで、それも教会分離による宗教戦争の一環だった。

帝国の弱点、人口問題

それでも、帝国の弱点ははっきりしていた。スペインを除いて、当然のことながら、国家意識がなかったことである。さらに、この帝国には経済的な連帯感を生みだす「大市場」がなく、もっというと、アウクスブルク［バイエルン公国］の銀行（フッガー家、ヴァルザー家）や、一六世紀にかぎると、ジェノヴァの銀行のような、経済に深くかかわる実体がなかったことである。たしかに「新世界」はカスティーリャ王国の国民にとっては、社会が大きく発展するための重要な要因ではあった。

イタリアといえば長いあいだ、新世界へのアクセスが悪いアラゴン王国の国民のためにこの役割を引き受けており、そのシステムを利用したのがジェノヴァだった。

それとは別に、ある目に見える傾向がスペイン帝国の衰退を避けられないものにしていた。まず、スペインの人口増加率が、フランスなどと比べて低いことである。経済学者ジョルジュ・ナダルが著書（一九六六年ですでに古いが）で確認しているのは、一七世紀の著名な経済学者ペドロ・フェルナンデスが一六二六年、衰退の大きな原因はカスティーリャ王国の人口減少にあると見ていたことだった。当時の王国では年平均四万人も亡くなっていたのである。要因として考えられるのは、一四九二年のユダヤ人追放と、一六〇九年のモリスコ追放［カトリックに改宗した隠れイスラム教徒］のあと、新世界への「自発的な移民の流れ」と、ヨーロッパの所有国への兵士や公務員などの「強制的な流れ」もくわえなければならない。さらに、一五九七年から一六〇二年に猛威をふるった「大西洋のペスト大流行」ではカスティーリャ王国の大部分が亡くなっている。それに輪をかけたのが一六四八年から一六五二年の死亡率の高かった「地中海のペスト大流行」で、このときの流行はアラゴン王国とアンダルシアで猛威をふるった。これらによる人口減少は、その後のフランスやイタリア、ドイツからの移民の流れでも埋めあわせができなかった。この人口流入は、スペインの給料がほかの国々より高く、若い男性がその気になれば、人口でまさる若いスペイン女性と簡単に結婚できたのが原因だった。

ペストの大流行は、人口減少の目に見える局面でしかないのだが、それは一七世紀が最悪だった。たしかに、一六世紀末のイギリスの人口は約四〇〇万人で、スペイン（六〇〇万人）より少なかったのだが、島国で守られていたところはあった。ちなみにイタリアの人口は当時で約一二〇〇万人、フランスは約一六〇〇万人だった。

ウェストフェリア条約（一六四八年）からストレヒト条約（一七一四年）まで。ヨーロッパのスペイン帝国の崩壊

もう一つの不運は、宗教改革の結果、ヨーロッパが宗教的に分断してしまったことである。結果としてカトリック教をすてたのはイギリスとヨーロッパ北部、ドイツとオランダのかなりの部分、ヨーロッパ中部の多くの地域で、フランスは分裂した。そしてスペインはカトリック教を武力で守る役を主張しつづけたことから、いくつもの戦争を余儀なくされ、多くの兵士と金銭を犠牲にした。三〇年戦争後の一六四八年のウェストフェリア条約で、オランダの北部を分離させられたことは、この状況の結果をもっともよく物語っている。しかしそれでもスペインはフランスと戦争を続けた。前述のピレネー条約（一六五九年）ではカタルーニャの北部と、サルダーニャの一部を失った。

まだある。一七世紀のスペインの歴史を見てわかるのは、必要な改革を試みては失敗するという重い病気にかかっていたことだ。フェリペ四世の時代、二〇年以上（一六二一―一六四三年）も王の寵愛を受けたオリバーレス公伯爵は、強権を発揮して野心的な「軍隊統合計画」を試みたのだが失敗している。成功すれば真の統一スペインが実現し、その結果王は、カスティーリャ王だけでなくイベリア半島全体の君主になるはずだった。このオリバーレスの計画とその失敗について研究したイギリス

の歴史家、ジョン・H・エリオットは、この失敗の根源と結果をみごとに浮き彫りにしている。結局スペインは、共通の憧れと国民感情を共有した強固な国になるのがむずかしく、その結果、国王は人材や金銭的な資源を思いどおりに動かせなかったのである。一六四〇年のカタルーニャの反乱〔収穫人戦争〕とポルトガルの分離運動（独立が正式に成立するのは一六六三年）はスペイン政権にとって打撃となり、三〇年戦争の後半はそちらについやされることになった。さらに、国内では大領主のあいだでくりかえされる陰謀も深刻だった。病弱なうえ、ハプスブルク家の最後のスペイン王となるカルロス二世の統治下では、もはや頽廃の風潮を根絶することはできなくなっていた。それに端を発したスペイン継承戦争（一七〇〇—一七一四）では、ヨーロッパ一の強国になったフランスから政治的、軍事的支援を受けたにもかかわらず、ヨーロッパのスペイン帝国はさらに残りの重要な領土を失った。一七一四年のユトレヒト条約はこの喪失を決定づけるものだった。残るは、太平洋まで延びた——フィリピンと多くの諸島——アメリカの帝国だった。それでも大きかった！

新しい啓蒙思想

実際、その後のスペインは一八世紀をとおして目に見える進化をとげ、帝国としても一世紀以上生きのびることになる。それがとくによくわかるのが人口の伸び率だ。一五九一年には約六〇〇〇万人だった人口は、前述したように一七世紀に減少したあと、一七八七年には一〇〇〇万人を突破した。カスティーリャだけは一五一九年の水準にもちなおしたままだが、スペイン北部（ナバラからガリシアまで）と、アンダルシアと地中海地方（レヴァント、カタルーニャ、アラゴン）の人口増加には驚くべきものがある。こうして人口の地図が新しくなったのは、周辺地方の経済が発展したからで、とくにカタルーニャ地方の工業と、バスク地方の金属工業があげられる。

さらに、王家の家系が変わったのもよい影響をあたえることになった。一七一五年、結局スペイン人が王に選んだのは太陽王ルイ一四世の孫、フェリペ五世（ブルボン家）だった。彼はアラゴン王国がオーストリア人（ハプスブルク家）を王にしようとして内紛になった混乱を利用して、まわりをフランス人の助言者で固め、それまでの制度に大鉈をふるった。アラゴン側についた地方（カタルーニャ、バレンシア王国）の特権を廃止し、彼らにカスティーリャ王国と同じ行政制度と税制を強いたのだ。一種の中央集権化である。結果として、いわゆる啓蒙思想時代はスペインにとっても明るい時代となった。

いっぽう国には政治の存在感が生まれ、活力がみなぎってきた。スペインは船団を大がかりに再編成し、ふたたび世界の開拓で大きな役割を演じることになった。代表的なのが植物学者、ファン・デ・クエラーによる科学的調査のフィリピン遠征（一七八五―一七九八）と、海軍のアレハンドロ・マラスピナによる太平洋遠征だ（一七八五―一七九五）。多く行なわれたのは植物生体の調査で、一七七七年から一八一〇年にかけてまずペルーからチリ、次いでヌエバ・エスパーニャ、最後にヌエバ・グラナダへ行った遠征はまさに科学的な調査だった。

アメリカの帝国でも行政が変化していい結果をもたらした。本国の首都から来たスペイン人が多くなり、徐々にクリオーリョ［原住民とスペイン人の混血］にとって換わるようになったのだが、その移行は静かに進行した。運営をインディオス会議に代わる「インディオ事務局」が熱心に行なうようになったのも、進化の別の要因だった。とくに「ヌエバ・エスパーニャの監督官長」（一七六五―一七七一）から「インディオ事務局長」（一七七五―一七八八）になったホセ・ド・ガルベスは、知性あふれる活躍をした。このときの行政からはまた二つの副王領が創設された。最初が一八世紀初頭にできたヌエバ・グラナダで、首都をボゴタにしてパナマ、キト、ボゴタの司法機関、審問院をまとめて一つにし、カラカスの港長事務局も移転した。次いで一七七六年に創設されたリオ・デ・ラ・プラタ副王領は上ペルー（現在のボリビア）やアルゼンチンに占領されていた領地、パラグアイ、ウルグアイを管理した。副王領はその前にも二つ設立されていた。ヌエバ・エスパーニャ副王領（メキシコとパナマ以外の中央アメリカ）とペルー副王領（ペルーとポトシ、現在のチリ北部をふくむボリビアの大部分）である。

こうしてスペイン現地代表の活躍で地方分権化が進み、「新世界」の住民――クリオーリョ、スペイン人、インディアン、黒人または混血――との距離が近づいた。とくにスペインが副王領の管理体制にフランス式管区を導入したのでなおさらだった。最初に導入されたのが一七六四年にキューバで、続いてヌエバ・エスパーニャ副王領だった。最終的には中央アメリカで五か所、リオ・デ・ラ・プラタ副王領で八か所など全体で四〇か所以上、遠いところではチリのチロエ島にも置かれた。驚くべきことに、「新世界」のスペイン帝国は一八世紀後半、北西まで進出、要塞を建設し、現在のカリフォルニアでも伝道活動を行なって領土を拡張している。現在もサン・ディエゴやサン・フランシスコ、サクラメント、ロサンゼルスなどの名前が当時をしのばせる！

一八世紀はまた人口の回復がいちじるしい時代でもあった。まずメキシコで増加し、それから「新世界の帝国」全体が回復した。原因の一つは、歴史家のベルナール・ラヴァレが指摘するように「新世界の住民がついに植民地開拓のシステムとつりあいがとれるようになったことがある。もう一つは、疫病の大流行（…）の間隔があき、とくに一七二〇年—一七三〇年以降は、原住民が免疫学の予防法を身につけるにつれて死亡率が減ったことがある」。しかしそれ以外に、黒人や混血が増えたこと、本国から、とくに北東部（ガリシア、アストゥリアス）のスペイン人が殺到したことがある。アンダルシアからも多くのスペイン人が新世界に来ていた。

さらに、メキシコの鉱山開発が技術の進歩を受けて大きく回復し、経済が復興したことも忘れてはならない。スペイン人はドイツ人の鉱物学者に援助を求め、スペイン人技術者を助手にして技術を身につけさせた。彼らの手法では、銀鉱石から銀を抽出するさいに使用する水銀の量を圧倒的に減らすことができた。こうしてメキシコでは大成功だったのだが、対してペルーの水銀取引商人はこの新しい抽出法にまっこうから反対した。この行動は、ペルーのワンカペリカ鉱山の水銀産出量があきらかに減少していたことを考えると、ばかげていた。そのうえ、アメリカ大陸の帝国はカカオやコーヒー、砂糖、タバコ、染料（えんじ色のコチニール、インディゴ）、皮などを大量に供給していた。砂糖キビやカカオの木、コーヒーの木の栽培開発には一部、奴隷の手作業が大量に必要だった。そのためスペインは悪名高い奴隷貿易会社「カディス・デ・ネグロス」を一七六五年にはじめて設立した。また、ヨーロッパからの輸入品（オリーブオイル、ワインなどのアルコール、紙や本、繊維、製鉄製品など）も増え、港が活気づいた。新しく設立された商社（王立カラカス・ギブスコア会社、王立ハバナ会社、王立サン・フェルナンド＝セビーリャ会社、王立バルセロナ会社など）によって貿易はめざましい発展をとげた。ある意味で貿易が自由化し、カディスに定住する外国の商人が増えた。とくに多かったのがフランス人で、イタリア人、イギリス人、ドイツ人、さらにはスカンディナヴィア人もおり、経済を刺激した。しかし、これだけ再生して活気づいた時代からほどなくしてアメリカのスペイン帝国が崩壊するのである。これは矛盾といえるのではないだろうか？

じつはまったく矛盾しないのである。まず、一八世紀はどこをとっても激動の時代だった。ペルーだけを見ても、一七〇八年から一七八三年のあいだに公務員や司祭の職権濫用に一四〇件の反乱があった。前述の歴史家ベルナール・ラヴァレによると「一七二〇年―一七三〇年代から、一種の反乱の大流行が（…）アンデスの一部の地方で噴出した」。アンデスの中部ではインカ帝国を懐かしむ祖国愛「インカ・ナショナリズム」が復活しており、最初は原住民の精鋭が主導していたのが全原住民をまきこむ動きになっていた。この動きは一八世紀のなかばから発生し、とくに元クスコのイエズス会修道士でインカ皇帝の子孫を自称する、フアン・サントス・アタワルパの反乱は長引いた。スペイン人は彼を逮捕できなかったのだ。メキシコ南部では一七六一年、ハシント・カネックの反乱があった。彼がユカタン半島で名のったモクテスマ［旧メキシコの王］の名には、フアン・サントス・アタワルパと同じように、消しがたい原住民の記憶がこめられていた。

一七八〇年の大暴動はこの伝統の力を見せつけるものだった。主導したのは多くの村の酋長で財力のあるトゥパク・アマルだった。ペルーの南では、トゥパク・アマルは住民から熱狂的に支持されており、彼の反乱には原住民だけでなく黒人、混血、さらには一部のクリオーリョまで集結した。しかし、クスコの攻略に失敗し、部隊は分裂して、反乱は人種対立に発展した。混血や黒人、クリオーリョはトゥパクを離れ、彼は逮捕されて一七八一年五月、クスコの大広場で処刑された。親族の一人がふたたび立ち上がったが、一七八三年に敗北している。

これらの反乱に原住民や多くの酋長が参加し、インカ神話が再熱したことが、おそらくアンデス中部のクリオーリョに影響したのだろう、彼らは要求を修正するか、一時的に取り下げた。スペイン政権やその代表と和解する道を探り出したのである。その結果、動きは独立の方向に向かい、それがほかの地方にも波及した。ただし、大陸の南とヌエバ・エスパーニャでは方向性が異なっていた。

クリオーリョのおもな役割と啓蒙思想

実際、新世界のスペイン帝国崩壊で主役を演じたのは、支配されていた住民（原住民）ではなくクリオーリョ、スペイン人の子孫だった。それは四つの副王領がそうで、ヌエバ・エスパーニャでもヌエバ・グラナダ副王領でも、ペルー副王領、最後の副王領リオ・デ・ラ・プラタ（アルゼンチン、ウルグアイ、パラグアイ、チリの多くの部分）でも同じだった。

こうなると、四つの副王領でみられる住民の分離は、北米の「一三州」の動きと共通するところがある。これはそう驚くことではない。なぜなら、改革を主導したのは一八世紀に移住してきたスペイン人で、その前に現地で生まれていたクリオーリョを犠牲にしていたからだ。しかしその間、後者は徐々に支配的な地位を占めるようになっていた。独立にいたるさまざまな反乱のリーダーの多くは教養のある豊かな家庭出身のクリオーリョで、スペインで生活した子息が多く、啓蒙思想の精神が浸みこんでいた。イトゥルビデ（メキシコ人）、ボリバルとミランダ（ベネズエラ人）、サンタンデル（コロンビア人）、スクレ（ペルー人）、サン・マルティン（アルゼンチン人）、アルティーガス（ウルグアイ人）、ほかにもたくさんいた。さらにこの思想は現地のエリートのクリオーリョにも波及し、彼らは一八世紀に広く普及した印刷術を利用して続々と新聞を発行した。すでにあったメキシコとリマの新聞に、ハバナ（一七〇七年）、ボゴタ（一七三八年）、キト（一七六〇年）、コルドバ（一七六四年）、新世界のカルタヘナ（一七七六年）、ブエノスアイレスとチリのサンティアゴ（一七八〇年）の新聞がくわわった。多くの「リベルタドーレス」［独立戦争を指導した者をたたえる言葉］を生んだ教養豊かな家庭は、啓蒙思想の議論や北米の出来事、さらにはフランス大革命についても詳しかった。ミランダが革命の計画を練ったのは北米に滞在していたときで、シモン・ボリバルとホセ・サン・マルティンはスペインで生活し、そこで軍事教育を受けていた（サン・マルティンはバイレンの戦いに参加していた）。二人はそれからフランスでも生活し、イギリスへも行っていた。フランスの人権宣言をはじめてスペイン語に翻訳したアントニオ・ナリーリョもフランスで生活していた。ちなみにこの人権宣言はボゴタの広場の壁にきざまれた。またボリバルとサン・マルティンはフリーメイスンに加入し、現地にロッジ（集会所）を作っている。アメリカで最初に反乱の動きが起きたのは、本国スペインの危機がきっかけだった——ナポレオンの進攻が続いていた。一八〇八年からはじまったこの動きは当初、スペイン王への忠誠心を宣言するものだった。今回はこの言葉に矛盾をいだいてもいいだろう。新世界のスペイン帝国の国民は、ナポレオンの兄ジョゼフがスペイン王ホセ一世になったのを認めず、ひき続きブルボン朝の王を主張したのだ。独立運動のきっかけは、ナポレオンのせいでスペインのブルボン王朝が失墜するのを拒否したことだった！　その一八〇八年、ボゴタとカラカスで革命議会が実権をにぎり、フェルナンド七世［ブルボン家］を王にすることと、彼らの権利が守られることを訴えた。一八一〇年、司祭のイダルゴがメキシコでの反乱を主導したとき、彼が象徴的な画として選んだのはグアダルーペの聖母とフェルナンド七世の肖像画だった！　同様に、ブエノスアイレスの最初の革命議会もフェルナンド七世の名で政治を行なった。そのとき彼はナポレオンの捕虜になっていたのだから、政権打倒という言葉はあてはまらない！

しかし、状況は急激に変化し――わずか二年後――、独立の意志が確固たるものになった。非常事態の連続で、多くの「リベルタドーレス」がこの動きを速めることになったのだ。その一人がメキシコのアグスティン・イトゥルビデだった。彼は最初、イダルゴの反乱を抑えるスペイン軍に属して戦い、それで昇進していた。それから、イダルゴを受け継いだモレーロスが指揮する二度目の独立の動きに対しても戦った。しかし一八二〇年、本国スペインでリベラル派が一時的に勝利したことで、メキシコの保守主義者はたじろぎ、独立を甘受することにした。そこでイトゥルビデは一転、独立派の新たな闘士ゲレーロに近づき、一八二一年、二人は「イグアラ綱領」に署名した。これはフェルナンド七世（！）または血統の王子の統治のもとでのメキシコの独立を宣言するものだった。また綱領はスペイン人とクリオーリョ、教会の特権的な役割を同等にすることも確約していた。イグアラ綱領への同調者が次々とあらわれ、最後にヌエバ・エスパーニャの副王も一八二三年、メキシコの独立を認めた。スペイン軍の重要な部隊はペルーを基地にするアメリカ大陸南部にあった。それでも、敗戦と勝利をくりかえしたあとの一八二四年、アヤクーチョ（上ペルー）の戦いでスペイン軍の最後の部隊が決定的な敗北を喫した。反乱軍を指揮したのはボリバルの友人で、軍事的な才能のあるアントニオ・ホセ・デ・スクレだった。こうしてアメリカ大陸では、一方でボリバルが、もう一方ではブエノスアイレスのブルジョワが、アメリカ合衆国に対抗できてヨーロッパと対話できる政治的な大連合を作る夢を描いていた。しかし、南部では独自な部隊と一部の人間の威光が邪魔をしてラ・プラタ連合は失敗し、対して北部でも、人間の敵対関係や社会のひずみ、地理的な問題から一七二八年、大コロンビアの夢は流れた。計画の創案者ボリバルが一七三〇年に亡くなる少し前だった。こうしてスペインのアメリカ帝国は、新しい国とともに政治的に細分化する運命を強いられた。本国スペインの政治的危機と、「フランス大革命の申し子」ナポレオンの一撃が、三世紀近い歴史をもつ帝国の崩壊をまねいたのだった。

キューバと、細分化して生き残った帝国（一八二八―一八九八年）

こうして本国スペインは「新世界の帝国」の大半を失った。それでも無視できないものが残った。その筆頭が「アンティル諸島の真珠」といわれるキューバである。ここは一八世紀後半、めざましい発展をとげていた。スペイン政府は大金を投資して要塞を建設し、フランス大革命後にサント・ドミンゴ（この時代はフランス領）の製糖業が破綻したのを好機に、砂糖市場は大きく躍進した。キューバの金持ちのスペイン人地主は、サント・ドミンゴやイギリス領の島から奴隷労働者を輸入するのに躍起になった。とくに一八〇七年、イギリスが奴隷貿易を廃止してからは増え、キューバは一七九〇年から一八二〇年のあいだに三二万人の奴隷を輸入した！　もちろん、不法な奴隷取引は減ったものの奴隷の輸入は一八四一年、さらには一八六〇年まで続いた。北米の奴隷商人が船で運んできたのである。いっぽう、キューバの白人人口も大幅に増加し、一七九二年は一三万三〇〇〇人だったのが一八二七年には三一万一〇〇〇人になった。島で生産が増えたのは砂糖だけではなかった。コーヒー、タバコ、銅が経済で重要な役を演じ、とくに輸出にかんしてはキューバがスペインから完全な自由を獲得していたぶん、大きく繁栄した。

奴隷の労働者からの搾取と自由貿易のおかげで、ハバナのブルジョワは一八五〇年頃まで隆盛をきわめた。しかし第一次「キューバ独立戦争」となる一〇年戦争（一八六八―一八七七）が新しい時代の幕開けとなった。反奴隷制度の動きがスペインで強くなり、砂糖市場はテン菜糖との競合に苦しんだ。スペインはキューバとプエルトリコ――同じペースで経済が発展していた――の奴隷制度を廃止し、いっぽうサント・ドミンゴは激動の数年間を体験し――一七九五年にフランスに譲渡、一八〇九年にスペインがとりもどす――、破滅寸前になった。

スペインはフィリピン諸島（七二〇〇個の島々）も保持していたうえ、マニラは「自由港」を宣言、ここでも活発な商取引が行なわれていた。さらにマリアナ諸島やカロリン諸島では中国人が経済で重要な役まわりをしていた。そしてアメリカは、これらの島々はもちろん、テキサス［当時はまだスペインの植民地］やキューバ、プエルトリコなど、権威を失った帝国の植民地に興味をもっていた。いっぽう本国スペインは、国内の絶対王政復古派による戦争と、慢性的な社会不安で外交が孤立化し、北米の巧妙な陰謀も手伝って、一八九八年に米西戦争が勃発、これが帝国にとってとどめの一撃となった。スペインの二つの艦隊は、一つはアンティルの海で、もう一つはフィリピン沖で北米の艦隊に壊滅された。

それでもスペインは遺産として言語を残していた。中米と南米で一五の国がスペイン語を話し、アンティル諸島（キューバ、プエルトリコ…）をふくめると、全体で三億人にもなる。新しく独立したラテンアメリカの多くの国にある美しい都市や土木工事（橋、長大橋、トンネルなど）は、スペイン帝国がそこにあったからこそのものである。そのために原住民の遺産を破壊した責任はあるが、帝国は崩壊したあと、すばらしい復活をとげたのである。歴史家のフランソワ・シュヴァリエは、一九七七年に出版した著書『ラテンアメリカの独立から現在まで』の結論で、まさしくこう書いていた。「イベロアメリカ大陸［アメリカ大陸でかってスペインとポルトガルの植民地だった国々］は、長い伝統に根づく多くの特徴を提供してくれる。個人的な人間関係と、人と人との接触が生まれつき好きなこと、家族と友情を大事にする感覚は利害を越えている。（…）そして大衆の信仰をもつ人々は、ほかのどの人々よりも、歴史に宗教の意義をあたえている――言葉のもっとも広い意味で。（…）つまり、みなに生命力と若さがあり、（…）あたかも自然の力と命の源泉へ回帰しているようなのである」

1600年頃の世界、スペイン帝国の拡張

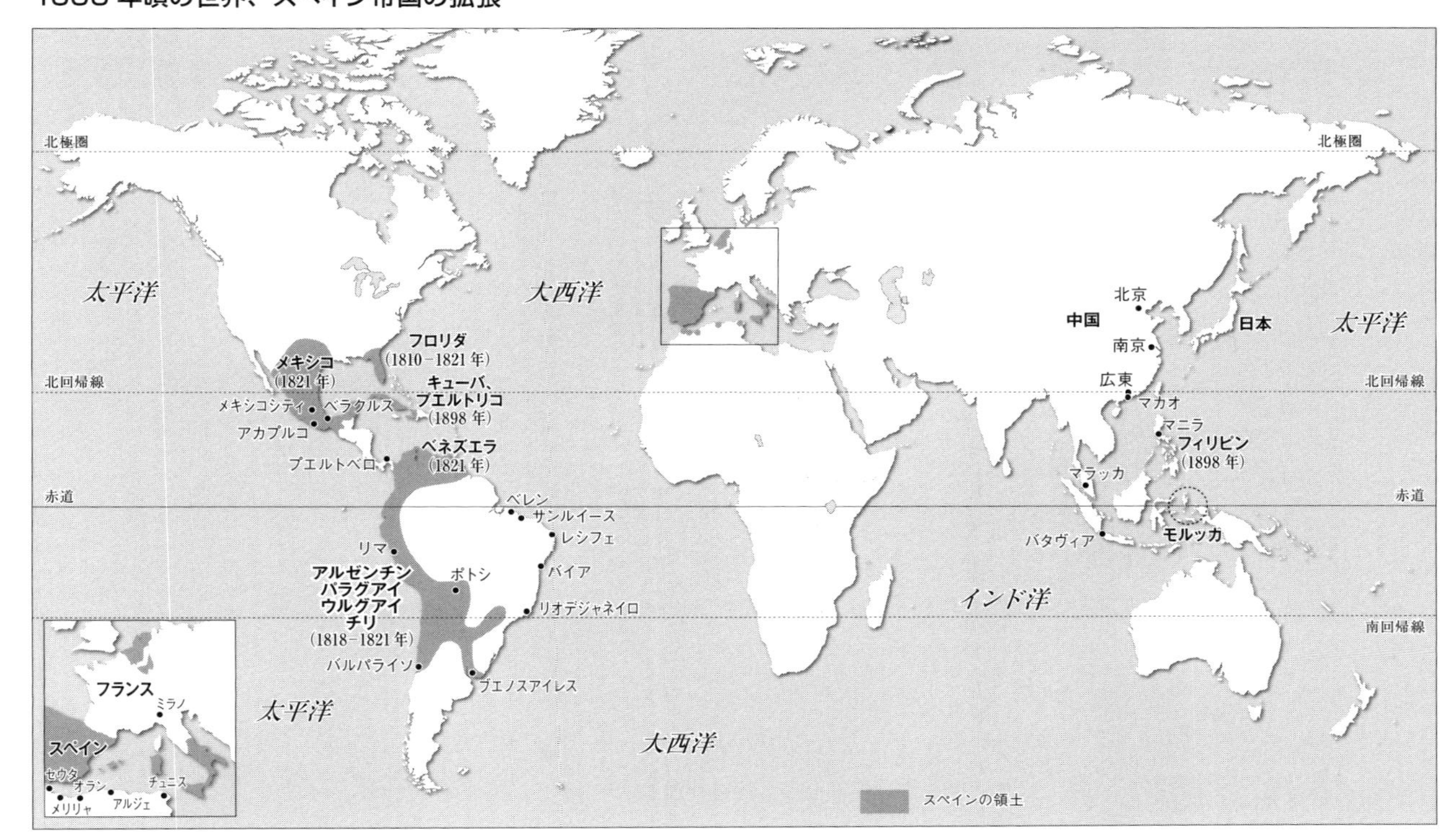

◆編者略歴◆
パトリス・ゲニフェイ（Patrice Gueniffey）
社会科学高等研究院に属するレイモン・アロン政治研究センター研究指導教授。代表的な著書に、『革命と帝国の歴史』（ペラン社刊タンピュス・コレクション）のほか、とくに『ボナパルト』（ガリマール刊）は評価が高く、多数の賞を受賞している。本書と同シリーズ『王たちの最後の日々』（ペラン／ル・フィガロ・イストワール刊）も監修。

ティエリー・ランツ（Thierry Lentz）
パリ・ナポレオン財団所長。執政政治と第一帝政の専門家としてすぐれた業績があり、著書多数。ペラン社からは、『ウィーン会議』、『ヨーロッパの建てなおし――1814-1815年』（ピエール・ラフュ賞を受賞）、『フォンテヌブローの20日間』、『ワーテルロー』を出版。最新刊は『アルバム・ナポレオン』。

◆訳者略歴◆
鳥取絹子（とっとり・きぬこ）
翻訳家、ジャーナリスト。おもな著書に、『「星の王子さま」隠された物語』（KKベストセラーズ）、訳書に、シュロモ・ヴェネツィア『私はガス室の「特殊任務」をしていた』、イザベル・フィメイエ『素顔のココ・シャネル』（以上、河出書房新社）、ミュリエル・ジョリヴェ『移民と現代フランス』（集英社新書）、ギィ・リブ『ピカソになりきった男』（キノブックス）、マルク・デュガンほか『ビッグデータという独裁者』（筑摩書房）、ジャン＝クリストフ・ヴィクトルほか『最新 地図で読む世界情勢』、ジャック・ピュイゼ『子どもの味覚を育てる』（以上、CCCメディアハウス）など多数。

帝国(ていこく)の最期(さいご)の日々(ひび)
上

●

2018年3月10日　第1刷

編者………パトリス・ゲニフェイ
ティエリー・ランツ
訳者………鳥取絹子(とっとりきぬこ)

装幀………川島進デザイン室
本文組版・印刷………株式会社ディグ
カバー印刷………株式会社明光社
製本………東京美術紙工協業組合
発行者………成瀬雅人

発行所………株式会社原書房
〒160-0022　東京都新宿区新宿1-25-13
電話・代表 03(3354)0685
http://www.harashobo.co.jp
振替・00150-6-151594
ISBN978-4-562-05458-9